어에 대하여」「번역자의 과제」「역사의 개념에 대하여」「폭력 비판을 위하여」 등의 에세이를 남겼다.

『고독의 이야기들』은 발터 벤야민이 노벨레의 형식을 갖춰 집필한 글들과 문학적 테마가 담긴 글들을 묶은, 벤야민의 이름 아래 출간된 유일한 문학작품집이다. 이 책에 실린 글들은 대도시 생활에 감도는 에로틱한 긴장감, 이성과 환상을 넘나드는 꿈의 알레고리, 이동과 여행 중에 발휘되는 상상력, 어린이만이 보여줄 수 있는 인간 언어의 가능성, 유희 공간 및 유희 활동의 중요성 등을 아우르며, 벤야민이 사는 내내 천착한 주제들을 문학이라는 그릇으로 빚은 결과물이다. 한편 각 단편이 시작되는 책장마다 벤야민이 사랑한 모더니즘 예술가 파울 클레의 회화 작품들을 수록해 이야기에 생동감을 더했다.

# 고독의 이야기들

발터 벤야민
WALTER BENJAMIN


고독의 이야기들
GESCHICHTEN aus der EINSAMKEIT


파울 클레 그림
샘 돌베어, 에스터 레슬리, 서배스천 트루스콜라스키 편집
김정아 옮김


엘리

파울 클레, 〈새로운 천사〉, 1920.

# 차례

## 1부
## 꿈과 몽상

### 몽상

1   실러와 괴테: 어느 문외한의 비전  13
2   어느 크고 오래된 도시에서: 미완성 노벨레  23
3   건강염려증 환자가 있는 풍경  27
4   황후의 아침  32
5   저녁의 목신  35
6   두 번째 자아: 새해 전야 성찰을 위한 이야기  40

### 꿈

7   이그나츠 예조베르의 『꿈의 책』에 실린 꿈들  47
8   너무나 가까운  50
9   이비사에서 꾼 꿈  53
10  꿈꾸는 사람의 자화상들  56
        손자 57 | 관찰자 58 | 구애자 60 | 식자 61 |
        비밀 엄수자 63 | 연감 편찬자 64
11  꿈 1  66
12  꿈 2  68
13  또 한 번  72
14  투트 블라우풋 턴 카터에게 쓴 편지  75
15  어느 크리스마스캐럴  77
16  달  80
        뷀티의 〈달밤〉 81 | 물잔 82 | 달 1  83 |
        어둠 속에서  83 | 꿈  84 | 달 2  86

17  일기 91

18  서평: 알베르 베갱,『낭만적 영혼과 꿈』 95


## 2부
## 여행

### 도시와 이동

19  숨기고 있던 이야기  109

20  비행사  114

21  아버지의 죽음: 노벨레  118

22  세이렌  125

23  흙먼지로 흩어져버린: 노벨레  131

24  D…y 저택  146

25  서평: 프란츠 헤셀,『내밀한 베를린』 154

26  서평: 범죄소설은 여행 중  161


### 땅과 바다의 풍경

27  북유럽 바다  169
        도시  170 | 꽃  172 | 가구  173 | 빛  175 |
        갈매기  176 | 조각상  178

28  고독의 이야기들  182
        성벽  183 | 파이프  185 | 불빛  187

29  마스코테호의 항해  189

30  선인장 울타리  196

31  서평: 풍경과 여행  210

**3부**

**놀이와 교육론**

32  서평: 프랑크푸르트 동요 모음집 227

33  문장 공상 236

34  〈디 리터라리셰 벨트〉에서 제작한
    1927년 벽걸이 달력 239

35  수수께끼 246
        외지인의 대답 247 | 간명하게 249

36  라디오 게임 251

37  짧은 이야기들 254
        코끼리를 '코끼리'라고 하는 이유 255 | 배가 발명된
        경위, 그리고 그것을 '배'라고 하는 이유 256 | 우스운
        이야기: 아직 사람이 존재하지 않았을 때 257

38  네 가지 이야기 260
        경고 261 | 서명 262 | 소원 264 | 감사 265

39  1분도 넘치거나 모자라지 않게 268

40  행운의 손: 도박에 관한 대화 274

41  식민지 교육론: 알로이스 얄콧치, 『동화와 현재』 서평 288

42  기초를 푸르게: 톰 자이데만-프로이트,
    『놀이 입문 2』 및 『놀이 입문 3』 서평—놀이 입문서에 관한
    추가 논의 293


    편집자 해제: 발터 벤야민과 말장난의 흡인력 303
    주 336
    편집자의 말 340
    파울 클레에 관하여 341

일러두기

1. 이 책은 샘 돌베어(Sam Dolbear), 에스터 레슬리(Esther Leslie), 서배스천 트루스콜라스키(Sebastian Truskolaski)가 편역한 Walter Benjamin, *The Storyteller: Tales out of Loneliness*(London and New York: Verso, 2023)를 완역한 것으로, 한국어판에서는 Walter Benjamin, *Gesammelte Schriften III, IV, VI, VII*(Frankfurt am Main: Suhrkamp, 1991)을 공동 저본으로 삼았다.

2. 본문 중의 각주는 옮긴이 주이며,「편집자 해제」의 주는 원서 주다.

3. 원서에서 이탤릭체로 강조한 부분은 고딕체로 표기했다.

4. 단행본은『 』로, 시·단편·논문은「 」로, 정기간행물·예술 작품은〈 〉로 구분했다.

5. 본문에 나오는 단행본 중 한국어판이 존재하는 경우 번역본의 제목을 따랐다.

6. 외국 인명 및 지명의 표기는 가급적 국립국어원 외래어표기법을 따르되, 일부는 해당 지역 발음을 따랐다. (예: 필리프 오토 룽게 → 필리프 오토 룽에)

# 1부

## 꿈과 몽상

파울 클레, 〈여자와 짐승〉, 1904.

몽상

# 1

## 실러와 괴테

어느 문외한의 비전

파울 클레, 〈열기구〉, 1926.

특별히 선택받은 독일 양식의 여름밤 하늘이 나무들 사이로 펼쳐져 있었다. 하지만 노란 달만은 마치 로코코 양식의 밀회를 비추듯 은은하면서도 청명하게 빛났다. 검은 이끼 바닥으로 동그랗게 말린 꽃송이들이 노란색 종이 조각들처럼 반짝반짝 떨어져 내렸다. 푸른 어둠 속에서 위대한 문학 피라미드의 거대한 윤곽이 우뚝이 솟아났다. 앙증맞기도 하고 무섭기도 했다. 그 검은 산은 어느새 눈앞에 있었다. 산꼭대기는 맑은 하늘에 걸려 있었고 산속에서는 검은색을 바탕으로 녹색과 흰색과 기타 여러 가지 색이 아주 곱게 빛나고 있었다. E. T. A. 호프만은 바로크 양식의 반쯤 쓰러진 바위 위에서 빛나고 있었다. 피라미드 맨 아래에서는 검은 문이 입을 쩍 벌리고 있었고, 양옆의 기둥은 빛이 흐릿해서 알아보기가 어려웠는데, 도리아 양식의 신전 기둥인가, 각각 ΙΛΙΑΣ[일리아스]와 ΟΔΥΣΣΕΙΑ[오뒷세이아]라고 새겨져 있는 것 같았다. 피라미드의 중간 높이에서는 하얀 대리석 계단이 빛나고 있었고 거기서 한 난쟁이가 이루 형언할 수 없이 밝은 목소리로 "고트셰트*, 고트셰트"라고 연호하며 원숭이처럼 날쌔게 움직이고 있었

* 18세기에 활동한 독일의 문예평론가로, 합리주의를 제창하고 근대 예술 이론을 체계화했다.

는데, 그 실루엣처럼 목소리도 가냘픈 것이, 여기가 이렇게 동화 속처럼 고요한 곳이 아니었다면 알아들을 수 없었을 정도로 나직했다. 어두운 안쪽에는 마치 심연으로부터 솟아오른 듯한 황량한 바위 무더기가 쌓여 있었다. 바위가 무너져 내릴 때 생긴 틈새들을 오물과 흰 눈이 채우고 있었다. 그 사이사이에서 매서운 바람이 불어왔다. 왕들의 그림자가 있었고, 슬퍼하는 여자들이 있었고, 어느 동굴 앞 아담한 초록 풀밭에서는 그림처럼 아름다운 안개 요정들이 둘러앉아, 헐렁한 털가죽을 걸치고 사람처럼 포효하는 이상한 사자를 조롱하고 있었다. 나는 발길을 돌렸다. 그날 밤에는 왠지 겁이 났다. 그래서 지혜로운 부엉이의 언덕으로 갔다. 거기서 세 바퀴를 돌고 불꽃을 날리며 외쳤다. "가장 지혜로운 부엉이(Eule, 오일레), 오일렌베르크(Eulenberg), 오일렌베르크, 가장 지혜로운 부엉이, 가장 지혜로운 오일렌베르크." 처음에는 아무 소리도 들리지 않았다. 잠시 후 나무들 사이에서 작게 바스락 소리가 나더니 이번에는 위쪽에서 가냘프고 날카로운 목소리가 들려왔다. "잠깐 기다리십시오." 지팡이를 든 남자가 산을 내려왔다. 밤부엉이들이 그를 반기면서 울음소리를 내고 날개를 퍼덕거렸다. 그는 갈색 프록코트 차림에, 약간 찌그러지기는 했지만 근사한 신사모를 쓰고 있었다. 우리 사이에는 한마디 말도 오가지 않았고 그가 앞장섰다. 오르막이 시작되었다. 처음에는 전혀 힘들지 않았다. 널찍한 대리석 계단을 올라갈 때는 한쪽이 절벽이었는데, 폐허가 된 신전이 절벽 위쪽까지 높이 튀어나와 있었고, 절벽 아래에서는 거센 강물의 슬픈 포효가 전해져오고 있었다. 토실한 남자 하나가 벼랑 앞에 놓인 벤치에 앉아 있었다. 양손을 비비는 모습은 편안해 보였고 웃는 표정은 떨떠름했다. 남자 앞에는 밀랍과 철필이 놓여 있었다. 우리를 본 그가 뭔가를 천천히 쓰기 시작했다. "최초의 문필가, 호라티우스예요." 나의 인도자가 다소 날카로운 목소리로 똑똑히 알려주었다. 얼마나 갔을까, 나는 급히 발을 멈추었다. 한 층계참에 주름이 크게 잡힌 토가를 걸친 남자가 서 있었다. 그는 연설 중이었고, 약해 보이는 몸은 연설을 멈추지 않기 위해 전력을 다하느라 떨고 있었는데, 큰 소리로 외치고 있긴 했지만 목소리는 전혀 들리지 않았고, 주위에는 아무도 없었다. 나는 경악에 사로잡혔다. "키케로입니다." 나의 인도자가 나직이 알려주었다. 편했던 계단이 끝나고 고생스러운 비포장길이 시작되었다. 기괴한 형상을 한 바위들에서 가느다란 돌꽃들이 피어나 있었다. 길을 따라 잔해 더미가 높이 쌓여 있었고, 그 뒤를 두른 담벽에는 높고 뾰족한 창문들이 나 있었다. 이따금 오르간 소리가 귀를 때리듯 울렸다. 얼마나 갔을까, 또 한 번 탁 트인 시골길이 나타났다. 우리가 모습을 드러내자 거기 있던 회녹색 성직자 후드를 쓴 작은 난쟁이가 도망을 쳤다. 나의 인도자가 재빨리 신사모를 벗어 난쟁이에 게 씌우려고 했지만, 난쟁이는 달아나는 데 성공했다. "오피츠*네요." 나의 인도자가 아쉬워하며 알려주었다. "수집품으로 삼고 싶었는데." 우리는 황량한 시골길을 또 한참 걸어갔다. 갑자기 우리 앞으로 산 하나가 우뚝 솟아났다. 산 위의 하늘을 배경으로 글 쓰는 남자의 실 루엣이 눈에 들어왔다. 종이는 엄청나게 크고 펜은 또 엄청나게 길어서 그가 펜을 움직이니 마치 하늘에 대고 쓰는 것 같았다. "모자를 벗으십시오. 저분은 레싱입니 다"라는 말이 옆에서 들려왔다. 우리는 인사를 했지만 산 위의 거대한 형체는 반응이 없었다. 산기슭은 촘촘 하게 우거진 덤불숲이었다. 나무들은 깔끔하게 손질돼 있었고, 꼭두각시 인형처럼 작은 사람들이 양치기 소녀 와 그녀의 멋쟁이 애인으로 분장한 커플처럼 둘씩 짝을 지어 숲길을 돌아다니고 있었다. 풀밭 여기저기 서 있 는 흰색 조각상을 빙글빙글 돌며 춤추는 무리도 있었

---

* 17세기 초반에 활동했던 독일의 시인이자 평론가. 독일어의 순수화 에 힘썼다.

다. 이 꼭두각시 사회로부터 새소리 같은 가냘픈 소리가 달빛 속에 울려왔다. 하지만 한 번씩 정적이 흘렀고 그럴 때마다 괴로움, 그리움, 즐거움으로 찢어진 거센 목소리가 비집고 나와 별들에게까지 닿았다. "클롭슈토크*의 목소리가 들리십니까?" 인도자의 말이 들려왔다. 나는 고개를 끄덕였다. "어서 저기로 갑시다." 그가 말했다.

산기슭을 따라가다보니 넓고 검은 평지가 나왔다. 다른 건 아무것도 없고 환한 빛 속에 신전 같은 건물 두 채가 우뚝 서 있었다. 우리 옆에서 또다시 거대한 절벽이 입을 벌렸다. 이번에도 폐허가 된 신전이 보이고 강물의 포효가 들렸다. 강을 따라 비틀비틀 움직이던 한 형상이 가까이 다가오더니 갑자기 우리 눈앞에서 강물로 뛰어들었다. "이제 다 왔군요. 횔덜린을 보셨습니까?" 내 인도자가 말했다. 나는 고통스러운 경악 속에서 또 말없이 고개를 끄덕였다. 청명한 공기가 기이한 외침으로 가득했다. 슬피 우는 강물의 깊고도 고운 음악 소리가 바닥으로부터 강하게 울려 나왔다. 물에 빠진 남자의 고통스러우면서도 해맑은 노랫소리가 강물

---

* 18세기에 활동한 독일의 시인. 독일 서정시 발전에 공헌한 선구자로 손꼽힌다.

의 음악 소리와 하나로 어우러지는 듯했다. 우리 바로 뒤에서는 클롭슈토크의 노래가 포효하고 있었다. 하지만 우리가 높이 솟은 두 건물 쪽에 가까워질수록 소음은 서서히 사라졌고 건물들은 환해졌다. 두 건물 중 하나는 높고 울퉁불퉁한 바위 위에 홀로 서 있었고, 다른 하나는 많은 사람에게 둘러싸여 있었다. 깃발을 흔들며 북을 치는 남자들이며 깃털과 활을 든 사람들이 그 건물을 중심으로 둥글게 앉아 있었다. 그 군중으로부터 고함 소리가 들려왔다. 그곳에 세워진 무수히 많은 강단에서는 사람들이 격렬하게 손짓을 하며 연설을 하고 있었다. 몇몇은 먼 신전을 향해 "우리의 실러이시여!"라고 외쳤지만 아무도 그쪽으로 가지 않았다. 내 안내자는 거기서 방향을 틀었고, 곧 우리는 아무도 없는 신전 앞에 섰다. 몸을 꽉 조이는 검은색 프록코트를 입은 쭈글쭈글한 난쟁이가 높고 넓은 계단으로 급히 뛰어내려왔다. "크큭, 우리 에커만이군." 이 말과 함께 킬킬 웃는 소리가 내 옆에서 들려왔다. 매우 단호한, 그리 반가워하지 않는 내 안내자의 표정에 그는 크게 움찔했다. 그러더니 우리를 위로 안내했다.

높은 대리석 계단을 하나하나 오를수록 발밑은 더 요동쳤고 소음은 더 심해졌다. 그 시끄러운 흔들림은 끝까지 우리를 떠나지 않았다. 어딘가로 걸어 들어가니, 짙은 어둠이 우리를 에워쌌다. 바닥에서 올라오는 잡음과 바로 옆에서 벽을 뚫고 들어오는 듯한 거센 소음이 나를 뒤흔들었다. 그와 동시에 나는 내 안에서 어떤 변화가 일어나는 것을 느꼈다. 내 모든 감각이 내면으로부터 두 배의 힘, 열 배의 힘을 길어 올리는 듯했다. 짙은 어둠 속에서도 볼 수 있었다고 할까, 눈으로도 감각을 느낄 수 있었다. 크고 텅 빈 공간 안에 있음을 알 수 있었다. 사방에 다양한 크기와 형태의 출입구들이 있었다. 내 바로 옆에는 이상하게 생긴 둥근 문이 있었다. 굵은 쇠막대기들이 문짝을 촘촘히 막고 있는 나무판자들에 덧대져 있었다. 둔탁한 종소리가 문 안쪽에서 사납게 울리고 있었다. 좀 떨어진 곳에도 똑같이 폭이 넓은 고딕 양식의 문이 있었는데, 아까에 비하면 열려 있다고 할 수 있었다. 문 너머 어스름 속에 방이 있는 것 같았고, 그 방에서 이어지는 복도에서는 환한 웃음소리가 들려오고 있었다. 때로는 기이한 조명 속에서 성경 속 선지자의 모습이 나타났고, 때로는 깃털과 활을 든 갈색 연미복 차림의 남자들이 급히 지나갔고, 때로는 누군가 깊고 아름다운 소년 목소리로 "죽느냐 사느냐"를 읊조렸다. 그렇게 활기찬 순간들 사이사이에 적막이 흘렀다. 신전 지하에 자석 같은 힘이 존재하는 것 같았다. 걸음을 옮기기가 힘들 정도였다. 다양한 크기의 문이 우리 앞에 계속 나타났다. 금 장식이 달린 무거운 문들은 바로크 양식 아니면 엠파이어 양식 물건이었다. 문은 모두 닫혀 있었지만 문 너머에서 울리는 음악 소리가 발밑에서 요동하며 희미하게 들려왔다. 그 맞은편 꽤 떨어져 있는 곳에 문이 열려 있는 밝은 방이 보였다. 방 안에서 수많은 대리석 조각상이 광채를 발하고 있었다.

　　우리 옆에 서 있던 메피스토펠레스*가 좁고 가파른 계단을 오르는 데 앞장섰다. 계단을 천 개쯤 올랐던 것 같다. 이윽고 우리는 신전의 전망대 같은 곳에 서 있게 되었다. 맑고 아름다운 지상의 풍경이 멀리까지 트여 있었고, 우리는 그 장면을 한껏 즐겼다. 하지만 그렇게 평탄하고 평화롭던 풍경에서 뭔가 움직이고 있었다. 풍경이 팽창하기 시작했다. 땅이 땅이 아니라 거대한 파도가 일렁이는 바다인 듯했다. 하늘은 어두워지면서 작게 움츠러들었다. 전 세계가 무서운 힘으로 그 일렁이는 지점으로 끌려들어가는 것 같았다. 우리는 도망치면서 바닥에 떨어져 찢어진 월계관이 누구의 것인지 알아보았다. 우리 뒤에서는 메피스토펠레스의 명랑

* 독일 전설로 전해 내려오는 악마적 존재로, 괴테의 『파우스트』에 등장한다.

한 웃음소리가 메아리쳤다. 우리는 일직선으로 까마득하게 이어지는 좁은 복도 안에 도착해 있었다. 우리 옆에서 불쑥 메피스토펠레스의 목소리가 다시 들렸다. 명랑하고 조롱 섞인 나지막한 목소리는 "어머니들한테 가게?"라고 묻는 듯했다.

---

‡ 집필 시기: 1906년에서 1912년경 사이. 벤야민 생전에는 발표되지 않았다.

‡ 출처: Walter Benjamin, *Gesammelte Schriften VII*, Frankfurt am Main: Suhrkamp, 1991, 636-639쪽.

# 2
## 어느 크고 오래된 도시에서

미완성 노벨레

파울 클레, 〈정면에서 바라본 건물 두 채〉, 1911.

옛날 어느 크고 오래된 도시에 한 상인이 살고 있었다. 그가 사는 집은 아주 오래된, 비좁고 더러운 골목길에 자리하고 있었다. 그 길에 서 있는 집들은 전부 너무 오래되어 더는 혼자 서 있지 못하고 서로서로 기대고 있었는데 상인의 집은 그중에서도 가장 오래된 건물이었다. 그래도 크기는 가장 컸다. 대문은 거대한 궁륭 모양이었고, 높은 궁륭 창문들은 반투명 원형 유리들로 장식돼 있었고, 경사 급한 지붕에는 폭이 좁고 크기도 작은 천창문들이 여럿 나 있었다. 참 특이하게 생긴 집이었다. 마리엔 골목 맨 끝 집.

그 지역은 신심 깊은 도시였고, 집집마다 아름다운 성모마리아의 목각 형상 아니면 다른 신성한 형상을 대문 위나 지붕에 갖추어놓고 있었다. 마리엔 골목 역시 모든 집에 그런 장식물이 있었는데, 상인의 집만 아무 장식 없이 삭막한 잿빛으로 덮여 있었다.

이 거대한 집에는 상인과 여덟 살짜리 여자아이 하나 말고는 아무도 살지 않았다. 아이는 그의 딸이 아니었지만 그의 집에서 살고 있었다. 그는 아이를 거두었고, 아이는 살림을 도왔다. 그런데 아이는 어떻게 상인의 집으로 오게 되었을까. 그것을 아주 정확히 아는 사람은 아무도 없었다.

상인은 옷이나 양념 같은 것을 파는 평범한 소

상인이 아니었다. 전혀 다른 부류였다! 마리엔 골목의 가난하고 단순한 주민들과는 그 어떤 왕래도 하지 않았다. 날이면 날마다 높은 서랍장과 키 큰 서류장이 있는 거대한 회계실에 앉아 장부를 쓰고 계산을 했다. 그의 사업은 바다 건너 멀리 외딴 시골까지 뻗어 있었다. 이따금, 1년에 한두 번은 먼 곳에서 사업상 필요하다고 연락이 와서 한동안 집을 떠나 있게 되는 경우가 있었는데, 그런 경우에는 아이가 혼자 집에 남아 살림을 돌봤다.

어느 날 이 대상인은 다시 아이를 앞에 두고 자기가 다시 한동안 외국에 나가게 되었다고 하면서 이렇게 말했다. "언제 다시 돌아올지는 모른다. 지난번처럼 집을 보고 있으렴." 그러고는 잠시 뜸을 들인 뒤 말했다. "하지만 너도 이제 많이 큰 것 같으니 내가 없는 동안에는 모든 집안일을 네 뜻대로 처리해도 좋다. 자, 여기 열쇠를 받아라."

그때까지 그의 앞에 잠자코 서서 대상인의 옷에 수놓인 이상하고 잡다한 꽃들을 큰 눈으로 유심히 살피던 소녀는 위를 올려다보며 열쇠를 받아 들었다. 그때 대상인이 갑자기 엄한 눈빛으로 그녀를 바라보았다. 그러고는 날카로운 어조로 말했다. "이 열쇠들 중 네가 써도 되는 건 아래층 것들뿐이라는 것은 너도 잘 알겠지. 위층에 올라갈 생각은 절대 하지 마라. 내 말 무슨 뜻인지 알지?"

상인은 몸을 숙여 소녀에게 입을 맞추고는 마지막으로 다시 한 번 소녀를 뚫어지게 쳐다보았다. 그러고는 계단을 내려가 집을 나섰다. 그의 등 뒤에서 대문이 쾅 하고 닫혔다.

소녀는 꿈속인 듯 하염없이 계단 앞에 서서 자기가 들고 있는 거대한 골동품 열쇠 꾸러미를 유심히 바라보았다.

——

‡ 집필 시기: 1906년에서 1912년경 사이. 벤야민 생전에는 발표되지 않았다.

‡ 출처: Walter Benjamin, *Gesammelte Schriften VII*, 635-636쪽.

# 3

# 건강염려증 환자가 있는 풍경

파울 클레, 〈고령의 불사조(발상 9)〉, 1905.

**미성년 독자는 읽지 말 것. 신경이 과민한 독자는 조심할 것.**

풍경 위에 드리운 구름은, 어린 사람들에게 특이한 공포를, 그러니까 의사들 사이에서 라틴어 학명으로 통하는 폭풍우의 공포를 불러일으키는 먹구름이었다. 잔잔하게 소름 끼치는 산간 풍경. 오솔길은 가파르고 힘겨웠고, 대기는 아주 뜨거운 것이 고온에 짓눌려 있었다. 나이 든 백발 남자 하나와 젊은 남자 하나가 조용한 마침표들처럼 정적을 가르고 있었다. 그들은 환자를 싣지 않은 들것을 옮기는 중이었다. 젊은 쪽은 이따금 들것에 시선을 보냈고, 눈에는 눈물이 차오르곤 했다. 얼마 후부터는 입에서 슬픈 노래가 흘러나오더니 산의 절벽에서 수천 번의 흐느낌으로 메아리쳤다. "붉은 아침이여, 붉은 아침이여, 나를 이른 죽음으로 인도하라." 멀리서 핏빛 번개가 하늘을 여러 색깔로 물들였다. 순간 노래가 멎더니 약한 탄식만 뒤에 남았다. "잠시만 부탁드립니다." 젊은 쪽은 나이 든 쪽에게 이렇게 말한 뒤 들것을 바닥에 내려놓고 앉아서 눈을 감고 양손을 깍지 끼었다.

이제 그가 있는 곳은 가장 높은 산봉우리, 녹색의 자연에 에워싸인 옛 성터였다. 폭풍우가 다른 어느 곳에서보다 격렬했다. 괴로움을 만끽하기 위해 만들어진 곳 같았다고 할까, 그곳에서라면 만끽되지 못할 괴로움이라곤 없었다고나 할까…… 특히 중시되는 괴로움은 오후 7-8시부터 발병하는 저녁 우울증이었다. 지는 해의 그늘에 가려지는 골짜기가 우울증에 딱 맞는 장소로 밝혀졌다. 작은 케이스에 담긴 검은색 암청색 안경도 마련되어 있어 우울증을 공황 상태로 바꾸고, 37도였던 체온을 40도로 올릴 수 있었다. 보름달이 뜨는 밤에는 최저 체온 자체가 40도여서 생명의 위험을 알리는 신호기가 내걸리곤 했다.

아름다운 여름밤은 불면증을 즐기는 데 사용되었다. 그럼에도 아침 진료를 위해 환자를 깨우는 시간은 새벽 5시였다. 월요일과 금요일에는 오전 내내 신경과민 진료가 있었다. 일요일에는 야간에 시달린 소화불량에 대한 진료 후 곧바로 여섯 시간 동안 정신분석이 이어졌다. 그 후에는 수(水) 치료를 진행했는데, 물이라는 게 거의 1년 내내 냉습한 속성을 유지하는 탓에 텔레파시로 진행되었다. 정오에는 휴게 시간이 있었다. 이 시간은 유럽 전문가들과의 전화 상담, 그리고 아직 밝혀지지 않은 질환들에 대한 이론적 탐사에 할애되었다.

음식물은 화학 약품으로 세척된 세균 그릇<sup>*</sup>에

---

\* Bazillopher. 벤야민이 병균 또는 박테리아를 뜻하는 단어 Bazille를 가지고 만든 조어.

담겨 에테르와 장뇌(樟腦)가 모락모락 피어오르는 상태로 제공된다. 혹시라도 침입했을지 모를 세균을 해치우기 위해 의사가 장전된 총을 들고 전 과정을 지휘한다. 세균이 나오면 해당 병원균에 대해 철저하게 조사한 뒤 뜨거운 물을 붓고 절개한 다음 살해한다. 그렇게 처리된 병원균은 저녁 식탁에 올라오거나, 환자가 이미 걸렸다가 나은 모든 질환의 목록과 각 질환의 특징, 위험, 요법을 소장하고 있는 도서관 열람실에 전시된다.

질환 발견 25주년에는 호사스럽게 장정한 논문들을 출간하고 홍보 영상물을 촬영한다. 환자에게 일일 네다섯 시간 개방되어 있는 도서관은 무엇보다도 새로운 발병을 촉진하는 데 도움을 준다.

식후에는 의사와 환자가 수목원에서 세균 몰이 사냥 시간을 갖는다. 환자가 세균으로 오인되어 사격당하는 일도 종종 벌어졌다. 그런 경우, 부상자가 바닥으로 쓰러지는 사이 이끼와 야생 약초를 이용한 간단한 병상이 준비된다. 고목의 움푹한 곳에는 붕대 같은 것들이 준비돼 있다.

모든 뒷수습은 계획대로 진행된다. 의사가 병에 걸리는 경우, 자동 수술실을 이용하는 것도 가능하다. 3페니히에서 20페니히를 투입하면 자동 수술기가 각종 수술을 집도한다. 최저 금액 3페니히를 투입하면

화학 약품 코 세척이 가능하고, 20페니히를 투입하면
사망 가능성이 있는 수술이 가능하다.

어느 날 저녁, 양측의 진지한 면담이 있었다.
다음 날 아침, 의사는 최신 질환들에 대한 임상 연구를
위해 답사를 떠나고 없었다.

---

‡ 집필 시기: 1906년에서 1912년경 사이. 벤야민 생전에는 발표되지 않
았다.
‡ 출처: Walter Benjamin, *Gesammelte Schriften VII*, 641-642쪽.

# 4

# 황후의 아침

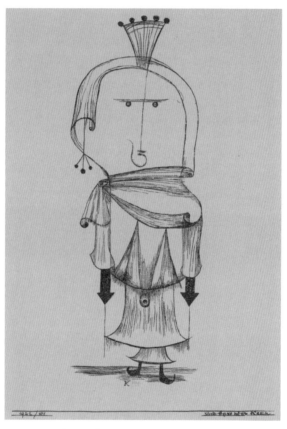

파울 클레, 〈머리빗을 꽂은 마녀〉, 1922.

건강한 사람들도 가끔은 문필가들의 책을 읽어야 한다. 삶을 살아가면서 삶이 주권자라는 것을, 분립 불가능하고 심층적인, 이해하려고 해도 이해할 수 없는 주권자라는 것을 경험할 수 있기 때문이다. 18**년 봄 세 번째 날 아침, 멕시코 출신 황후가 병상에서 삶을 바로 그렇게 경험하고 있었다. 그녀가 이 성에 온 것이 언제였는지를 기억하고 있는 사람은 이제 아무도 없었다. 누가 그녀를 환자라고 생각하겠는가? 그녀를 시중드는 남녀 시종들 중에(그들은 이 성에서 상궤를 벗어날 기회가 거의 없는 지루한 삶을 살고 있었다) 그녀를 환자로 여기는 시종은 하나도 없었다. 시종들이 그녀를 사랑한 것은 시종들 자신의 영광을 위해서였다. 그녀는 시종들이 제공할 수 있는 모든 보살핌이 필요한 곱게 늙은 육체를 가진 사람이었다. 드뢱스 성 주변의 농부들은 네덜란드 들판 위로 넓게 솟아 있는 그 성에서 죽을 날만 기다리고 있는 그 외지인 황후에 대한 이야기를 지어냈다.

　　　그러나 황후는 죽음에 대해 생각하지도 않았고 자기 주위에서 약동하는 삶을 알아채지도 못했으니, 그녀를 우울증 환자라고 말하는 것도 가능했다. 저녁이 되어 해가 질 때마다 그녀는 문제 하나를 추적했다. 어스름 속에서 넓은 길 하나를 거닐 듯 그 문제에 매달렸다. 무슨 문제인지는 알려져 있지 않았다. 황후가 주변 사람들과 그 문제를 나누던 때도 있었지만, 그때마다 돌아온 것은 얼버무리는 대답뿐, 거의 격분을 불러일으킬 정도로 아둔한 얼버무림뿐이었던 탓에, 황후는 그 문제를 들고 점점 더 아랫사람에게로, 말동무에게서 시녀에게로, 시녀에게서 마구간지기에게로, 마구간지기에게서 부엌 하녀에게로, 끝내 아이들에게로 내려가야 했다. 과연 아이들은 그녀의 문제를 이해해주는 것 같았지만, 그녀는 천둥의 언어를 이해할 수 있는 정도로밖에는 아이들의 언어를 이해할 수 없었다. 창문 앞 기도대에서 무릎을 꿇고 신께 거듭 빌기도 했건만. 황후가 자기 문제를 놓고 가장 깊게 고심한 곳은 어느 방, 성에서 가장 낮은, 포도주 병으로 가득한 어두운 지하 창고 안의 어느 방이었다. 장신의 그녀는 낮은 천장 아래에서 훌쩍한 머리를 수그린 자세로 노끈과 작은 양철 접시들을 가지고 저울을 만든 뒤, 이 저울이 세계의 중량을 측정하기에 부족함이 없는 정밀한 저울이라고 여겼다. 이제 문제는 이 저울이 정말 그런 저울이냐는 것이었다.

———

‡ 집필 시기: 1906년에서 1912년경 사이. 벤야민 생전에는 발표되지 않았다.

‡ 출처: Walter Benjamin, *Gesammelte Schriften VII*, 642–643쪽.

# 5
## 저녁의 목신

파울 클레, 〈무아지경에 빠진 어릿광대〉, 1929.

눈이 쌓인 산봉우리들과 숲이 우거진 낮은 언덕들은 조금 전까지만 해도 저녁이 만들어낸 연황색 마술 붕대에 감싸여 있었다. 산에 덮인 눈은 아직 연황색으로 반짝이고 있었지만, 숲은 이미 어둠에 잠겨 있었다. 위쪽에서 반짝이는 빛이 한 남자를 깨웠다. 숲속 벤치에 앉아 있던 남자는 고개를 들고 보기 드문 하늘빛을 만끽했다. 그렇게 한참을 올려다보고 있었다. 눈에 담긴 반짝임 말고는 모든 빛이 사라질 때까지. 머릿속 생각이 전부 다 없어질 때까지. 그는 몸을 돌려 벤치에 기대어 있는 지팡이를 집어 들었다. 그러면서 내키지 않는 듯 혼잣말을 했다. 숙소에 가서 식사를 하자. 그러고는 마을로 이어진 넓은 비탈길을 천천히 걸어 내려갔다. 바닥을 내려다보았다. 어둠이 짙게 내려앉는 중이었고, 바닥에는 나무뿌리들이 튀어나와 있었다. 걸음이 왜 이렇게 느리지? 그 자신도 모를 일이었다. 너 터무니없이 중후해 보여. 이 넓은 길을 걸으면서 거들먹거리는 꼴 하고는. 이렇게 말하는 목소리가 똑똑히 들렸다. 불쾌감이 솟구쳤다. 그는 거만하게 걸음을 멈추고 설산 꼭대기를 올려다보았다. 이제는 그 위쪽도 어두워져 있었다. 그렇게 어두워졌다는 것을 깨달았을 때, 아까와는 전혀 다른 목소리가 또 한 번 분명하게 들려왔다. 우리 둘뿐이구나. 어둠에게 건네는 인사였다. 그때부터 그는 고개를 숙이고 억지로 더 걸어나갔다. 방금 전과는 또 다른 목소리, 들리지 않는, 하지만 말을 찾으려고 안간 힘을 쓰는 목소리를 어떻게든 들어야 할 것만 같았다. 역시 경멸의 목소리였다. 마을이 보일 때가 됐는데…… 아래쪽 숙소의 빛이 어둠으로부터 솟아오르고 있었다. 그 회색의 어둠을 들여다보면서 그는 거기가 공방 같은 곳이라고 생각했다. 공방의 거대한 손들이 안개 덩어리를 빚어 세우고 있다는 느낌, 그렇게 황혼의 첨탑 성당, 황혼의 돔 성당이 솟아나고 있다는 느낌이 그의 피부에 전해져왔다. '이 성당 안에 너도 있어.' 어떤 목소리가 새로 들려왔다. 그는 그 안을 걸으면서 주위를 둘러보았다. 보이는 것들이 경이감과 압도감을 (그리고 여기서 한 발 더 나아가, 아주 미미한 공포감을) 안겨준 탓에 그는 끝내 걸음을 멈추고 말았다. 안개가 나무들 사이에 걸려 있는 광경이 보였고, 새 한 마리가 느리게 날아다니는 소리가 들렸다. 이제 그 안에 있는 것은 가장 가까이 선 나무들뿐이었다. 그가 방금 밟고 지나온 길 위에서는 그가 아닌 누군가, 회색의 누군가가 벌써 그의 발자국을 지우고 있었다. 그의 발자국이 원래 없었던 것처럼. 그는 깨달았다. 자신이 이 숲길을 지나가듯 다른 누군가도 지나간다는 것을. 앞서간 사람이 사라지지 않는 마법, 아는 장소, 아는 사람들이 새로운 장소,

낯선 사람들이 되는 마법이 존재한다는 것을. 아까 들려왔던 목소리가 어느 가사 없는 노래에서 꿈과 나무라는 각운을 아까보다 분명하게 맞추고 있었다.*

그는 시끄러우면서 갑작스러운 그 목소리에 정신이 들었다. 눈이 예리해졌다. 그는 정말이지 예리한 눈을 원하고 있었다. "이성적이어야 해." 목소리가 경고했다. 시선을 길에 고정한 그는 눈에 보이는 것들을 최대한 구별해나갔다. 발자국이 있었고, 나무뿌리가 있었고, 이끼가 있었고, 덤불이 있었고, 길가에 큰 바위가 있었다. 그런데 이번에는 새로운 공포감이 그를 엄습했다. 눈이 너무 예리해진 탓에 모든 것이 평소와 달라 보였다. 보는 일에 힘을 쏟을수록 보이는 것들은 더 낯설어지기만 했다. 길가의 바위는 점점 더 커졌고, 나중에는 무엇인가 말을 하고 있는 것 같았다. 관계의 양상이 전부 달라졌다. 따로따로 있던 것이 전부 풍경의 일부, 큰 그림의 부분이 되었다. 이 모든 것에서 어서 빠져나가야 한다는, 명료해져야 한다는 절박함이 공포에 질린 그를 엄습했다. 그는 길게 한 번 심호흡을 했고, 결

* 아까의 각운은 '이 성당 안에 너도 있어(Der Dom, darinnen bist du selbst)'의 −스트(-st)이고, 이번의 각운은 '꿈과 나무(Traum und Baum)'의 −아움(-aum)이다.

연하고 차분한 마음으로 하늘을 올려다보았다. 공기는 이상하리만큼 차가웠고, 별들은 이상하리만큼 밝고 가까웠다.

누가 소리를 지른 것 같았는데? 누구였지? "숲이야." 목소리의 메아리가 그의 귀로 날카롭게 전해졌다. 그의 눈앞에 숲이 있었다…… 그는 숲속으로 뛰어들었다. 그렇게 온갖 나무들과 충돌하면서 안개를 뚫고 점점 멀리, 점점 깊숙이 숲속으로 들어갔다. 그가 있어야 할 그곳…… 모든 것을 달라지게 만든 누군가, 숲에 무시무시한 저녁을 부려놓은 누군가가 있는 그곳으로 가야 했다. 나무의 그루터기 하나가 그를 바닥으로 내동댕이쳤다.

그는 그렇게 넘어진 채로 마치 꿈에서 낯선 사람이 다가온다고 느낀 어린아이처럼 무서워 울었다.

잠시 후 울음을 그쳤다. 달이 떴고, 밝은 빛이 회색 안개에 감싸인 검은 나무들을 녹이고 있었다. 그는 회복되어 숙소로 돌아갔다.

———

‡ 집필 시기: 1911년경. 벤야민 생전에는 발표되지 않았다.
‡ 출처: Walter Benjamin, *Gesammelte Schriften VII*, 639-641쪽.

# 6
## 두 번째 자아
새해 전야 성찰을 위한 이야기

파울 클레, 〈정식 결투〉, 1932.

크람바허는 아주 자그마한 회사원이었고, 평균 4주에서 6주에 한 번 이사하면서 새 하숙집 주인에게 매번 자신 있게 전하는 정보에 따르면 "군식구 없는" 독신남이었습니다. 그는 연말을 어디서 맞이하면 좋을지를 몇 주 전부터 궁리하고 있었습니다. 약속이 다 깨졌을 때, 그는 남은 돈을 탈탈 털어 펀치 두 병을 사왔습니다. 9시에 시작된 혼자만의 술자리, 그는 초인종이 울릴 것이라는, 누군가가 찾아와서 동석해줄 것이라는 희망을 내내 놓지 않습니다.

희망이 실망이 됩니다. 그는 11시 직전에 문을 나섭니다. 폐소공포증이 생긴 것입니다. 우리는 으스스한 기운을 뿜어내며 가벼운 발걸음으로 밤거리를 걷는 그를 따라가고 있습니다. 그가 취한 상태라는 것을 알 수 있습니다. 실제로 걷고 있는 게 아니지 않을까, 그저 걷는 꿈을 꾸고 있는 것이 아닐까, 하는 생각이 독자의 머릿속에 잠시 떠오를 수 있습니다.

크람바허는 외진 골목으로 들어섭니다. 어두침침한 불빛이 그의 시선을 끕니다. 새해 전야에 영업하는 수상쩍은 동네 술집? 그런데 왜 이렇게 조용한 걸까? 더 다가가보니, 술집 같아 보이지가 않습니다. 불투명한 백색의 창유리에서는 유백색 불빛이 새어 나오고 있고, 창유리 상단에는 **카이저파노라마**\*라는 글자가 새겨진 나무 간판이 세워져 있습니다.

그냥 지나가려고 하는 그를 창유리에 붙은 지저분한 쪽지 한 장이 돌려세웁니다. 바로 오늘! 특별 공연! **묵은해를 돌아보는 여행!** 크람바허는 눈을 쫑긋 뜨며 쭈뼛쭈뼛 문을 열어보고, 다른 손님이 없다는 사실에 용기를 내 안으로 들어가봅니다. 카이저파노라마가 있고, 서른두 개의 의자가 그 거대한 장치를 둥글게 에워싸고 있습니다. 그중 한 의자에서 잠자던 업주—아내와 사별한 이탈리아 남자 제로니모 카파로티—는 손님이 들어오자 벌떡 일어납니다.

주인의 말이 폭포처럼 쏟아집니다. 공연은 밤마다 매진이라고, 우연찮게 오늘만은 특별 공연이 열리는데도 손님이 거의 없다고, 하지만 자기는 손님이 곧 올 것을 알고 있었다고, 이렇게 딱 맞는 손님이 오지 않았느냐고. 그가 손님을 눈 구멍 한 쌍이 뚫려 있는 자리에 앉히면서 설명을 시작합니다.

여기서 손님은 묘한 상대를 만나게 됩니다, 손님과 전혀 닮은 데가 없는 남자인데 그가 바로 손님

---

\* 둥그런 원통 바깥에 여럿이 둘러앉아 각자 자리 앞에 뚫려 있는 눈 구멍을 통해 입체적인 이미지를 동시에 볼 수 있는 기계. 19세기에서 20세기 초에 유행했다.

의 두 번째 자아입니다, 라는 설명으로 시작해서, 당신은 자기 비난으로 저녁을 허비했습니다, 당신은 열등감을 안고 있습니다, 당신은 자기가 억압돼 있다는 느낌을 받고 있습니다, 자기가 느끼는 충동을 따르지 못하는 스스로를 비난하고 있습니다, 그 충동은 두 번째 자아가 당신의 삶으로 통하는 문에 달린 손잡이에 가하는 압력입니다, 그 문이 왜 그렇게 꽉 닫혀 있는지, 왜 억압이 존재하는지, 당신 자신이 왜 충동을 따르지 않고 있는지 당신은 이제 곧 알게 될 겁니다, 라는 설명으로 이어졌습니다.

묵은해를 돌아보는 여행이 시작됩니다. 열두 장의 장면이 지나가고, 각 장면에 짧은 설명이 쓰여 있고, 늙은 주인이 이 자리 저 자리 급하게 돌아다니면서 해설을 덧붙이고 있습니다. 이런 장면들입니다.

그때 저 길로 가고 싶었는데
그때 저 편지를 보내고 싶었는데
그때 저 사람을 구해주고 싶었는데
그때 저 자리를 차지하고 싶었는데
그때 저 여자를 따라가고 싶었는데
그때 저 말을 듣고 싶었는데
그때 저 문을 열고 싶었는데

그때 저 옷을 입고 싶었는데

그때 저 질문을 하고 싶었는데

그때 저 호텔에 묵고 싶었는데

그때 저 책을 읽고 싶었는데

그때 저 기회를 잡고 싶었는데


어떤 장면에서는 두 번째 자아를 볼 수 있지만, 어떤 장
면에서는 두 번째 자아가 첫 번째 자아를 어떻게 끌어
들이려고 했는지를 볼 수 있을 뿐입니다. 눈앞의 장면
이 작은 방울 소리와 함께 사라지면 다음번 장면이 나
타납니다. 새로운 장면이 가늘게 떨면서 멈추었다가 다
음 순서로 옮겨갑니다. 마지막 방울 소리가 새해를 알
리는 우렁찬 종소리에 묻힙니다. 크람바허는 비어 있는
펀치 잔을 손에 든 채 의자 위에서 눈을 뜹니다.

———

‡ 집필 시기: 1930년에서 1933년경 사이. 벤야민 생전에는 발표되지 않
  았다.
‡ 출처: Walter Benjamin, *Gesammelte Schriften VII*, 296-298쪽.

꿈

# 7

이그나츠 예조베르의 『꿈의 책』에 실린 꿈들

파울 클레, 〈회전하는 집〉, 1928.

꿈을 꾸고 사나흘이 지난 지금까지 자꾸 생각나는 꿈이 있다. 캄캄해지기 직전 어스름 속에서 내 앞으로 시골길이 나 있었다. 양쪽으로 키 큰 나무들이 서 있었고 그 오른쪽으로 높은 벽이 세워져 있었다. 그때 나는 사람들 사이에 있었는데(그들의 수와 성별은 이제 모르겠고 한 명 이상이었다는 것만 기억난다), 그렇게 길 입구에 서 있을 때 태양 공이 나타났다. 안개처럼 뿌연 흰색으로, 환히 빛나지 못하는 약한 모습으로, 나무 사이에서 희미하게, 나뭇잎에 거의 가려진 채, 점점 더 밝아진다거나 하지도 않고. 나는 바람의 속도로 시골길을 마구 달리기 시작했는데(혼자 좀 더 탁 트인 전망을 즐기기 위함이었다), 바로 그 순간 태양이 자취를 감추었다. 지평선 너머로 지거나 구름에 가려진 것이 아니라 마치 누가 지워버리거나 떼어내버린 것 같았다. 그 순간, 검은 밤이 되었고, 비가 엄청난 기세로 쏟아지면서 내가 가는 길을 완전히 늪으로 만들어버렸다. 나는 정신을 잃고 뛰어다녔다. 갑자기 하늘의 한 부분이 희끄무레하게 번득였고(나는 그것이 태양빛이나 번갯불이 아니라 "스웨덴의 빛"이라는 것을 알고 있었다), 바로 앞에 바다가 펼쳐졌고, 바다 위로 길이 생겨났다. 나는 왔던 길을 되짚어 달렸다. 밝은 빛을 상으로 받았다는 것과 위험을 아슬아슬하게 피했다는 것에 행복해진 나는 아까와 똑같은 폭풍과 어둠 속에서도 의기양양했다.

학생 혁명이 일어나는 꿈을 꾸었다. 거기서 슈테른하임*이 모종의 역할을 수행했고, 나중에 그가 그것에 대한 보고서를 썼다. 보고서의 한 문장이 한 글자 한 글자 눈에 들어왔다. "젊은 생각을 처음 체로 걸렀을 때 그 결과는 부양받는 브로이테와 브라우닝스*였다."

———

‡ 발표 지면: Ignaz Ježower, *Das Buch der Träume*, 1928; Walter Benjamin, *Einbahnstraße*, 1928.
‡ 출처: Walter Benjamin, *Gesammelte Schriften IV*, 355-356쪽.

* 19세기 후반에서 20세기 중반까지 독일에서 활동한 표현주의 극작가이자 단편소설 작가.
★ 브로이테(Bräute)는 약혼녀를 뜻하는 독일어 단어 Braut의 복수형이고, 브라우닝스(Brownings)는 영어 이름 Browning의 복수형이다.

# 8

# 너무나 가까운

파울 클레, 〈한 쌍의 천사〉, 1931.

꿈. 노트르담 성당 맞은편 센강 좌안. 그런데 거기 서서 아무리 바라보아도 노트르담 성당 같은 것은 보이지 않았다. 웬 나무판자 밖으로 웬 벽돌 건물이 꼭대기 부분만 삐쭉 솟아 나와 있을 뿐이었다. 하지만 그렇게 노트르담 성당 바로 앞에 서 있을 때, 나를 압도하는 뭔가가 있었다. 그것의 정체는 그리움이었다. 나는 파리를, 꿈속의 내가 가 있던 바로 그곳을 그리워한 것이다. 그런 그리움은 왜 생기는 것일까? 내가 그리워한 대상은 왜 그렇게 알아볼 수 없을 만큼 일그러져 있었던 것일까? 답: 꿈에서 내가 그 대상에 너무 가까이 가 있었기 때문에. 내가 그때 처음으로 경험한 그리움, 아예 그리움의 대상 안으로 들어가 있던 나를 엄습했던 그 그리움은, 대상으로부터 멀리 떨어져 있다는 데서 비롯되어 대상을 그리는 것으로 마무리되는 그리움이 아니었다. 그것은 복된 그리움이었다. 상상하는 것과 소유하는 것 사이의 문턱을 이미 넘어서 있는 그리움. 그런 그리움은 이름이 무엇을 할 수 있는지를 알 뿐이다. 그리운 사람은 이름 속에서 생명을 얻고 몸을 바꾸고 노인이 되고 청년이 된다. 이름 속에 형상 없이 깃든 그는 모든 형상의 피난처다.

‡ 집필 시기: 1929년. 「짧은 그림자들 I」 연작의 한 부분.

‡ 출처: Walter Benjamin, *Gesammelte Schriften IV*, 370쪽.

# 9
## 이비사에서 꾼 꿈

파울 클레, ⟨서쪽의 동쪽 마을⟩, 1925.

이비사 체류 첫날 밤 내지 둘째 날 밤의 꿈: 나는 저녁 늦게 집으로 가고 있었다. 그 집은 내 (고향) 집이 아니라 내가 꿈에서 젤리크만에게 세를 준 호화 임대 저택이었다. 그 집 대문과 아주 가까운 곳에서 한 여자와 마주쳤다. 여자는 어느 골목에서 나를 향해 급하게 다가오더니, 나를 스쳐 지나가면서 그 움직임만큼이나 급하게 속삭였다. "나 차 마시러 가요, 차 마시러 가요!" 나는 그녀를 따라가고 싶은 마음을 따르는 대신 S[젤리크만]의 집으로 들어갔다. 그런데 거기서 곧바로 불쾌한 소동이 일어났다. 그 집 아들이 내 코를 쥐기까지 했다. 나는 단호하게 항의하면서 문을 쾅 닫고 나왔다. 그렇게 다시 나오자마자 아까 그 여자가 아까 그 골목에서 나타나 아까와 똑같은 말을 했다. 이번에는 그녀를 따라갔다. 하지만 실망스럽게도 그녀는 말을 붙일 겨를 주지 않은 채 조금 많이 경사진 거리를 일정한 속도로 급히 내려갔다. 길 끝에 철로 된 창살이 있었다. 그녀는 그 앞에서 한 무리의 매춘부 전체와 매우 긴밀한 관계를 맺었다. 보아하니 그들이 서 있는 곳은 자기들 숙소인 것 같았다. 거기서 멀지 않은 곳에 경찰 한 명이 배치돼 있었다. 나는 심한 망신스러움에 휩싸인 채 잠이 깼다. 그 소녀가 입고 있던 자극적이고 이상한 줄무늬가 있는 실크 블라우스에서 녹색과 보라색 광택이 났다는 것이 문득 떠올랐다. 프롬스 악트*가 그런 색이었지.

———

‡ 집필 시기 및 장소: 1932년, 스페인 이비사에서 쓴 일기.
‡ 출처: Walter Benjamin, *Gesammelte Schriften VI*, 447쪽.

* 율리우스 프롬이 발명한 콘돔의 상표명.

# 10

꿈꾸는 사람의 자화상들

파울 클레, 〈대기 중〉, 1931.

# 손자

할머니 댁 방문 일정이 잡혀 있었다. 합승마차를 타고 갔다. 저녁이었다. 마차 창문으로 불빛이 보였다. 베스텐 구시가 몇몇 집에서 새어 나오는 불빛이었다. 이것은 그 시절 불빛인데 여전하네. 나는 이렇게 중얼거렸다. 하지만 얼마 지나지 않아, 아직 완공되지 않은 저택의 흰색 외벽과 오목한 입구가 현재의 기억을 되살려주었다. 마차는 포츠다머슈트라세가 슈테글리처슈트라세와 만나는 곳에서 길을 건넜고 그때부터는 건너편 길을 쭉 달렸다. 나는 갑자기 궁금해졌다. 전에는 어땠지? 할머니가 아직 살아 계셨을 때는 어땠지? 말이 진 명에에 작은 종들이 달려 있었던 것 같은데? 들어보자. 지금도 달려 있는지 아닌지. 이렇게 중얼거리며 귀를 쫑긋 세워보았더니 정말 종소리가 들려왔다. 딱딱한 도로를 달리던 마차가 그 순간 갑자기 눈 위를 미끄러지면서 달리는가 싶더니 도로에 눈이 쌓여 있었다. 집집마다 지붕이 이상한 모양새로 위로 뻗어 올라가면서 서로 모여든 탓에 하늘은 아주 일부밖에 보이지 않았다. 도넛 모양의 구름 덩어리를 지붕들이 가리고 있었다. 그 구름들로 생각을 옮겨가려던 나는 그 구름들이 나를 "달"이라고 불러서 깜짝 놀랐다. 어느새 할머니 댁이었고,

필요한 다과는 우리가 다 가지고 온 상황이었다. 커피와 케이크가 담긴 쟁반이 높이 들린 채 복도를 지나고 있었다. 그러는 동안 나는 목적지가 할머니의 침실이라는 것을 점점 더 분명히 느꼈고, 할머니가 일어나지 못하리라는 사실에 풀이 죽었다. 하지만 곧 나는 그 문제도 감수할 용의가 생겼다. 시간이 제법 흘렀다. 이윽고 나는 침실로 들어갔다. 침대에는 선명함을 잃은 파란색 옷차림의 조숙한 소녀가 누워 있었다. 그녀는 넓은 침대 위에서 이불을 덮지 않은 채 꽤 편하게 자리 잡고 있는 것 같았다. 나는 침실 밖으로 나왔다. 복도에는 여섯 개 아니면 그 이상의 유아용 침대가 나란히 놓여 있었고, 침대마다 어른 옷을 입은 아기가 앉아 있었다. 이 녀석들을 가족이라고 생각하는 것 외에는 선택의 여지가 없었다. 그것이 완전히 당황스러웠고, 나는 잠이 깼다.

### 관찰자

어느 대도시의 언덕 위. 로마 시대의 아레나. 밤이다. 마차 경기가 벌어지고 있는데, 경기는 그리스도와 관련돼 있다.(어두운 의식이 나에게 그렇게 말하고 있었다.) 꿈의 한가운데 메타*가 서 있다. 아레나 광장에서 시내까지 이어진 언덕은 가파른 내리막길이다. 언덕 기슭에서 지나가는 전차와 마주친 나는 전차 뒤쪽에 친한 지인 한 명이 타고 있는 것을 발견한다. 그녀는 불에 탄 붉은 옷을 입고 있다. 지옥 갈 사람이 입는 옷. 전차는 쌩하니 가버리고, 내 앞에는 난데없이 그녀의 친구가 서 있다. 형언할 수 없이 아름다운 그 얼굴의 흉악한 인상은 웃음을 참는 표정 때문에 도드라진다. 그가 들어 올린 두 손에는 작은 막대기가 들려 있다. 그는 "나는 네가 선지자 다니엘이라는 것을 알고 있다"라는 말과 함께 내 머리 위에서 막대기를 깨부순다. 그러자 나는 맹인이 되었다. 우리는 함께 기슭을 더 내려갔고 이윽고 시내로 들어갔다. 금방 큰길이 나왔는데 오른쪽으로는 집들이 있었고 왼쪽으로는 탁 트인 들판이 있었고 큰길 끝에는 문이 있었다. 우리는 문을 향해 걸어갔다. 오른쪽 집들 중 한 집의 1층 창문에 유령이 나타났다. 우리가 큰길을 지나가는 동안 유령도 건물들 안쪽에서 동행했는데, 유령은 그 모든 벽을 관통하면서 내내 우리와 같은 높이를 유지했다. 나는 맹인이었음에도 유령을 볼 수 있었다. 나는 내 친구가 그 유령의 시선을 고통스러워하고 있다는 것을 느꼈다. 우리는 자리를 바꿨다. 내가 집들

* 콜로세움 옆에 세워져 있는 분수 건축물 메타 수단스를 가리키는 듯하다.

쪽에 있으면 그를 보호할 수 있을 테니까. 우리가 문 앞까지 갔을 때 잠이 깼다.

## 구애자

나는 여자 친구와 함께 야외에 나와 등산 겸 산책 겸 거닐고 있었다. 산봉우리에 가까워질 즈음이었다. 절벽 돌출부에 박혀 하늘을 비스듬히 찌르고 있는 몹시 긴 말뚝을 보았을 뿐인데 왠지 산봉우리가 나올 것 같다는 이상한 생각이 들었다. 산을 다 올랐을 때 나온 것은 봉우리가 아니라 고원이었다. 고원에는 길이 넓게 나 있었고, 길의 좌우로는 고풍스럽고 높이가 굉장한 집들이 늘어서 있었다. 그렇게 방금까지 고원에 서 있었는데, 갑자기 우리는 그 도로를 통과하는 차 안에 나란히 앉아 있었다. 역방향 좌석이었으나, 아마 우리가 안에 앉아 있는 동안 차가 운행 방향을 바꾸었던 것 같다. 나는 사랑하는 여자 친구에게 입을 맞추려고 몸을 수그렸다. 그녀는 나에게 입 대신 뺨을 내밀었다. 뺨이 상아 재질이라는 것, 뺨 전체에 검은 선들이 정교하게 돋을새김되어 있다는 것을 입을 맞추는 동안 알아차렸다. 나는 그 도드라진 선의 아름다움에 사로잡혀 있었다.

## 식자

나는 베르트하임 백화점에서 납작한 장난감 상자 안에 담겨 있는 어린 양 인형 따위의 목각 모형들을 보고 있다. 노아의 방주 속 동물들인 것 같았다. 어린 양은 다른 모형들보다 훨씬 납작했고, 색을 더하지 않은 미가공 목재로 제작돼 있었다. 흥미를 불러일으키는 장난감. 판매원이 잘 보라고 앞에 놓아준다. 자세히 살펴보니 많은 요술 상자에서 볼 수 있는 칠교판 형태로 구성돼 있는데, 오색의 끈으로 엮여 있는 작은 판들이 서로 붙어 있지 않으면서 어긋남이 없고, 끈을 어떻게 조종하느냐에 따라 전체적으로 파란색이 되기도 하고 빨간색이 되기도 한다. 그 사실을 알아챈 뒤 이 칠교판에 대한 호감은 커지기만 한다. 판매원에게 가격을 물어보았다가 7마르크가 넘는다는 말을 듣고 깜짝 놀란다. 아쉽지만 포기할 수밖에 없다. 돌아서는 나의 마지막 시선에 의외의 장면이 포착된다. 납작한 판이 가파른 각도로 들려 올라가 있고, 그 끝에 문이 있는데, 문 전체는 또 거울로 제작되어 경사면을 비추고 있다. 경사면에는 큰길이 나 있고 큰길 왼쪽에서 두 아이가 뛰어가고 있다. 그 길에는 그 아이들 말고 아무도 없다. 이런 게 거울 면에 다 드러나 보인다. 집들과 아이들은 다채로운 색채를 보여주고 있다. 나는 더 참지 못하고 돈을 낸다. 그리고 그렇게 구입한 물건을 챙긴다. 저녁에 친구들에게 보여주기로 마음먹는다. 하지만 베를린에서 폭동이 일어났다. 우리가 모이는 카페를 나치가 공격하려고 한다. 열띤 회의를 하며 다른 카페를 물색해보지만, 안전한 곳이 한 군데도 없는 듯하다. 그래서 우리는 사막으로 탐험을 떠난다. 도착한 곳은 밤이다. 모두 텐트를 쳤다. 사자들이 가까이에 있다. 나는 내가 사온 보물을 잊지 않았다. 무슨 일이 있어도 보여주고 싶다. 하지만 좀처럼 기회가 생기지 않는다. 아프리카의 매력이 모두에게 너무 강하게 작용하고 있다. 나는 비밀을 밝힐 기회를 얻기 전에 잠이 깬다. 처음으로 아주 분명하게 알게 된 비밀, 그것은 장난감을 세 가지 차원에서 살펴볼 수 있다는 것이다. 첫 번째 차원: 큰길에 두 아이가 있다.(색이 다채롭다.) 두 번째 차원: 원목으로 만들어진 작은 나사들, 피스톤-실린더 장치들과 변속장치들이 평면에서 상호 작용하고 있다.(사람도 없고 소음도 없다.) 세 번째 차원: 소비에트 러시아의 새로운 질서가 펼쳐져 있다.

## 비밀 엄수자

꿈에서 나는 이탈리아를 떠날 때가 되었다는 것을 알고 카프리에서 포시타노로 이동했다. 그 풍경의 한 부분은 원래 진입지의 우측에 자리한, 진입로로 부적당한 황량한 지대인데, 그 부분은 진입해 있는 사람들에게만 보인다는 생각이 나를 지배하고 있었다. 꿈속의 그곳은 현실 속의 그곳과는 완전히 달랐다. 나는 길 없는 가파른 비탈을 올라 인적 없는 큰길 앞에 섰다. 음산하고 쇠잔한 북유럽 전나무 숲속에 난 넓은 길이었다. 나는 길을 가로질러 건넌 다음 뒤를 돌아보았다. 사슴 같기도 하고 토끼 같기도 한 무언가가 왼쪽에서 오른쪽으로 움직이고 있었는데, 나는 개의치 않고 곧장 앞쪽으로 갔다. 나는 그곳 포시타노를 알고 있었다. 그곳은 이 외딴곳 가운데서도 멀리 떨어진 어딘가, 왼쪽 어딘가, 숲 너머 아래쪽 어딘가였다. 몇 걸음 만에 옛 구역이 나왔다. 거대한 광장은 오랫동안 방치되어 잔디가 웃자라 있었다. 광장 왼쪽 긴 측면에는 높고 고풍스러운 교회가 있었고, 광장 오른쪽 짧은 측면에는 성당 같기도 하고 세례반 같기도 한 것이 웅장한 벽감처럼 있었다. 여기에는 나무 몇 그루가 경계를 표시하는 듯 서 있었다. 하여간 높은 철책이 넓은 광장을 빙 두르고 있었고, 두 건물은 서로 멀찍이 떨어져 있었다. 그곳으로 다가가던 나는 광장에서 사자 한 마리가 공중제비하는 모습을 보았다. 아주 야트막한 높이에서 민첩하게 움직이고 있었다. 곧이어 엄청나게 큰 뿔 두 개가 나 있는 거대한 소를 발견해 겁에 질렸다. 내가 두 동물의 존재를 알아차렸을 때 두 동물은 이미 철책 구멍을 빠져나오고 있었다. 철책에 미처 알아채지 못했던 구멍이 나 있었던 것이다. 눈 깜짝할 사이에 무수히 많은 성직자가 도착했고, 그들과 함께 와 있던 다른 사람들은 그들의 지시에 따라 한 줄로 섰다. 두 동물이 명령하고자 하는 바를 듣고 따르기 위해서였다. 두 동물은 이제 위험하지 않은 존재가 된 듯했다. 다른 것은 기억 안 나지만, 한 수도사가 내 앞으로 다가왔던 것과 당신은 비밀을 잘 지키느냐는 그의 질문에 내가 낭랑한 목소리로 "물론이죠!"라고 대답했던 것이 기억난다. 꿈속에서 나 자신을 깜짝 놀라게 만들 정도로 태연한 대답이었다.

### 연감 편찬자

황제가 법정에 올라섰다. 무대 위에 놓인 탁자 하나가 전부인 법정이었다. 이 탁자 앞에서 증인 심문이 이루어졌다. 이번 증인은 아이를 동반한 여자였다. 아이는 여자아이였다. 여자는 황제가 일으킨 전쟁이 자기를 얼마나 가난하게 만들었는지를 증언하겠다고 했다. 그러고는 증언을 뒷받침할 물건 두 개를 꺼냈다. 자기에게 남은 것은 이게 다라면서. 하나는 긴 빗자루였다. 또 하나는 해골바가지였다. 그녀는 말했다. "황제가 나를 너무 가난하게 만든 탓에 나는 내 아이가 물 마실 때 다른 그릇을 내줄 수도 없습니다."

———

‡ 출처: Walter Benjamin, *Träume*, Herausgegeben von Burkhardt Lindner, Frankfurt am Main: Suhrkamp, 2008. 이 글들은 Walter Benjamin, *Gesammelte Schriften IV*, 420-425쪽에도 실려 있는데, *Träume*에 수록된 버전과는 약간 다르다. 전집 편집진에 따르면, 벤야민은 꿈 이야기들을 발표용 글로 만들어낼 때 여러 해에 걸쳐 쓴 여러 권의 공책을 토대로 삼았다고 한다. 같은 글을 각각 다른 버전으로 각각 다른 지면에 게재하기도 했다. 예를 들어, 「관찰자」와 「비밀 엄수자」는 이그나츠 예조베르의 『꿈의 책』에도 실린 바 있다. 한편 「구애자」는 '이비사 연작'에 속한 단편으로 처음 나왔고, 「연감 편찬자」는 1932년 이비사에서 집필한 것으로 추정된다. 「손자」 집필 역시 벤야민이 유년시절 기억을 짜맞추기 시작한 1932년에 시작되었을 가능성이 있다. 벤야민은 이 꿈 이야기들을 프라하에서 발행되던 저널 〈더 월드 인 워즈〉에 보낸 적도 있었지만, 그 원고는 "저널 폐간"이라는 소인과 함께 반송되었다. 이 중 「식자」와 「연감 편찬자」는 1934년에 '장난감으로 허영 채우기'라는 제목으로 취리히에서 발행하는 일간지 〈데어 외펜틀리헤 딘스트〉에 게재되기도 했다.

파울 클레, 〈천사가 지키는〉, 1931.

네덜란드령 동인도에서 O 부부는 나에게 자기네 집을 보여주고 있었다. 내가 들어간 방은 벽이 목재 패널로 마감되어 있었고, 부잣집이라는 인상을 주었다. "하지만 이것은 아직 아무것도 아닙니다." 안내자들이 말했다. 내가 정말 감탄해야 하는 것은 위층의 전망이라는 것이었다. 나는 근처에 있는 넓은 바다를 내려다보게 될 것이라고 예상하며 계단을 올랐다. 그렇게 위층에 올라가 어느 창문 앞에 서서 아래를 내려다보았다. 그런데 내 눈 앞에 펼쳐져 있는 것은 윤택한 느낌을 주는 아까 그 아늑한 방뿐이었다.

———

‡ 집필 시기: 1933년.
‡ 출처: Walter Benjamin, *Gesammelte Schriften IV*, 429–430쪽.

꿈 2

파울 클레, 〈천사가 지키는〉, 1931.

베를린이었다. 나는 알아보기가 지극히 어려운 소녀들과 함께 승합마차에 타고 있었다. 문득 하늘이 어두워졌다. "소돔이야." 할머니 모자를 쓴 성숙한 연령대의 숙녀가(그녀는 갑자기 마차에 자리 잡고 앉아 있었다) 말했다. 우리는 여차저차해서 기차역 구내에 진입했다. 선로들이 바깥으로 뻗어나가 있었다. 오라니엔부르크역 아니면 그 비슷한 역이었다. 역사(驛舍) 바로 옆에서 법정 소송이 진행되고 있었는데, 소송 당사자 양측은 서로 마주 보는 두 길모퉁이 맨 포석에 자리를 잡고 앉아 있었다. 재산권 분쟁이었는데, 상대측은 내 동생이었고, 내 아내는 출석하지 않았다. 나는 낮은 하늘에 뜬 비대하고 창백해진 달을 사법 정의의 상징인 양 언급했다. 어느새 나는 화물열차 승강장을 따라 아래로 내려가는 짧은 탐험을 하고 있었다.(그런 경사로는 화물역에 가야 있지만, 나는 내내 기차역 구내를 벗어나지 않았다.) 그곳은 슈테른베르크 서클*이 모이는 장소와 너무 흡사했다.(어쨌든 되블린도 그 일원이었다.) 그러다가 아주 좁은 개울 앞에서 멈추었다. 개울 양옆으로는 볼록한 도기 그릇들이 줄줄이 놓여 있었는데, 개울 밖

* 20세기 초중반에 활동한 과학적 마르크스주의 경제학자 프리츠 슈테른베르크를 중심으로 교유한 이들을 가리킨다.

의 단단한 둑처럼 존재했다기보다 부표처럼 개울 안에
잠겨 있었다. 반대쪽 그릇들은 진짜 도기였는지 확실하
지 않다. 유리그릇이었던 것 같다. 어쨌든 그릇들은 꽃
으로 가득했다.(유리그릇에 담긴 꽃들은 알뿌리처럼 동
그란 모양에 색이 다양했고, 진짜 부표처럼 물 위에서
서로 부드럽게 부딪쳤다.) 나는 잠시 반대편 화단으로
가보았다. 그러면서 동시에 우리를 안내하는 자그마한
하급 공무원의 설명을 들었다. 이 도랑은 꽃 한 송이밖
에 소유하지 못한 가난한 사람들이 그 한 송이를 입에
물고 자살하는 곳이다, 라는 것이 그의 부연 설명이었
다. 꽃들의 의미가 그때 들어왔다. 그러니까 여기가 아
케론강 같은 곳이라고 생각할 수도 있었겠지만, 꿈에서
는 전혀 아니었다. 처음 있던 그릇들 쪽으로 다시 건너
갈 때 발을 어느 지점에 내려놓아야 하는지에 대한 설
명을 들었다. 발을 디뎌야 하는 지점에 있는 자기 그릇
은 흰색에 무늬가 새겨져 있었다. 우리는 화물 승강장
을 되짚어 올라오면서 대화를 주고받았다. 나는 여태
계속 밟고 있던 타일들의 이상한 모양에 대해, 그리고
저것들이면 영화로 찍을 만하겠다는 의견을 되블린에
게 이야기했다. 하지만 그는 그런 프로젝트에 대한 이
야기를 그렇게 공개적으로 하지 말라고 했다. 갑자기
아래쪽에서 누더기를 걸친 소년 하나가 우리 쪽으로 다

가왔다. 다른 사람들은 그가 지나가는데도 태연한 듯했고, 나만 괜히 열을 올리며 주머니를 죄 뒤졌다. 어딘가에서 5마르크짜리가 나오기를 바라면서. 하지만 돈은 나오지 않았다. 소년이 나를 스쳐 지나갈 때(그는 가던 길을 멈추지 않았다) 나는 그에게 가치가 더 낮은 주화를 슬쩍 쥐여주었다. 그러면서 잠이 깼다.

———

‡ 집필 시기: 1933년.
‡ 출처: Walter Benjamin, *Gesammelte Schriften IV*, 430–431쪽.

# 13

## 또 한 번

파울 클레, 〈곡예사들〉, 1915.

나는 꿈속에서 하우빈다 학교*, 내가 자란 곳에 있었다. 학교 건물을 등지고 걷기 시작한 나는 인적 없는 숲속을 지나 슈트로이프도르프라는 마을을 향해 계속 걸어갔다. 이제 숲이 끝나고 들판이 시작될 차례였는데(마을과 슈트라우프하인 산정이 펼쳐져 있어야 하는 곳이었는데), 완만한 아치를 그리는 낮은 산을 올라온 내 앞에 펼쳐진 산의 반대쪽은 거의 수직으로 경사져 있었다. 그렇게 꼭대기에 서자(꼭대기 높이는 산을 내려갈수록 낮아졌다) 숲우듬지의 타원형 틈으로 보이는 풍경이 마치 흑단 액자 속 풍경화처럼 보였다. 풍경은 생각했던 것과 완전히 달랐다. 넓고 푸른 강물 위에 슐로이징엔 마을이 떠 있었고(원래는 훨씬 먼 곳이다), 나는 그곳이 슐로이징엔 마을인지 글라이허비젠 마을인지 헷갈렸다. 모든 것이 색채들의 습윤함에 잠겨 유영하는 듯 보였는데, 특히 우세한 색은 무겁고 축축한 검은색이어서 그 꿈속 풍경은 이제 막 또 한 번 고생스럽게 경작된 농지의 풍경 같았다. 내 노년의 씨앗들이 이미 그때 거기에 파종돼 있었다.

* 벤야민이 청소년기의 스승 비네켄을 만난 대안 학교. 두 사람은 비네켄이 참전 독려 연설을 하면서 결별했다.

‡ 집필 시기: 1933년.

‡ 출처: Walter Benjamin, *Gesammelte Schriften IV*, 435쪽.

# 14

투트 블라우폿 턴 카터에게 쓴 편지

파울 클레, 〈형제자매〉, 1930.

[…] 당신도 아시겠지요, 올해는 여름마저 지난여름과 상당히 대조적이라는 것을요. 그때는 아무리 일찍 일어나도 시간이 부족한 느낌이었지요. 그런 느낌은 대개 더없이 충만한 삶을 살고 있음을 말해줍니다. 지금의 나는 더 오래 잠잘 뿐 아니라, 꿈이 낮에 더 완강한 영향을 주고 있습니다. 같은 꿈이 거듭 영향을 줄 때도 많고요. 지난 며칠 동안 영향을 준 꿈은 구체적이고 훌륭한 건축물에 관한 것이었습니다. 나는 그 꿈에서 B[브레히트]와 바이겔이 성탑 같은 건축물 두 채의 모습으로(성문 같은 것도 달려 있었습니다) 도시 한복판을 비틀비틀 나아가는 것을 보고 있었습니다. 육지를 덮치는 밀물이 달의 원반형 매력을 동력으로 삼듯, 이토록 강하게 낮을 덮쳐오는 잠은 당신의 이미지가 주는 힘을 동력으로 삼습니다. 당신이 여기에 있지 않다는 것이 얼마나 안타까운지 말로 다 표현을 못 하겠습니다. 조금 더 표현해보자면, 이렇게 안타까우리라고는 미처 생각지도 못했습니다.

---

‡ 집필 시기: 1934년 여름. 덴마크에서 브레히트와 함께 지내는 동안 집필했다.

‡ 출처: Walter Benjamin, *Gesammelte Schriften VI*, 812쪽.

# 15

## 어느 크리스마스캐럴

파울 클레, 〈연인〉, 1923.

세상 모든 노래 중에 내가 제일 좋아하는 곡은 어느 크리스마스캐럴인데, 그 노래를 들을 때마다 나를 감싸주는 것은, 처음 노래를 들으며 예감하게 된, 아직 경험해보지는 못한 괴로움을 달래주는, 오직 음악만이 우리에게 줄 수 있는 위안이다. 곡은 이렇게 시작된다.

> 자리에 누워 잠을 자다가
> 이상하게 아름다운 꿈을 꾸었지
> 내 앞 탁자 위에
> 너무 아름다운 크리스마스트리가 서 있던.

하지만 이 노래에서 그토록 가슴에 와닿은 것은 선율의 마법만이 아니었다. 나를 사로잡은 것은 오히려 가사 배치의 마법이었다. 꿈꾸는 사람이 꿈속에서 깨어 있는 상태로 트리 앞에 서 있는 것이 아니라, 잠이 든 사람은 잠들어 있고 꿈이 그의 곁에 와서 서 있는 느낌. 마치 프리미티프 회화에서 성모마리아가 아픈 사람이나 잠든 사람의 침대 곁에 와서 서 있는 것처럼, 성모마리아가 그 앞에 모습을 드러내듯, "내 앞 탁자"가 침대 옆에 서 있었다. 이 노래를 들으면서 꿈과 깨어남 사이를 자꾸 넘어 다녔더니, 그만 문턱이 닳아서 반들반들해지고 말았다.

‡ 집필 시기: 1933년에서 1934년경 사이. 벤야민 생전에는 발표되지 않았고, 전집에도 실리지 않았다.

‡ 출처: Walter Benjamin, *Träume*, 26쪽.

# 16

달

파울 클레, 〈천사 후보〉, 1939.

## 웰티의 〈달밤〉

창문 앞에서 육지가 솟구쳐 올랐다. 오랜 옛날부터 내내 일렁여온 듯한 너른 파도처럼. 기사는 파도에 올라탄 모습으로 부인 앞에 나타났다. 예전에 세이렌들이 오뒷세우스 앞에 나타났을 때도 이렇게 바다의 파도에 올라탄 모습이었을 것이다. 그때 그 바다는 그리스인들에게 낯선 바다였을 테고. 하지만 기사를 창문 앞으로 떠받쳐 올린 육지는 부인과 같은 물질로 만들어져 있는 것 같았다. 그 밤 완전히 시체처럼 잠들어 있는 사람 옆에서 아득하고 불분명한 형상에 시선을 빼앗겨버린 부인과. 하지만 저 육지가 달의 미광 속에 있는 것이었을까? 지구의 위성인 달이 지구를 비추고 있는 것이었을까? 거꾸로가 아니었을까? 꽉 찬 보름달로 인해 자연의 질서가 거꾸로 뒤집혀, 지구가 달을 호위하는 존재, 달의 호위병에 불과한 존재가 되어 있었던 것 아닐까? 그렇게 낮의 질서까지 뒤집혀 아내가 지배자가 되고 산이 바다가 되고 잠이 죽음이 되어 있었던 것 아닐까?

알베르트 웰티, 〈달밤〉, 1917.

## 물잔

그때도 달의 빛줄기는 자연의 질서를 거꾸로 뒤집는 마법사의 지팡이 같았다. 지금 비로소 나에게 와 닿은 달빛. 귀를 기울일수록 달빛의 메아리는 내가 이미 오래전에 들어보았던 소리처럼 다가왔다. 지나간 시간이 달의 위성이 된 지구의 모든 장소를 이미 차지하고 있는 듯했으니, 그제야 나는 걱정과 근심을 안은 채로나마 금방 침대에 들어갈 수 있을 것 같았고, 침대에 누운 내 모습을 떠올려볼 수도 있을 것 같았다. 걱정 근심이 겨우 진정된 것은 등에 다시 매트리스가 느껴졌을 때였다.

## 달 1

태어나서 처음으로 한 산책은 창문 앞에서 끝이 났다. 블라인드 사이로 뒤채들이 내려다보였다. 때로는 시선이 좀 더 높은 곳에 가 닿았다. 그럴 때 밝은 달은 저 하늘 별세계의 배경으로부터 유리되어 시야에 들어왔다. 나는 거기에 오래 있지 않았다. 거기에 있으면 얼른 돌아서는 것이 상책이라는 느낌이 들곤 했기 때문이다.

## 어둠 속에서

달빛은 천천히 계속 움직였다. 때때로 달빛은 내가 다시 잠들기도 전에 벌써 내 방을 떠나고 없었다. 그럴 때면 어둠 속에서 한 가지 질문이 떠올랐다. 이제 와서 생각하면, 그것은 빛이 사라지기 직전 달빛 속에서 나를 사로잡고 있던 불안의 어두운 이면이었다. 내게 떠올랐던 건 이런 질문이었다. 대체 왜 세상에는 뭔가가 있는 것일까? 대체 왜 세상은 있는 것일까? 그 어떤 것도 나에게 세상을 생각하라고 강요할 수 없다는 것을 매번

새롭게 놀라며 알아차리면서. 세상은 없어도 상관없었
다. 없다는 것이 있다는 것에 비해 나쁘게 느껴졌거나
낯설었느냐 하면 그런 건 전혀 아니었다. 그 있는 것들
중 가장 친숙하고 가까운 부분으로부터 소외감을 느끼
게 하는 데는 달빛 한 줄기면 충분했고.

## 꿈

그런 까닭에 나는 내가 덮은 이불 위로 블라인드의 창살
그림자를 던지는 보름달 밤의 포로였다. 한번은 내가 집
앞에 나와 있을 때 달이 나타났다. 어린 시절은 벌써 한
참 지났을 때였다. 그 끝에서 우리는 우리 자신을 더 어
린 우리와 비교했다. 마침내 비교 대상은 존재감이 커졌
다.

한번은 내가 집 앞에 나와 있을 때 달이 나타났다. 어린
시절은 벌써 한참 지났을 때였다. 그런데 달이 나타난
바로 그 순간, 한순간의 시간 차도 없이, 나 자신의 형상
이 눈앞에 선명하게 나타났다. 그 꿈속에서 나는 가족
과 함께 있었다. 여동생만 없었다. 엄마는 "도라*"는 어

* 벤야민의 여동생.

디 있니?"라고 물었다. 하늘에 둥실 떠 있다가 갑자기 점점 커지면서 가까이 다가오던 달이 지구를 사방으로 파열시켰다. 우리는 모두 철제 발코니에 나와 앉아 있었는데, 그 순간 발코니 난간이 산산조각 났고, 거기 앉아 있던 사람들도 순식간에 세포 입자들이 되어 사방으로 흩어졌다.

밤중에 어둠 속에서 깼을 때, 나에게 세상은 말없이 던져진 단 하나의 질문일 뿐이었다. 그때는 몰랐지만, 어쩌면 그 질문은 내 방문 앞에 소음 차단용으로 걸려 있던 플러시 커튼의 구겨진 부분에 내려앉아 있었을지도 모른다. 내 침대에 장식으로 달려 있던 황동 구슬에 때때로 비치는 모습이 그 질문의 맹아였을지도 모른다. 어쩌면 그 질문은 잠에서 깨어나는 순간 딱딱해져버린 어떤 꿈의 잔여물이었을지도 모른다.

----

‡ 집필 시기: 『1900년경 베를린의 유년 시절』 중 「달」을 집필한 시기인 1933년에서 1934년경 사이. 벤야민 생전에는 발표되지 않았고, 전집에도 실리지 않았다.

‡ 출처: Walter Benjamin, *Träume*, 29-32쪽.

## 달 2[*]

달에서 흘러내리는 빛은 일상이라는 무대의 조명이 아
니다. 달빛이 미심쩍은 듯 조명하는 곳은 다른 지구, 다
른 행성 어딘가에 있는 장소 같다. 지구는 달을 위성으
로 거느리고 있는 행성에서 달의 위성으로 변신한 것
같다. 시간이라는 호흡을 이어나가던 지구의 넓은 가슴
은 더 이상 오르내리지 않는다. 드디어 고향으로 돌아
온 피조물은 낮에게 벗겨짐당했던 과부의 베일을 착용
할 수 있게 된다. 그것을 알려준 것은 블라인드 틈을 통
해 내 방으로 들어오는 미색 광선이었다. 나는 잠에 들
면 뒤척였다. 달이 방에 들어오거나 방에서 나갈 때마
다 잠이 토막 났다. 달이 방에 들어와 있을 때 잠에서 깨
어나면, 나는 추방자가 되었다. 방은 달 말고는 아무도
들이지 않으려고 했으니까.

　　　그렇게 깨고 나면 처음 눈에 들어오는 것은
한 쌍의 크림색 세면용 대야였다. 대낮에는 거기에 시
선을 두거나 하지 않았다. 하지만 달빛 속에서는 세면

* 『1900년경 베를린의 유년 시절』의 일부인 이 글은 원서에는 실려 있
지 않지만 앞의 글과 관련이 깊다고 판단되어 한국어판에 추가로 번
역해 싣는다. 원서 편집자들의 동의를 얻었다.

기 상단 둘레를 장식하는 푸른 줄이 눈엣가시였다. 치맛단 둘레의 자수 장식인 척하는 녀석. 두 세면기 가장자리는 주름 장식처럼 접혀 있기까지 했다. 두 대야 사이에는 큼직한 물주전자들이 놓여 있었다. 같은 도자기 재질이었고 똑같은 꽃무늬로 장식돼 있었다. 침대에서 일어나서 보면 그것들이 달가닥거리고 있었다. 그 달가닥거림이 대리석 세면대를 통해 접시와 그릇으로, 유리잔과 유리병으로 전해졌다. 밤에 내 주위의 것들이 살아 있다는 신호를 (나 자신이 살아 있다는 신호의 메아리일 뿐이라고 해도) 엿듣는 것은 기쁜 일이었지만, 그 신호를 신뢰할 수 있는 것은 아니었다. 그 신호는 부정직한 친구처럼 내가 언제라도 경계를 늦추고 속아 넘어가기만을 기다렸다. 유리병을 들어 올려 유리잔에 물을 따르려고 할 때도 그랬다. 그 물줄기의 꼬르륵 소리를 듣고 나서 우선 유리병을, 이어 유리잔을 내려놓고 있자면, 그 모든 소리는 먼저 났던 소리의 되풀이인 것처럼 들렸다. 다른 지구로 떠난 내가 보기에는 그곳이 옛날 지구의 모든 자국을 이미 가지고 있는 것만 같았다. 들리는 모든 소리와 보이는 모든 것이 먼저 있던 것의 분신인 듯 느껴졌다. 한동안 그런 상태를 견디다가 침대로 다가가곤 했다. 이미 침대 위에 벌렁 누워 있는 나 자신을 발견하게 되지나 않을까 잔뜩 겁에 질린 채로.

근심이 완전히 가라앉은 것은 등이 다시 매트리스에 닿았을 때였다. 잠이 들었다. 달빛은 천천히 내 방에서 떠나갔고, 그렇게 두 번이고 세 번이고 자다 깨면 방이 어둠에 잠겨 있을 때가 많았다. 잠의 무덤 아래 숨어 있던 손은 이제 제일 먼저 무덤 위로 올라와 꿈의 공격을 막아야 했다. 전투가 끝나고 나서도 불발탄이 터질 때가 있는 만큼, 손은 그러다가 뒤늦게 꿈의 편으로 넘어가지 않도록 하려고 경계를 늦추지 않았다. 약하게 흔들리는 밤의 빛이 손과 나를 안정시켜주고 나면, 하나의 집요한 질문 말고는 이 세상에 아무것도 남지 않았다는 것을 알게 되곤 했다. 어쩌면 그 질문은 내 방문 앞에 소음 차단용으로 달려 있던 커튼의 주름에 걸려 있었는지도 모른다. 어쩌면 그 질문은 수없이 지나간 밤들의 찌꺼기일 뿐이었는지도 모른다. 그것마저 아니라면, 그 질문은 달이 내 내면에 침투시킨 의아함의 이면이었는지도 모른다. 이런 질문이었다. 세상에는 왜 무언가가 있는 것일까? 세상은 왜 있는 것일까? 세상에 대해서 생각하지 않을 수 없게 하는 것이 세상에 하나도 없다니, 나는 그것이 늘 놀라웠다. 그때 내게 세상이 없다니 정말일까 하는 의심이 생겼다고 해도 세상이 있다니 정말일까 하는 의심보다 정도가 더하지는 않았을 것이다. 세상의 있음이 아무것도 없음을 향해 윙

크를 보내고 있는 것 같았다. 달은 세상의 그 있음을 상대로 가벼운 승리를 거두고 있었다.

　　　어린 시절이 다 지나갈 무렵, 그때까지 밤에만 지구에 대한 권리를 주장해오던 달이 결국 지구의 낮 얼굴에 대한 권리까지 주장하기로 한 듯했다. 크지만 희미한 달이 베를린의 거리에서 올려다보이는 꿈속 하늘에 지평선 높이 떠 있었다. 날은 아직 환했다. 식구들이 나를 에워싸고 있었는데, 은판사진처럼 다소 경직된 모습이었다. 여동생만 빠져 있었다. "도라는 어디 있니?" 엄마의 말이 들려왔다. 하늘에 떠 있던 보름달이 난데없이 커지더니 커지는 속도가 점점 빨라졌다. 달은 점점 더 가까이 다가오면서 지구를 산산조각 냈다. 거리에서 올려다보이는 철제 발코니에 앉아 있던 우리 앞에서 발코니 난간이 산산이 부서졌고, 우리의 몸도 순식간에 잘게 부서져 사방으로 흩어졌다. 들이닥친 달은 깔때기가 되어 모든 것을 자기 안으로 빨아들였다. 그 무엇도 원래 모습대로 빠져나가기를 바랄 수 없었다. "지금은 고통이 있으니 신은 없다"라고 선언하는 나 자신의 목소리가 들려왔다. 그 와중에 나는 다른 데로 가져가고 싶은 것들을 한데 모았다. 그리고 그것들을 전부 한 편의 시에 넣었다. 그 시는 나의 작별 인사였다. "오 별과 꽃이여, 마음과 옷이여, 사랑과 고통과 시간이

여, 영원이여!" 그러나 이 단어들에 나를 의탁하려는 순간, 나는 이미 잠에서 깨어나 있었다. 달이 방금 나에게 입힌 공포라는 옷이 영원히 암울하게 내 몸에 들러붙어 있겠구나 하는 것이 딱 느껴졌다. 꿈에서 깨어남으로써 꿈의 과녁을 정할 수 있었던 다른 때와 달리, 그때 나는 알아버렸던 것이다. 깨어남으로써 과녁을 지나가버렸다는 것을. 내가 어린아이로서 경험했던 달의 통치령은 더 아득한 세상 시간이 들어서면서 폭망했다는 것을.

———

‡ 집필 시기: 1933년에서 1934년경 사이.
‡ 출처: Walter Benjamin, *Gesammelte Schriften IV*, 300-302쪽.

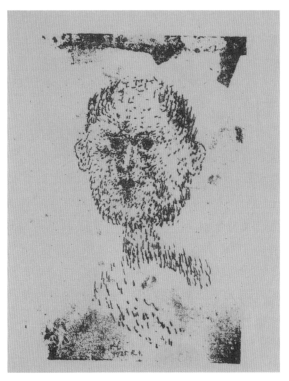

파울 클레, 〈머리(면도 안 한 남자)〉, 1925.

1938년 3월 6일. 지난 며칠 밤에 걸쳐 꾸어온 꿈들이 나의 낮에 깊이 각인되어 있다. 오늘 밤 나는 꿈속에서 사람들을 한 차례 만나고 있었다. 다들 나에게 친절했다. 친절은 주로 여자들이 나에게 관심을 가져주는 방식, 내 외모를 대놓고 칭찬해주는 방식으로 이루어졌던 것 같다. 내가 큰 소리로 다 들리게 이런 말을 했던 것 같다. "이제 저는 더 살고 싶지 않은 것 같아요." 이런 말이 떠나는 사람이 남기는 마지막 우정 표현이기라도 한 것처럼.

나중에, 깨어나기 직전, 나는 아드리안 모니에의 공간에서 한 여자분을 만나고 있었다. 안쪽에서 무슨 전시회가 펼쳐지고 있었는데, 이제 정확하게는 떠오르지 않는다. 전시된 작품들 중에는 채색화가 실린 책들도 있었는데, 넓은 판형인 것도 있었고 담금질된 아라베스크 무늬에 법랑을 덮어쓴 듯 화려한 색깔인 것도 있었다. 공간은 도로에 면한 1층이었고, 대형 통창으로 안을 들여다볼 수 있었다. 나는 그 안에 있었다. 내가 만나고 있는 숙녀는 이 전시회에서 선전하는 기법을 적용한 치아 치료를 오랫동안 받아온 듯했다. 치아에 유광 처리가 되어 있었다. 치아의 유광은 빛을 받는 각도에 따라서 무광 녹색과 푸르스름한 색으로 바뀌었다. 나는 그것이 재료의 올바른 사용법이 아니라는 것을 그녀에게 최대한 공손히 납득시켜볼 생각이었다. 내 의도를 앞질러 짐작한 그녀는 붉은색으로 상감 처리한 치아 안쪽 면을 보여주었다. 내가 정말로 하고 싶었던 말은, 치아에서 진한 색은 딱 적당히 진해야 하리라는 것이었는데.

　　　또 나는 방에서 소음 때문에 너무 고생을 했었다. 어젯밤 꿈이 그것을 잊지 않고 새겨두었다. 나는 지도 밖에 나와 있으면서 동시에 지도에 묘사되어 있는 풍경 안에 들어와 있었다. 풍경은 경악스럽도록 황량했다. 황량한 풍경이 바위투성이 황무지였는지 활자들 말고는 아무도 살지 않는 텅 빈 회색 바닥이었는지, 누가 물어보았다면 대답할 수 없었을 것이다. 활자들이 바닥 위를 구불구불 행진해 긴 산맥처럼 보였다. 그렇게 형성되어 있던 단어들은 서로 어느 정도 거리를 두고 있었다. 내가 귀 지도의 미로 속에 들어와 있다는 것이 머리 내지 몸으로 감지되었다. 하지만 그 지도는 동시에 지옥도이기도 했다.

　　　6월 28일. 나는 미로 계단에 들어와 있었다. 미로 곳곳에 틈이 있었다. 위로 올라갔다. 다른 계단들은 깊은 바닥으로 이어져 있었다. 어느 층계참 위에서 나는 내가 어떤 봉우리에 올라서 있다는 것을 깨달았다. 거기서 온 땅을 굽어볼 수 있는 넓은 시야가 트였다. 다른 사람들이 다른 봉우리들에 서 있는 모습이 보였다.

그들 중 하나가 갑자기 현기증을 일으키며 추락했다. 현기증이 널리 퍼지면서 나머지 사람들도 나머지 봉우리들에서 깊은 바닥으로 추락하기 시작했다. 나도 현기증을 느꼈는데, 그때 잠이 깼다.

6월 22일, 브레히트의 집에 도착했다⋯⋯

———

‡ 집필 시기: 1938년에 쓴 일기.
‡ 출처: Walter Benjamin, *Gesammelte Schriften VI*, 532–534쪽.

# 18

서평: 알베르 베갱, 『낭만적 영혼과 꿈』

파울 클레, 〈어느 천사의 데뷔—어느 천사의 힘겨운 시작〉, 1938.

알베르 베갱[*], 『낭만적 영혼과 꿈: 독일 낭만주의와 프랑스 시에 관한 시론』(전 2권), 마르세유: 카이에 뒤 쉬드, 1937.

베갱은 이 방대한 저서의 대부분을 독일 낭만주의 연구에 할애하고 있다. 프랑스 낭만주의의 특징을 다루는 비교적 짧은 부분이 뒤쪽에 포함돼 있지만, 이러한 배치의 바탕이 비교문학사적 관심은 아니다.(제2권 320쪽을 보면 베갱은 그러한 관심으로부터 거리를 둔다.) 베갱에게 독일 낭만주의는 프랑스 낭만주의의 어머니로 나타나는 것이 아니라 낭만주의라는 현상 그 자체로 나타난다. 낭만주의에 입문하려면 독일 낭만주의로 입문해야 한다는 것이다. 베갱에게 낭만주의는 그야말로 입문을 요구하는 사조다. 그는 이 책이 무엇을 다루는지에 대해 이렇게 쓴다. "우리 자신의 가장 은밀한 부분을 다루고자 한다. […] 거기서 우리가 바라는 것은 하나뿐이다. 거기서 우리가 바라는 것은 징조와 신호를 감지함으로써 인간의 조건이 불러일으키는 경악을, 우리가 인간의 조건을 그 모든 위험한 기이함 속에서, 그 총체적 불안 속에서, 그 아름다움과 그 낭패스러운 한계

[*] 20세기 초중반에 활동한 스위스의 문예비평가, 언어학자, 번역가.

들 속에서 성찰하는 그때 소환되는 경악을 인지하는 것이다."(xvii쪽) 책 뒤쪽의 논의는 초현실주의 문학에 할애되어 있어 책 전체의 방향성을 확인케 해준다. 이는 저자가 학술의 영역에서 벗어나기 위해 애쓰고 있음을 보여주는 또 하나의 증거이기도 하다. 그의 책이 엄정함 면에서 (논법과 관련해서가 아니라 자료와 관련해서라면) 학술서에 결코 뒤지지 않는다는 점도 지적되어야 한다. 이 책은 간명하다는 점에서, 학술적 미사여구가 없다는 점에서 책의 모범이다. 이 점을 비롯한 여러 이유 덕분에 이 책은 문제적인 기본 입장에도 불구하고 세부적인 면에서 매력적이며 그 못지않게 독창적이다.

　　　　이 책의 약점은 올바름을 역설하는 대목에서 분명하게 드러난다. 저자는 이렇게 말한다. "과학에서는 객관성이 원칙이 되어야 하고 원칙이 될 수 있지만, 인문학에서 객관성이 유용한 법칙이 되기는 어려울 것이다. 인문학에서 모든 '사심 없는' 연구는 연구자 본인과 연구 '대상' 둘 다에 대한 용서할 수 없는 배반을 요구한다."(xvii쪽) 이의를 부르는 주장은 아니다. 이러한 주장의 오류는 강한 사심과 무매개적 사심이 등치되는 대목에 가서야 드러난다. 무매개적 사심은 언제나 이기적이며, 이런 종류의 사심이 올바르지 않은 것은 인문학에서뿐 아니라 다른 어디에서도 마찬가지다. 꿈에 대한 낭만주의의 가르침이 "올바른가"라는 질문을 무매개적으로 제기하기는 불가능하다. 질문하려면 차라리 그런 낭만주의적 가르침을 배태하게 된 역사적 성좌에 관해서 질문해야 한다. 우리 사이에서 지금 나오고 있는 연구도 마찬가지다. 좀 더 제대로 된 연구는 그런 매개적 사심을 품은 연구, 낭만주의적 가르침의 역사적 정황을 궁금해하는 연구이지, 내면에 호소하는 연구, 텍스트에 무매개적으로 접근해 거기서 진리를 알아내려고 하는 연구가 아니다. 베갱의 책은 그렇게 내면에 호소하면서 시작되는 탓에 오해를 조장한 듯하다.

〈르 탕〉*에서 세속적 전통을 따르는 문학비평의 공급자 역할을 하는 앙드레 테리브는 이 책을 비평하면서, 우리가 이 책에 기꺼이 동의하느냐 아니면 이 책에서 어쩔 수 없는 불쾌감을 느끼느냐 하는 것은 "정신이 어둠의 상태로 돌아가 거기서만 기쁨을 느끼고 시를 느끼고 삼라만상에 대한 은밀한 영향력을 느낄 수 있을 때" 인간이 어떻게 되리라고 생각하느냐에 달려 있다고 말한다.(〈르 탕〉, 1937년 8월) 이 낭만주의 전문가가 초기 낭만주의자들을 통과하는 우회로에서 매력을 느끼는 경우는 그들이 권위 있는 인물들인 경우, 곧

* 프랑스에서 발행되던 일간지.

그들이 중론의 목격자로서 나타나는 경우로 한정된다는 점도 지적되어야 할 것이다. 작가가 그런 식으로 권위 있는 인물인 경우는 매우 드물다. 낭만주의 작가가 그런 인물인 경우는 아마 없을 것이다. 권위 있는 인물 중에 엄밀한 의미에서 낭만주의자라고 할 만한 인물은 리터* 외에는 없을 것이다. 그가 사상에서만 낭만주의자가 아니라 인생에서도 낭만주의자였던 덕분이다. 범위를 넓히면 노발리스와 카롤리네 폰 귄데로데 또한 그런 인물이라고 할 수 있을지 모른다. 대부분의 낭만주의자들은 엄밀한 의미의 낭만주의자, 곧 "문턱 파수꾼"이 되기에는 문필업에 너무 얽매여 있었다. 이러한 사정으로 인해 베갱의 논의는 일반적인 문학사의 방식을 따르게 되는 경우가 많은데, 이런 방식이 그의 테마와 맞지 않는다는 것은 그 자신의 말대로다. 이 말은 방식에 대한 비판일 수도 있고, 테마에 대한 비판일 수도 있다.

　　괴테의 말대로, 대상을 분석하는 사람은 분석의 토대에 진정한 종합이 놓일 수 있게 애써야 한다. 베갱이 대상에 접근하면서 취했던 태도가 괴테의 조언을 따르는 태도였는가는 베갱이 연구한 대상이 흥미로운

---

* 요한 빌헬름 리터는 18세기 후반에서 19세기 초반에 활동한 독일의 화학자, 물리학자, 철학자다.

만큼 더 의문스럽다. 대상을 종합할 수 있다는 것은 대상을 역사적으로 인식했을 때 누리게 되는 특권이다. 제목에서도 암시되듯이 이 책의 연구 대상은 역사적 구축을 기대하게 한다. 그렇게 역사적 구축이 이루어졌다면, 저자의 사유가, 그리고 아울러 독자의 사유가 좀 더 유익하게 펼쳐졌을 텐데, 실제로 저자는 초현실주의와 실존철학의 최신 고찰들 속에서 자신의 사유를 입증하는 데 그치고 있다. 역사적 구축이 이루어졌다면, 낭만주의가 18세기에 시작된 모종의 역사적 과정, 곧 신비주의 전통의 세속화 과정을 완결 짓는 현상이었다는 점을 밝힐 수 있었을 것이다. 연금술사들, 일루미나티 회원들, 장미십자회* 회원들이 처음 열어놓은 그 과정은 낭만주의에서 끝나기 시작한 바로 그 과정이었다. 신비주의 전통은 이 과정을 지나면서 손상될 수밖에 없었다. 손상의 증거는 경건주의가 초래한 폐해들에서도 나타났고, 칼리오스트로와 생제르맹* 같은 마술사 유형

* 일루미나티는 18세기 후반 프로이센 왕국을 중심으로 활동하던 급진적 성격의 비밀결사이고, 장미십자회는 중세 후기 독일에서 형성되었다고 알려진 신비주의적 비밀결사다.

* 칼리오스트로는 18세기에 활동한 이탈리아의 연금술사, 신비주의자, 사기꾼이고, 생제르맹은 18세기에 유럽을 중심으로 활동한 모험가, 신비주의자, 연금술사, 협잡꾼이다.

이 등장하는 현상으로도 나타났다. 신비주의 교리의 타락상과 신비주의 수요의 타락상은 사회의 상층과 하층을 막론하고 엄청났다.

낭만주의적 신비는 그런 경험에서 나온 산물이다. 그것은 일종의 복고 사조로서, 그런 사조가 가질 수 있는 모든 폭력성을 안고 있었다. 신비주의가 종교적 경험의 지상을 벗어나 공중(公衆)의 자리를 차지할 수 있게 된 것은 노발리스를 통해서였는데, 리터는 거기서 좀 더 높이 올라갔다. 후기 낭만주의의 결말에서뿐 아니라 프리드리히 슐레겔의 결말에서 이미, 오컬트 과학이 교회의 품으로 거듭 돌아가려고 드는 모습이 나타난다. 신비주의 전통의 세속화 과정이 완료된 시기는 공동사회에서 이익사회로의 이행이 시작되고 산업화가 시작된 시기와 일치한다. 신비 체험의 배경이었던 성지들이 사라지면서 신비 체험이 의문시된 시기이기도 했다. 프리드리히 슐레겔, 클레멘스 브렌타노, 차하리아스 베르너* 같은 사람들이 도달한 결론은 개종이었다. 반면에 트록슬러 또는 쉰들러★ 같은 사람들은 꿈

---

\* 18세기 후반부터 19세기 초반에 활동한 독일의 낭만주의자들.

★ 이그나츠 파울 비탈 트록슬러는 19세기에 독일 예나와 괴팅엔에서 헤겔과 셸링에게 수학한 의사이고, 하인리히 브루노 쉰들러는 19세기 폴란드에서 활동하며 『중세의 미신』을 집필한 의사다.

과 몽상을, 무의식의 식물적, 동물적 발현을 피난처로
삼고자 했다. 그들은 전략적 후퇴를 감행함으로써, 수
준 높은 신비주의적 삶의 영역으로부터 철수함으로써,
자연에 정박한 삶의 영역을 더 차지하고자 했다. 그들
이 꿈과 몽상을 향했던 것은 영혼의 귀향길이었다기보
다 그 길이 이미 가로막혀 있다는 증거였고, 그런 의미
에서 그 자체로 신호였다.

　　　　베갱이 이런 통찰에 도달한 것은 아니다. 연
구 대상의 실재적, 종합적 핵심을 역사적으로 인식한다
면 낭만주의 꿈 이론들이 어떻게 무너졌는지를 밝힐 수
있을지도 모르지만, 그 가능성에 대한 고려가 그에게는
없다. 이러한 단점은 이 책의 논의 방식에도 흔적을 남
겼다. 이 책은 낭만주의 텍스트의 저자들을 따로따로
논의함으로써 이 책이 종합적 논의를 전개할 수 있는가
에 대한 자기 의심을 어느 정도 드러내 보이고 있다. 이
러한 약점에는 물론 긍정적 측면도 있다. 이 약점이 그
에게 인물 연구가로 인정받을 가능성을 열어준다. 그의
인물 묘사들은 종종 참으로 매력적이다. 이 책이 어떤
책인가와 상관없이 이 책을 읽을 만한 책으로 만들어주
는 것은 바로 그 묘사다. 그중 첫 부분, 곧 깨어 있는 G.
Ch. 리히텐베르크가 (동료 인간들의, 그리고 자기 자신
의) 꿈이나 몽상과 어떠한 관계를 맺고 있는지를 묘사

하는 부분에서 이미 독자는 베갱의 재능을 높이 평가하게 된다. 또한 그는 제2권에서 빅토르 위고를 다루면서 고작 두어 쪽 분량으로 한 편의 걸작을 써낸다. 독자가 이 걸작 초상들을 더 상세하게 들여다볼수록, 이 책을 실패작으로 만들었을 편견이 깨지는 장면을 더 빈번하게 보게 될 것이다. 낭만주의자들의 신비적 사색은 극히 제한적인 의미밖에 갖지 못한다는 것이 베갱의 묘사 속에서는 바로 G. H. 슈베르트 같은 인물을 통해 매우 명료하게 드러난다. 그런 명료한 묘사에서 드러나는바, 역사가의 직접적 수확이 더 적을수록 역사가의 정직함은 더 돋보인다.

———

‡ 최초 발표 지면: *Mass und Wert* 2, 1938–1939.
‡ 출처: Walter Benjamin, *Gesammelte Schriften III*, 557–560쪽.

# 2부

## 여행

파울 클레, 〈힐터핑엔 지방〉, 1895.

# 도시와 이동

# 19

## 숨기고 있던 이야기

파울 클레, 〈내 하숙방〉, 1896.

**어머니의 생신을 축하하는 자리에서 했던 이야기.**

급행열차가 비 오는 풍경 속에서 달리고 있었습니다. 대학생이 3등차에 앉아 있었습니다. 며칠 동안 스위스에 가서 비싼 체류비와 비 오는 날씨를 견디다가 돌아오는 길이었습니다. 그는 자기감정을 그냥 내버려두는 다정한 배려심을 발휘하면서 자기가 지금 가벼운 권태를 느끼고 있다고 생각하려고 애썼습니다. 노란색 객차에는 노신사 한 명과 60대의 부인 한 명이 나란히 앉아 있었습니다. 대학생은 두 사람을 1분 정도 조심성 없이 쳐다보다가 자리에서 일어나더니 느릿느릿 복도로 나갔습니다. 거기서 그 남학생은 객실 유리 칸막이 너머를 보았고, 같은 대학에 다니는 여학생을 알아보았습니다. 그는 그녀에게 반해 있었지만, 그런 일이 생겼을 때 초기 단계에서 늘 그랬듯 일단 비밀로 하고 있었습니다. 그렇게 그녀를 보고 있는 동안에는 그러고 있는 것이 당연하다는 생각을 포기할 수 없었습니다. 하지만 객실로 돌아와 자리에 앉을 때는 올바르게 처신한 사람의 기분을 맛보았습니다.

저녁 9시 30분쯤, 열차가 대학 도시에 진입했습니다. 남학생은 주위를 살피지 않고 성큼 내려섰습니다. 얼마 후 무거운 트렁크를 힘겹게 끌고 가는 여학생의 뒷모습이 눈에 띄었을 때 그는 그 상황을 자연스럽게 받아들였습니다. 비 오는 스위스 체류의 기억은 서서히 희미해져갔습니다.

　　　그는 기차역에서 그녀를 따라잡으려는 노력을 거의 하지 않았습니다.(그는 그녀에게 반해 있었지만, 그때 그의 혼잣말은 "반하긴 했지만"이었습니다.) 당연히 그녀는 트렁크를 끌고 전차 역으로 갈 것이었습니다. 실제로 그녀는 다른 몇몇 여행자와 함께 전차 역에 서 있었습니다. 가랑비가 내리고 있었습니다. 전차가 왔는데, 다른 노선 전차라는 것은 알았지만 빗속에서 전차를 기다리는 것만큼 불유쾌한 일도 없겠다 싶었습니다. 여학생은 앞문으로 탑승했고, 그녀의 무거운 트렁크는 차장이 실어주었습니다. 트렁크의 거무스름한 육중함은 어딘가 매혹적이었습니다. 그것이 전차에 실리는 순간에는 얼마나 기괴해 보였는지 모릅니다! 남학생은 전차가 막 움직이기 시작할 때 앞쪽으로 탑승했습니다.

　　　승객은 그렇게 둘뿐이었습니다. 빗방울이 한 방울씩 그의 얼굴 위로 떨어졌습니다. 두툼한 여행용 외투에 둘둘 말린 채 트렁크 옆에 서 있는 그녀는 거대한 담요처럼 못나 보였습니다. 전차는 급행이었고, 이후 더 탄 것은 두어 명뿐이었습니다. 전차는 시내를 거의 벗어나 변두리 지역에 진입했습니다. 구름이 떨어뜨리기 시작한 가랑비에 젖듯 남학생은 짜증에 젖기 시작했습니다. 짜증은 서서히 분노로 바뀌고, 증오가 깨어났습니다. 전차를 이런 오지까지 운행하게 만든 관리진에 대한 증오. 이곳의 어두운 거리들과 환하게 밝혀진 창문들에 대한 증오. 모욕적인, 부적절한 우천에 대한 타오르는, 격한 증오. 그는 외투를 여미며 아무 말도 안 하기로, 한마디도 안 하기로 결심했습니다. 그는 이 엄청난 방수 외투를 입은 여자의 노예가 아니었으니까. 절대 아니었으니까!

전차는 아주 빨랐습니다. 모종의 주인 의식이 그를 엄습했고, 그는 시 한 편을 구상했습니다.

그러고는 다른 것은 생각하지 않고 '얘가 어디까지 가나 보자,' 그것만 생각했습니다.

2분 뒤, 전차가 정차했습니다. 숙녀가 하차했고 차장은 트렁크로 손을 뻗었습니다. 그 순간 젊은 남자의 질투 어린 분노가 깨어났습니다. 그는 말 한마디 없이 차장의 손에서 트렁크를 낚아채서는 그녀를 따라갔습니다. 그렇게 그녀의 뒤에서 백 걸음쯤 걷던 그는 그녀의 경쾌한 고갯짓 한 번에 그녀에게 말을 걸고 싶어졌습니다. 시간과 날씨에 대해 두어 마디. 사과의 뜻으로.

그 순간 그는 그 어린 소녀가 어느 집 문 앞에서 걸음을 멈추는 모습을 보았습니다. 열쇠가 자물쇠 안에서 돌아가는 소리도 들었습니다. 그리고 어느 복도의 어둠을 들여다보았습니다. 이제 그에게는 "저녁 시간 잘 보내세요"라는 들리지 않는 인사를 할 시간도, 여학생에게 트렁크를 건넬 시간도 빠듯했습니다. 문이 닫혔고 안에서 잠기는 소리가 들려왔습니다. "짐꾼이야." 양손을 외투 주머니에 깊이 찔러 넣고 등을 꼿꼿하게 세운 채 비 오는 어둠 속으로 걸어 들어가면서, 그의 머릿속은 온통 그 한마디뿐이었습니다.

──

‡ 집필 시기: 1911년에서 1912년경 사이. 벤야민 생전에는 발표되지 않았다.
‡ 출처: Walter Benjamin, *Gesammelte Schriften VII*, 295–296쪽.

# 20

비행사

파울 클레, 〈모자, 숙녀, 작은 탁자〉, 1932.

비어 있는 대리석 테이블이 호광등 빛을 반사하고 있었다. 어느 카페 앞에 귄터 모블란트가 앉아 있었다. 차가운 석류 주스가 이에 닿자 통증이 느껴졌다. 안에서 흘러나오는 시끄러운 바이올린 소리가 마치 어떤 목표물을 향해 무섭게 돌격 중인 날카로운 마음의 소리 같았다.

'여자랑 자다니 왜 그런 거야? 어린애에다 매춘부였잖니? 이런, 귄터, 넌 이제 순결을 잃었어.'

한 노파가 앉을 자리를 찾느라 빈 의자들 사이에서 수선을 피우고 있었다. 호기심에 찬 귄터는 노파의 작은 몸을 눈으로 훑었다. 누가 목을 비틀어 뜯어낼 수도 있을 것만 같은 여윈 몸이었다. 그가 계산할 때 웨이터가 음료값을 속였다. 대로에 나와서는 인파에 휘말렸다. 매일 저녁 하늘은 연갈색이고 작은 나무들은 검은색이었건만 댄스홀 입구는 눈부시게 반짝였다. 그를 사로잡은 것은 보석 상점들이었다. 지나가다가 그런 상점을 보면 진열창 앞에서 걸음을 멈추고 지팡이 금손잡이에 엉덩이를 기댔다. 어느 모자 가게 앞에서는 몇 분 동안 계속 안을 들여다보면서 안에 진열되어 있는 모자들이 공들여 화장한 여자의 머리에 얹혀 있는 모습을 상상했다.

젊은 여자 네 명이 풍기는 향기가 흘러 흘러 그를 덮쳐왔다. 귄터는 행인들 사이를 헤치듯 지나가는 그녀들을 노골적으로 뒤쫓아 갔다. 좋은 옷을 입은 남자들은 지나가는 그들을 내내 쳐다보았고, 신문팔이들은 그들을 향해 괴성을 질렀다. 칙 하는 소리와 함께 호광등 하나가 그들 중 날씬한 여자의 금발을 빛나게 했다. 그들은 서로 밀착해 있었다. 이제 그들은 뒤로 돌아 걷기 시작했고, 귄터는 그들을 마주 보면서 휘청휘청 걸음을 옮겼다. 그들이 소녀들처럼 웃음을 터트렸다. 그가 몸을 잔뜩 펼치면서 그들을 스쳐 지나갈 때, 그들 중 한 명의 팔이 그에게 닿으면서 그의 몸을 달아오르게 했다. 환한 조명들을 반사하고 있는 밝은 거울 속에 갑자기 그가 드러났다. 환하게 빛나는 녹색 스카프가 잘 어울렸다. 하지만 그의 눈에는 조명 한가운데 있는 자기 모습이 흉해 보였다. 두 팔은 어깨 관절이 빠진 듯 축 늘어져 있었다. 얼굴은 천한 느낌으로 빨개져 있었고, 바지는 잔뜩 구겨져서 주름이 깊게 나 있었다. 수치심이 그의 몸을 엄습하면서 팔다리가 한꺼번에 떨려왔다. 거울 뒤편에서 낯선 누군가가 나타났다. 귄터는 고개를 숙인 채 자리를 피했다.

　　　길거리가 한산해지면서 더욱, 날이 어두워지면서 더더욱, 사람들의 목소리가 날카롭게 들려왔다. 귄터 모를란트는 스물네 시간이 지났는데도 아직 자기 몸에 그 어떤 소모성 질환의 증상도 나타나지 않았다는 것이 놀라웠다. 그는 행인들을 피해 다니면서도 사람들에게서 눈을 떼지 않았다.

밤 11시쯤 그는 어느 광장에 도착해 있었는데, 문득 많은 사람이 하늘을 올려다보고 있다는 것을 알아차렸다. 장밋빛 연기가 도시 상공의 환한 하늘을 검게 가르는 비행기를 감싸고 있었다. 비행 음이 약하게 들리는가 싶었지만, 비행사는 끝내 보이지 않았다. 비행기는 거의 일직선으로, 계속 같은 속도로 날아갔다. 검은 직선이 하늘에 한동안 남아 있었다.

귄터는 뒤를 돌아보았다. 같이 잤던 매춘부가 그녀라는 것을 확인하기 위해서는 눈빛에 힘을 주어야 했다. 그가 그녀의 팔을 꼭 붙잡았을 때, 그녀는 그의 아이 같은 눈에 떠오른 눈빛을 알아보지 못했다.

———

‡ 집필 시기: 1911년에서 1912년경 사이. 벤야민 생전에는 발표되지 않았다.

‡ 출처: Walter Benjamin, *Gesammelte Schriften VII*, 643–644쪽.

# 21
# 아버지의 죽음

노벨레

파울 클레, 〈서로 상대방이 자기보다 지체가 높은 사람이라고
짐작하는 두 남자가 만나다(발상 6)〉, 1903.

그는 돌아오는 내내 전보의 의미를 제대로 이해하는 일을 피하고 있었다. "즉시 귀가 요망. 악화." 악천후 속에서 리비에라*를 출발한 것은 저녁때였다. 아침 햇살이 술집에서 밤을 새운 손님을 에워싸듯 기억들이 그를 에워쌌다. 감미로움과 부끄러움을 안겨주는 기억들이었다. 도착한 것은 한낮이었고, 그는 도시의 소음을 알아들으면서 짜증스러움을 느꼈다. 짜증은 고향이 자신을 괴롭힐 때 그가 선택할 수 있는 유일한 반응인 듯했다. 하지만 그러면서도 그는 어느 유부녀와 나눈 경망했던 시간의 욕정이 작은 새처럼 지저귀고 있다는 느낌을 받았다.

형이 나와 있었다. 검은 옷을 입은 그에 대한 증오심이 전기 충격처럼 등줄기를 타고 흘러내렸다. 형은 동생에게 우울한 얼굴로 다급하게 인사를 건넸다. 자동차가 준비돼 있었다. 차는 가는 내내 덜컹거렸다. 오토는 어떤 질문 같은 말을 중얼거렸지만, 그러면서도 어느 키스에 대한 기억에 얼이 빠지고 말았다.

집은 금방이었고 하녀가 계단에 나와 있었다. 그녀가 그의 무거운 여행 가방을 넘겨받는 순간, 그는

---

* 프랑스 동남부와 이탈리아 서북부에 걸쳐 있는 지중해 연안 지역.

그 자리에 주저앉았다. 어머니는 아직 만나기 전, 아버지가 살아 있었던 것이다. 창가 안락의자에 비대해진 아버지가 앉아 있었다…… 오토는 아버지 앞으로 가서 손을 내밀었다. "입맞춤 인사는 이제 안 할 거니, 오토?" 아버지가 나직하게 물었다. 아들은 아버지를 와락 끌어안았다. 그러고는 발코니로 뛰쳐나가 오열했다. 울다가 기력이 다한 그는 학교에 다녔던 일, 상인으로 살았던 일, 미국에 갔던 일을 꿈결처럼 떠올렸다. "마르틴 도련님." 이제 차분해진 그는 부끄러워졌다. 아버지는 아직 살아 계신데. 그는 다시 흐느꼈고, 하녀 아이는 그의 어깨에 손을 얹었다. 그는 무의식적으로 고개를 들었다. 건강한, 금발의 사람이 있었다. 좀 전에 자기 몸이 닿았던 병자에 대한 살아 있는 반론이었다. 집에 왔다는 느낌이 들었다.

오토가 2주 동안 머물며 이용한 도서관은 가장 번화한 도심에 있었다. 매일 오전 그는 자기에게 정치경제학 박사 학위를 안겨주기로 되어 있는 논문을 쓰는 일에 세 시간을 할애했다. 매일 오후에는 예술 화보 잡지들을 탐독하기 위해 또 도서관을 찾았다. 그는 예술을 사랑해 많은 시간을 거기에 쏟아부었다. 그쪽 열람실에서도 그는 외롭지 않았다. 대출과 반납을 담당하는 품위 있는 직원과는 서로 우호적이었고, 이마를 찌

푸리면서 멍하니 고개를 들었다가 고등학교 때 알았던 얼굴을 발견하는 경우도 종종 있었다.

외로운 나날이었지만 결코 한가하지 않았으며, 몇 주 동안 어느 관능적인 여자를 섬기는 일에 모든 신경을 동원당한 직후였던 그에게는 나날이 유익했다. 저녁에 침대에 누우면 그녀의 육체적 세목들을 탐색하기도 했고, 그 자신의 노곤한 감각이 기분 좋은 파도에 실려 그녀를 향하기도 했다. 그녀라는 사람을 떠올리는 일은 거의 없었다. 전차에 올라탔을 때 맞은편에 여자가 앉아 있을 때면 멍한 표정으로 눈썹에 힘을 주었다. 무슨 뜻이 있어서 그렇게 하는 것은 아니었다. 그렇게 하면 감미로운 태만함을 위한 도도한 고독을 허락받을 수 있었다.

집안의 일손은 죽음을 앞둔 이의 병을 치르는 일에 꾸준히 동원되었다. 그것이 그에게 무슨 영향을 주지는 않았다. 하지만 어느 날 아침, 그는 평소보다 이른 기상 시중을 받고 아버지의 주검 앞에 세워졌다. 방안은 환했다. 어머니는 침대 옆에 주저앉아 있었다. 하지만 아들은 어머니의 팔 아래쪽을 잡으면서 굳센 목소리로 "일어나세요, 어머니"라고 말할 수 있을 정도로 기운을 낼 수 있었다. 그는 그날도 평소처럼 도서관에 갔다. 전차 맞은편에 앉아 있는 여자들을 보는 그의 시선은 평소보다 더 얼빠져 있었고, 눈썹에는 평소보다 더 힘이 들어가 있었다. 다시 전차에 올라설 때는 그날 쓴 논문 두 장을 끼운 서류철을 꽉 끌어안고 있었다.

하지만 그날 이후 그는 자기 논문과 관련해 예전 같은 확신을 가질 수 없었다. 수많은 결점이 눈에 들어왔다. 그때까지 줄곧 외면하고 있던 근본적인 문제들을 이제 돌아보지 않을 수 없게 된 것이다. 대출 창구 앞에서 갑자기 자제심을 잃어버리기도 했다. 잔뜩 쌓아 올린 잡지 사이에서 괜한 곤혹스러움을 느끼면서 아무 의미 없는 자료를 찾아 헤매기도 했다. 잠시 한숨 돌릴 때면 몸에 맞지 않는 큰 옷을 입고 있다는 느낌을 도무지 떨칠 수 없었다.

그가 아버지의 관 위로 흙을 뿌리고 있을 때, 추도사, 끝도 없이 찾아오는 지인들, 그 자신의 부주의한 상태가 어떻게 연결되어 있는지에 대해 어렴풋하게 깨달았다. '보통 이런 식이지. 이런 게 전형적이라는 거야.' 그가 무덤 앞을 떠나 조문객들 사이를 지날 때, 그의 상심은 챙겨야 하는 소지품 같은 것이 되어 있었고, 그의 표정은 그렇게 무심해진 탓에 더 애매해 보였다. 세 식구가 식탁에 앉아 있을 때 그는 어머니와 형 사이에 오가는 나직한 대화 때문에 기분이 상했다. 금발의 하녀가 수프를 가져왔다. 오토는 거리낌 없이 고개를

들어 어쩔 줄 몰라 하는 그녀의 당황한 갈색 눈을 응시
했다.

오토는 상중의 자잘한 상심을 이렇게 달래는
경우가 많았다. 한번은 복도에서 하녀에게 입을 맞추기
도 했다.(저녁이었다.) 어머니는 오토와 단둘이 있을 때
면 모든 진심 어린 말을 반겨주었지만, 대개는 그의 형
과 사업 문제를 상의하느라 바빴다. 어느 날 도서관에
서 오전 작업을 마치고 돌아오는 길에 그는 떠나야겠다
는 생각이 들었다. 여기서 할 일은 이제 다 했다는 생각,
이제는 공부를 할 때라는 생각이었다.

그는 어머니와 형이 집에 없다는 것을 알고 평
소 습관대로 아버지의 서재에 들어갔다. 고인은 죽음을
앞두고 바로 이 장의자에 누워 고통의 시간을 보내야
했을 것이었다. 블라인드는 더위를 가리느라 내려져 있
었고, 가는 틈 사이로 하늘이 빛나고 있었다. 하녀가 들
어와서 책상 위에 아네모네를 올려놓았다. 장의자에 기
대듯 서 있던 오토는 지나가려는 그녀를 아무 말 없이
끌어당겼다. 그녀가 끌어당겨지면서 그의 몸을 밀었고,
두 사람은 장의자 위로 쓰러졌다. 잠시 후 그녀는 그에
게 입을 맞추면서 몸을 일으켰고, 그는 그녀를 잡지 않
았다.

이틀 뒤, 그는 이른 시간에 집을 나섰다. 하녀

아이가 그와 나란히 걸으면서 트렁크를 끌었고, 오토는 대학 도시와 공부에 대해 이야기했다. 하지만 헤어질 때는 그저 손만 내밀고 말았다. 역이 사람들로 북적이는 탓이었다. "아버지가 계셨다면 뭐라고 하셨을까?" 상체를 젖히고 하품으로 마지막 졸음을 몸에서 내쫓으며 든 생각이었다.

---

‡ 집필 시기: 1913년. 벤야민 생전에는 발표되지 않았다.
‡ 출처: Walter Benjamin, *Gesammelte Schriften IV*, 723-725쪽.

# 22

세이렌

파울 클레, 〈희가극 가수〉, 1923.

자기 비밀을 무덤까지 가지고 간 사람들이 있다는데, 잘하면 G 선장도 그런 사람 중 하나가 될 뻔했답니다. 그렇게 비밀을 지키지 않았다는 것이 그의 불행이었습니다. 말장난을 좋아하는 사람들이라면, 마음속으로 그 불행을 비밀로 하기로 맹세해놓고 비밀로 하지 않은 것이 그의 불행이었다, 라고 말할 수도 있겠네요.

그가 자기 비밀을 처음이자 마지막으로 누설한 것은 청년 시절이 한참 지났을 때였습니다. 세비야 항구에서의 일이었어요. 배로 과달키비르강을 따라 가면 닿는 곳이 세비야 항구인데요, 물론 배가 너무 크면 안 되긴 했지만, 그때 G 선장이 지휘하던 베스터발트호는 적재 중량이 고작 2500톤이었답니다. 여태까지 그가 지휘한 가장 큰 배였지만요. 베스터발트호의 만재 흘수선은 0.5미터 깊이였습니다. 화물로는 마르세유로 가는 철재 들보와 오랑으로 가는 암모니아 700톤이 실려 있었고, 승객으로는 유일하게 클라우스 신징어라는 사람이 타고 있었습니다.

이 승객의 가장 대단한 점은 식사 시간이 되어 간부 선원 식당에 들어올 때마다 계속 다른 파이프를 챙겨오기 위해 신경을 썼다는 것입니다.(그는 흡연이 식사 예절에 어긋나지 않을 순간이 오자마자 파이프를 꺼냈습니다.) 하지만 쿡스하펜에서 세비야까지 12일 동안 여

행을 하다보니, 다량으로 비축해두었던 파이프 종류도
이제 바닥이 난 듯했습니다. 어쨌든 이번 것은 파이프
라기보다는 볼품없고 아주 짧은 막대기였습니다. 신징
어는 마치 꿈을 꾸듯 지난 이야기를 경청하는 동안 아
주 조금씩 연기를 뿜어 올렸습니다. 눈은 반쯤 감고 있
었지만 그 반쯤 감긴 눈은 그의 온 영혼이 듣는 일에 열
중해 있다는 신호일 뿐이었습니다. 신징어는 훌륭한 청
자였거든요. 아마도 그것이 선장의 불행이었겠지만요.

　　　이토록 협소한 관습의 테두리 안에서 이런 유
의 승객과 교유를 해나가려면 정말이지 G가 소유한 정
도의 자제력과 염세주의가 발휘되어야 했습니다.(배가
바다를 건너는 경우에는 바로 그런 정도가 필요했습니
다.) 신징어 쪽에서 교제를 기다리고 있었던 것은 전혀
아니었지만, 대화 중에 아무리 긴 침묵이 이어지더라
도 당황스러워하지 않는 그의 태도는 그가 타고난 청자
임을 보여주기에 충분했습니다. 이제, 잔에 담긴 와인
이 전혀 찰랑대지 않는 이런 식탁 앞에 앉은 것은 선장
과 승객 두 사람 다 정말 오랜만이었습니다. 잔잔한 저
녁이었습니다. 세비야를 허리띠처럼 조이고 있는 대공
원 안에는 종려나무들이 자라 있었지만, 우듬지를 흔드
는 바람은 한 점도 없었습니다. 항구에 정박한 베스터
발트호는 튼튼한 정자처럼 전혀 흔들리지 않고 있었고

요. 식당 손님들은 저마다 수풀 속에 숨어 있는 식탁들에 앉아 있었습니다. 손님은 별로 없었지만요. 대부분은 아내를 데려올 정도의 분별력을 갖춘 사람들이었습니다. 그래야 스페인 음악의 우수를 몸짓과 어깨의 리듬으로 바꿀 수 있었으니까요.

어쩌다가 저 사람과 이런 곳에 왔지? 신징어에게 이런 생각이 든 것은 두 사람이 마주 보고 앉은 지 채 5분도 지나지 않아서였습니다. 더 좋은 곳에 가려던 것은 아니었습니다. 따로 가려던 곳도 없었습니다. 50대 남자인 그는 항구도시의 뒷골목에서 더 이상 그 어떤 신비나 매력도 느낄 수 없었으니까요. 그런데도 그는 생각했습니다. G와 내가 각자 이 도시의 서로 다른 구석을 찾아가 앉아 있었다면, 이 정도까지 불편하지는 않았을 텐데. 마브로다프네 품종을 선택하기까지의 상의 과정을 가능한 한 길게 늘이는 데는 성공했지만, 그 과정이 마무리되면서 대화도 끊어졌던 것입니다.

"그리스 와인이라고요? 뭐, 좋으실 대로." G는 이 말과 함께 입을 다물었습니다. 그런데 이례적으로 금방 침묵을 깨더니 "빌헬름스하펜을 아시나요?"라고 물어왔습니다. 그때부터 신징어는 자기가 마치 까마득한 옛날부터 이 도시에서 끝없이 이어진 부두, 날림으로 지은 부두 노동자 숙소, 크레인, 일렬로 서 있는 황량한 집 들과 함께 머물러 있었던 것만 같았고, 맞은편 남자가 이 삭막한 환경 속에서 엘스베트와 결혼을 한 뒤 찾아낸 갓 피어난 행복을 점점 더 환히 알아가게 되는 듯했습니다.

[…]

G의 이야기는 계속 이어졌습니다. "그로부터 몇 주 뒤, 우리 반은 오후에 열리는 기계공학 수업 장소를 올가호로 변경했습니다. 당시 해군 소속 유조선 가운데 최첨단이라고 하던 배였지요. 그 수업을 그 시간에 하기로 한 것은 아쉬운 결정이었습니다. 바로 그 시간에 북독일 증기기관 검사 협회 조사 위원회가 슈테른 보험회사를 대리해 배를 조사하기 위해 승선해 있으리라는 것을 감안하지 않은 결정이었지요. 위원회의 수석 엔지니어가 조사 과정을 지휘하는 동안, 우리 반 사람들은 선상 뒤쪽에 모여 선 채 조사가 끝나기를 기다리고 있었습니다. 우리가 웃고 떠들면서 수업 시간을 거의 다 흘려보냈을 무렵, 배 중간 쪽에서 사람들의 목소리가 들려오고 동요가 전해졌습니다. 우리는 뭔가 일이 터졌음을 직감했습니다. 늘 전공 실기 때 익힌 기술을 써먹을 기회를 엿보던 그 시절의 나는 수석 기관사를 향해 달려갔습니다. 그런데, 세상에, 정말로 사고가 난 것이었습니다."

‡ 집필 시기: 1925년경. 마지막 문단이 소실된 것으로 여겨지는 편린.
  벤야민 생전에는 발표되지 않았다.

‡ 출처: Walter Benjamin, *Gesammelte Schriften VII*, 644~646쪽.

# 23

## 흙먼지로 흩어져버린

노벨레

파울 클레, 〈빈민의 정원〉, 1913.

그가 앉아 있었다. 이 시간이면 늘 거기 앉아 있었다. 그런데 평소와 달랐다. 평소에는 가만히 앉아 멀리 정면만 바라보았는데 오늘은 아래를 내려다보고 있었다. 하지만 지금 그의 눈이 가 닿은 곳에도 바라볼 만한 것이 없기는 마찬가지인 듯했다. 다만 평소에는 은손잡이가 달린 마호가니 지팡이가 그가 앉은 벤치 모서리에 걸쳐져 있었는데, 오늘은 그렇지 않았다. 그가 지팡이를 들고 뭔가를 하고 있었다. 지팡이로 모래 위에 글자를 쓰고 있었다. 그가 O를 썼다. 나는 과일 하나가 떠올랐다. 그가 L을 썼다. 나는 걸음을 멈췄다. 그가 Y를 썼다. 나는 보아서는 안 될 것을 본 것처럼 꺼림칙해졌다. 그가 쓰고 있는 글자들이 눈에 들어왔다. 무슨 단어인지 알아볼 수 없게 글자들이 서로 뒤엉켜 있었다. 모든 글자가 하나로 합쳐지려는 듯, O L Y 와 거의 같은 자리에 M P I A가 차례차례 나타났다. 첫 글자는 후반부 글자가 새겨질 때 이미 사라지기 시작했다. 그는 고개를 들지 않았다. 잠에서 깨어나지 않았다고 해야 할지? 그 정도로 나를 편하게 대하는 것이다. "또 여비 계산인가?" 나는 아무것도 보지 못한 척하면서 물었다. 나는 긴 여행에 필요할 비현실적 경비를 상상하는 것이 그의 유일한 여가 생활이라는 것을 알고 있었다. 사마르칸트나 아이슬란드로 가는, 실제로는 결코 떠나지 않을 여행. 그가 외국에 나갔던 적은 없지 않을까? 물론, 나가야 했던 그때 한 번은 빼고. 그 비밀 여행은 격렬했던, 그리고 (다들 그에게 말해주었듯) 그의 품격에 맞지 않았던, 창피스러웠던 청년 시절 사랑의 기억으로부터 벗어나기 위한 것이었다. 그가 방금 멍하니 바닥에 그렸던 것은—올림피아라는—그녀의 이름이었다.

"내가 떠났던 여행을 생각하고 있었어. 너를 생각하고 있었다고 해도 상관없겠군. 그게 그거니까. 네가 내게 해준 말이 현실이 된 것이 그 여행에서였거든. 누군가가 내게 해준 말이 그렇게 생생한 현실이 된 적은 그때까지도 없었고 그 후로도 없었어. 네가 트라베뮌데*에서 이런 말을 했지. 여행자가 진짜 모험담을 들려줄 수 있으려면 이야기의 중심에 한 여자가 있어야 한다, 하다못해 그 여자의 이름이라도 있어야 한다, 경험이라는 붉은 실이 누군가의 손에서 다른 이의 손으로 전해지려면 그런 지지대가 있어야 한다, 라고. 네 말이 맞았어. 하지만 내가 그걸 알기 전, 그러니까 그 무더운 길을 걸어 올라가고 있을 때만 해도, 내가 너의 그 말을 얼마나 이상한 방식으로 경험하게 될지, 왜 그 인

* 독일 북부에 자리한 작은 항구이자 휴양도시.

적 없는 동굴 같은 골목길에서 조금 전부터 내 발소리
가 누군가를 부르는 목소리처럼 들리는지 알 수는 없었
지. 그 길 주변의 집들은 그 이탈리아 남부 소도시를 유
명하게 만든 건물들과 닮은 데가 거의 없었어. 풍화될
정도로 오래된 건물들도 아니고 근사할 정도로 새 건물
들도 아닌 것이 건축계의 연옥에서 튀어나온 한 무리
의 변덕이었다고 할까. 닫힌 덧창들이 회색 건물 전면
의 완고함을 강조하는 곳, 남유럽의 후광이 좌우 샛길
의 궁륭들과 지진에 대비한 벽기둥들 사이로 완전히 사
라진 것 같은 곳이었어. 내가 옮겨놓는 한 걸음 한 걸음
이 내가 보러 가야 하는 모든 것에게서 나를 멀어지게
했는데—미술관과 대성당이 내 뒤쪽에 있었지—방향을
바꿀 엄두가 나지 않았어. 하지만 양쪽 벽에 같은 간격
으로 설치되어 있는 (그때 비로소 내 시야에 들어온) 나
무 재질의 붉은색 횃불꽂이가 나를 새로운 몽상에 빠뜨
리지 않았다고 해도 그때 발길을 돌릴 힘을 내지는 못
했을 것 같아. 가난한 산골이라고는 해도 수도가 있고
전기가 있는 도시인데 어떻게 그렇게 고풍스러운 풍의
조명들이 아직 남아 있을 수 있는지 그때 나는 이해할
수도 없었고 알아볼 생각도 없었으니 몽상에 빠지는 수
밖에 없었지. 그래서였을까, 두어 걸음 만에 그 동네의
누군가가 막 빨아 넌 듯한 숄, 커튼, 스카프, 카펫 들을

마주쳤는데도 이상하다는 느낌이 전혀 들지 않았어. 어두운 창문에 내걸린 구겨진 불우리 몇 개가 그 집들의 가난하고 구차한 살림살이의 그림을 완성해주고 있었지. 누구라도 붙잡고 시내로 돌아가는 다른 길이 없느냐고 묻고 싶어졌어. 그 길에 질렸거든. 그 길을 지나가는 사람이 하나도 없었다는 것도 큰 이유였어. 결국 다른 길을 찾지 못한 나는 굴욕감 비슷한 것을 느끼면서 올무에 걸린 듯 왔던 길로 돌아가야 했지. 손해 본 시간을 만회하기로, 그리고 패배라고 느껴지는 일을 저지른 데 대한 대가를 치르기로 결심한 나는 힘겹게 점심 식사를 포기하고 더 힘겹게 낮잠마저 포기한 채 짧은 오르막길의 가파른 계단을 올라 대성당 광장에 서 있게 되었어.

거기까지 걸어오는 동안 인적이 없다는 것 때문에 답답했다면, 거기에서는 혼자라는 바로 그 이유로 편안해졌어. 기분이 순식간에 바뀌었지. 이제는 누군가가 내게 말을 걸어오는 일이 가장 피하고 싶은 일이 되었어. 누군가가 내 존재를 알아채게 되는 것 자체를 피하고 싶어지면서 고독한 여행자라는 내 운명이 순식간에 나를 다시 압도했고, 라벨로* 근교에서 마리나 그란

---

* 이탈리아 남부의 작은 마을로, 절경으로 유명한 아말피 해안이 내려다보이는 곳이다.

데를 내려다보며 그 운명을 처음 깨달았던 비통했던 순간이 다시 떠올랐어. 이번에도 나는 크고 높은 것에 둘러싸여 있었지만, 그것은 라벨로의 바위 절벽이 아니라 대성당의 대리석 측벽이었어. 눈처럼 새하얀 벽에서 무수한 석재 성자들이 우리 인간들을 향해 내려오고 있는 것 같았지. 그렇게 늘어선 성자들을 눈으로 따라가는데 건물의 토대 부분에 틈새 하나가 깊이 벌어져 있는 것이 보였어. 땅 밑으로 통로가 나 있더라고. 거기서 가파른 계단을 조금 내려가니 지하에 청동 문 하나가 있었는데 열려 있지 뭐야. 내가 왜 그 지하 곁문으로 숨어 들어갔는지, 그건 나도 모르겠네. 글로 그림으로 수천 번 보았던 장소에 직접 발을 들여놓을 때 어떤 불안을 느끼게 될 수도 있나봐. 그때 나는 그런 불안을 의식하고는 어떤 우회로를 통해 피하려고 한 건지도 모르겠네. 그때 나는 어떤 지하 묘지의 어둠 속에 발을 들여놓게 되리라고 믿고 있었던 걸지도 몰라. 하지만 그런 나의 속물성은 곧 처벌을 받게 되지. 그곳은 위쪽 창문을 통해 환한 빛을 받는, 하얗게 회칠된 성구실이었던 데다가, 단체 관광객으로 가득 차 있었거든. 이미 수백 번, 수천 번 했던 이야기를 그들에게 들려주려는 참인 신부도 있었고. 그런 곳에서는 이야기 사이로 동전들의 메아리가 울려 퍼지고, 이야기가 끝나면 관계자가 나서서 흩어져 있는 동전들을 수백 번, 수천 번 쓸어 담잖아. 신부는 이야기를 들으려고 모인 사람들이 주목하고 있는 장식 기둥 옆에서 거구의 몸으로 거만하게 서 있었어. 어느 모로 보나 대단히 오래되었지만 보존 상태가 극히 양호한 초기 고딕 양식의 돌림띠가 장식 기둥에 쐠쇠로 고정돼 있었고. 이야기를 시작하는 신부의 손에 손수건 한 장이 들려 있었는데 아마 더위 때문인 것 같았어. 실제로 그의 이마에서 땀이 흘러내리고 있었지. 하지만 그는 땀 닦을 생각이 전혀 없어 보였고, 그저 그 돌덩어리를 무의식적으로 여기저기 닦을 뿐이었어. 그 모습이 흡사 주인과의 곤혹스러운 대화에 끌려들어간 하녀가 중간중간에 습관적으로 책장과 책상을 걸레질하는 것 같았지. 나 홀로 여행자라면 누구든 경험해보았을 자학적 상태에 또 한 번 우위를 내준 나는 그가 시작한 작품 설명이 내 귀를 괴롭히도록 내버려두었어.

　　그의 매끄럽지 않은 이야기는, 어조는 전혀 달랐지만, 어쨌든 내용은 이랬다네.

　　'신성 모독과 광란의 사랑에서 기인한 최악의 우행을 저질러 이 도시를 한참 동안 사람들 입에 오르내리게 했던, 그러고는 평생 속죄하는 삶을 살았던 (피해 당사자인 신이 이미 그를 용서했을 터인데도, 평생 회개하는 삶을 살았던) 사람이 2년 전에 세상을 떠났습니다. 석공이었던 그는 대성당 복원 작업에 힘을 보탠 지 10년 만에 실력을 인정받아 복원 작업 총책임자 자리에 올랐습니다. 당시 그는 인생의 황금기를 구가하고 있었고, 누구에게도 굽히지 않는 성격에다, 일가친척도 하나 없는 홀몸이었는데, 그런 그가 인근 휴양지의 상류사회에서 역대급으로 아름답고 염치없는 고급 매춘부의 손아귀에 휘어잡혔습니다. 그 남자의 부드럽고 완고한 성격이 이 여성의 마음을 흔들어놓았을 가능성도 없지는 않겠지요. 어쨌든 그 지역에서 그 여성의 호의를 얻은 남자는 그 남자뿐이라고 다들 짐작했습니다. 하지만 그 호의의 대가가 무엇인지 짐작할 수 있었던 사람은 아무도 없었지요. 그 대가가 무엇이었는지 끝내 밝혀지지 않을 수도 있었는데, 우연히 로마 당국에서 이 도시의 유명한 복원 작업을 시찰하러 오는 바람에 상황이 바뀌었습니다. 시찰단원 중에 젊고 당돌하고 식견이 풍부한 고고학자가 있었는데, 그의 전문 분야는 14세기 돌림띠 연구였습니다. 그런 그가 당시 집필하고 있던 'V시 대성당 설교대 돌림띠 연구'라는 기념비적 논문의 내용을 확충하기 위해 오페라 대성당 복원 책임자에게 자신의 방문을 알린 것이었습니다. 하지만 상대는 이미 10년 전에 은퇴한 사람이었고, 탁월함을 발휘하며 과감하게 도전하던 시절이 까마득하기만 했습니다. 젊은 학자가 그에게서 얻어간 것은 건축양식의 역사와 관련된 정보와는 전혀 다른 것이었습니다. 그는 그 정보, 아니 그 비밀을 혼자만 알고 있을 수 없었고, 다음과 같은 이야기가 훗날 당국의 귀에 들어가게 됩니다. 고급 매춘부가 한 고객을 사랑했고, 그 사랑은 그녀가 서비스의 대가로 악마 같은 고가를 요구하는 짓을 방해하기보다 오히려 충동질했습니다. 그녀는 자기의 가명, 그러니까 그녀와 같은 일을 하는 여성들이 오랜 관습에 따라 일할 때 사용하는 이름을 대성당이라는 더없이 신성한 건물의 돌에 새겨달라고 요구했습니다. 고객은 안된다고 했지만, 거부하는 데는 한계가 있었고, 결국 어느 날 매춘부가 보는 앞에서 그 오래되어 풍화된 초기 고딕 양식의 낡은 돌림띠에 작업을 시작했습니다. 그때 바뀐 돌림띠가 세월이 흐른 뒤 범죄의 증거로 교회 법정에 서게 되었고요. 하지만 그사이에 너무 오랜 세월이 흘렀던 탓에 모든 절차가 이행되고 모든 서류가 제출되었을 때는 법이 집행되기에 이미 늦은 상태였습니다. 쇠약해지고 반쯤 노망이 난 남자가 자기 작품 앞에서 있었습니다. 그 복잡한 아라베스크 무늬 위로 주름진 이마를 숙인 채 자기가 옛날에 숨겨놓았던 이름을 읽어내려는 헛된 수고를 하고 있었습니다. 한때 존경심을 불러일으켰던 그 얼굴을 보면서 그가 연기를 하고

있다고 생각하는 사람은 아무도 없었습니다.'

　　　　내가 너무 가까이 다가갔다는 것, 왜인지 몰라도 내가 그랬다는 것에 나 자신도 깜짝 놀랐어. 하지만 내 손이 돌을 향하기도 전에 신부의 손이 내 어깨를 건드렸다네. 그는 친절함과 놀라움을 표하면서 내 관심의 이유를 알아내려고 했지. 하지만 나는 불안감과 피로감 속에서 너무나도 의미 없는 말, '수집가'라는 말을 겨우 더듬어댔어. 그러고는 터덜터덜 돌아왔지.

　　　　누군가가 주장하듯 잠이 한갓 생리 욕구가 아니라 무의식 쪽에서 의식 쪽으로 가해지는 압력이라면, 그렇게 의식이 뒤로 물러나고 충동들과 이미지들이 전면에 등장하는 것이 잠이라면, 한낮에 이탈리아 남부의 어느 산속 도시에서 나에게 닥쳐온 졸음은 하고 싶은 말이 평소보다 많았던 것 같아. 어쨌거나, 꿈에 그 이름이 나왔어. 정말 그 이름이었어. 하지만 그 이름은 돌에 숨겨져 있는 것이 아니라 다른 차원으로 끌어올려져서 마법에서 풀려난 상태이면서 동시에 선명해진 상태였어. 그때 내 심장을 너무나 아프게 고동치게 하던 그 글자들이 풀잎, 나뭇잎, 꽃잎의 다양한 얽힘 속에서 나를 향해 살랑살랑 흔들렸지. 잠에서 깨어났을 때는 8시가 넘어 있었어. 저녁 식사 시간이었지. 하루의 나머지 시간을 어떻게 보낼까 자문해보는 시간이기도 했고. 낮

잠을 길게 자버린 탓에 하루를 일찍 끝내기는 불가능했지만, 모험을 감행하기에는 돈도 부족하고 기분도 별로였어. 밖으로 나가서 우물쭈물 걸었더니 몇백 걸음 만에 캄포 광장이 나오더군. 날이 어둑어둑해지고 있었지. 아이들은 아직 분수대에서 놀고 있었고. 이 광장은 차량이 들어올 수 없었고, 이따금 장터가 되기는 했지만 더 이상 집회장이 되는 일은 없었으니, 이곳의 중요한 역할은 아이들에게 거대한 석조 수영장 겸 놀이터가 되어주는 것이었어. 그런 이유에서 사탕, 땅콩, 멜론을 파는 수레 상인들에게 사랑받고 있었지. 그때도 주변에 수레가 두세 대 서서 하나씩 횃불을 밝히더라고. 그런데 그렇게 한량들과 아이들을 끌어모았던 마지막 수레 주변에서 뭔가가 반짝이고 있었어. 가까이 다가가보니 반짝이고 있었던 건 금관악기들이더라고. 나는 관찰력이 뛰어난 배회자 아닌가. 그런 내게 무슨 뜻이 있었기에, 무슨 숨겨진 소원이 있었기에, 더없이 주의가 산만한 사람도 놓칠 수 없었을 그것을 놓쳤던 걸까? 그 뒤 나도 모르는 사이에 아까 왔던 길 입구에 서게 되었는데, 무슨 행사가 열리고 있는 것 같았어. 창문에 내걸려 있는 건 말리려고 널어놓은 세탁물이 아니라 비단 깃발이더라고. 근데 왜 이 지역에서 유독 이 동네만 옛 조명을 보존하고 있었을까? 음악 소리가 들려오기 시작하더군. 소리는 길 위로 퍼졌고, 길은 금세 사람들로 가득 찼어. 부(富)가 빈자를 건드리는 곳에서는 빈자가 자기 것을 누리기가 더 어려워진다는 말이 틀린 말이 아니더군. 촛불에서 나오는 빛과 횃불에서 타오르는 빛이 호광등의 노란 동그라미들과 격렬하게 싸우면서 포장도로와 담벽에 내려앉고 있었어. 나는 마지막 순간에 어느 교회 앞으로 걸음을 옮겼어. 청중을 끌려고 한껏 꾸며놓았더군. 불우리 조명과 전구 조명이 여기서는 아주 가깝게 붙어 있더라고. 축제 인파에 섞여 있던 신도들이 그 열린 문에 드리워진 주름 잡힌 장막 뒤로 줄줄이 흘러들어가고 있었고.

나는 그 적색과 녹색의 조명들로부터 좀 떨어진 곳에 멈춰 서 있었어. 그때 그 길을 가득 메우고 있던 사람들은 특색 없는 군중이 아니었어. 서로 긴밀하게 연결되어 있는, 그 동네만의 특색을 띠고 있는 주민들이었지. 그리고 프티부르주아 동네이다보니 외지인이 없는 것은 물론이고 상류층도 없더라고. 그때 나는 벽을 등지고 서 있었으니 옷차림과 생김새로 인해 주목을 끄는 것이 당연했지. 그런데 그 많은 사람 중에 나한테 눈길을 보내는 사람이 아무도 없더군. 이상했지. 아무도 나를 보지 못한 걸까? 아니면 그렇게 조명이 불타고 음악이 울리는 길에 전적으로 무지했던 (점점 더 무지해지던) 내가 그들 모두에게는 현지인처럼 보였던 것일까? 그런 생각이 들자 자부심이 밀려왔고 엄청난 행복이 찾아왔어. 교회에는 들어가지 않았네. 축제의 세속적 특징을 즐겼다는 것이 만족스러웠던 나는 놀 만큼 논 사람들과 함께, 다만 아이들이 놀다 지치려면 아직 멀었을 그때, 숙소로 돌아가기로 했어. 그런데 바로 그 순간, 전 세계의 도로명 표지판들을 부끄럽게 하는 대리석 표지판 하나가 시야에 들어온 거야. 표지판에 횃불의 빛이 쏟아지고 있어서 마치 표지판이 활활 타오르는 것 같았어. 표지판 위의 글자들이 선명하게 빛나면서 요동을 치며 또 한 번 그 이름을 만들어냈고, 돌에서 꽃으로, 꽃에서 불길로 변신한 그 이름이 점점 뜨겁고 점점 강하게 나에게 달려들었어. 이제 정말 숙소로 돌아가기로 마음먹고 발길을 돌린 나는 상당한 거리를 단축시켜줄 수 있을 것 같은 작은 골목길을 발견해 기분이 좋아졌지. 활기가 넘치던 사방이 어느새 조용해졌고, 조금 전까지만 해도 시끌벅적했던, 내가 묵는 호텔이 자리하고 있을 중심가는 그냥 조용해진 것이 아니라 왠지 더 좁아진 것처럼 느껴졌어. 청각 이미지와 시각 이미지는 어떤 법칙에 따라 연결되는 것일까 하는 생각에 내내 골몰해 있을 때, 멀리서 힘있는 음악 소리가 내 귀를 때렸고, 첫 선율과 함께 큰 깨달음이 번개처럼 나를 내리쳤어. 그래서 그 길에 사람들이, 부르주아들이 그렇게 적었구나. 오늘 저녁에 저 연주악단이 V 시에서 대형 콘서트를 하는 날이라서 다들 거기 갔구나. 바로 그 순간, 달라진, 넓어진 도시가, 더 풍요로운, 더 약동하는 도시의 역사가 눈앞에 펼쳐졌다네. 그런데 걷는 속도를 두 배로 높여 모퉁이 하나를 돌자 나는 그만 움직일 수 없을 만큼 놀라고 말았어. 내 앞에는 그날 낮에 마치 올무처럼 나를 속박하던 그 길이 있었고, 이제 아주 캄캄해진 그 길에서 그 연주악단이 아무도 듣지 않는 마지막 곡을 뒤늦게 혼자 온 관객에게 바치고 있었거든."

친구의 말은 여기서 끊겼다. 이야기가 갑자기 그에게서 떠나간 듯했다. 말을 멈춘 입은 이제 떠나가는 이야기를 향해 오랫동안 작별의 미소를 보낼 뿐이었다. 하지만 나는 우리 발치에서 흙먼지로 흩어져버린 글자들을 골똘히 바라보았다. 그 불후의 시구가 이 이야기의 아름다운 아치 대문으로 마치 개선장군처럼 웅장하게 입장하고 있는 것 같았다.

‡ 집필 시기: 1929년경. 벤야민 생전에는 발표되지 않았다.

‡ 출처: Walter Benjamin, *Gesammelte Schriften IV*, 780-787쪽. 이 글은 *Radio Benjamin*(Verso, 2014)에도 수록되어 있는데 이 책의 편집자는 다음과 같은 설명을 덧붙였다. "벤야민은 이 노벨레의 제목을 괴테의 시「이제는 비단 조각에 말고」의 한 대목에서 따왔다. 이 시는 시인이 사망한 뒤『서동 시집』중「줄라이카 시편」에 추가되었다. 벤야민은『괴테의 친화력』에서 이 시를 언급한 바 있다."

# 24

# D…y 저택

파울 클레, 〈하늘에 떠 있는 작은 성〉, 1915.

1875년에서 1885년 사이에 X 남작이 카페 드 파리에서 주목을 끌었던 것, 귀빈 대접을 받는 외국인들 사이에서 이 남작이 켈뤼스 백작, 페캉 장군, 아마추어 승마 선수 레몽 그리비에르 다음으로 높은 평가를 받았던 것은 그의 기품이나 혈통이나 운동 실력 때문이 아니라 그저 그가 그렇게 오랫동안 이 클럽에 의리를 지켜왔다는 데 대한 인정, 아니 경탄의 표시였다. 그는 훗날 전혀 다른, 매우 이례적인 클럽에 의리를 지키게 될 텐데, 바로 그 감동적인 이야기가 지금부터 펼쳐진다.

　　이 이야기는 정확히 남작이 상속받은 유산과 함께 시작된다. 30년 내내 상속받지 못하고 있던, 하지만 언젠가 꼭 상속받게 되어 있던 유산을 1884년 9월에 실제로 상속받은 것이었다. 당시 50세 생일이 그리 멀지 않았던 상속자는 한때 난봉꾼으로 살았지만 그 시점에는 그런 생활을 그만둔 지 오래였다. 그가 예전에 난봉꾼이었다고? 하고 묻는 사람도 있었다. 누군가가 나는 파리 스캔들 연보에서 남작의 이름을 한 번도 본 적이 없고, 부끄러운 줄 모르고 클럽을 드나드는 얼굴 두꺼운 남자들과 자기 자랑이 개중에서도 가장 심한 클럽 소속 여자들 사이에서도 남작을 암시하는 말을 전혀 들은 적이 없다고 말한다면, 틀린 말이라고 할 수는 없었다. 늘 입는 목동(牧童)풍 체크무늬 바지에 볼록하게 주름 잡힌 보석 박힌 퍼프 타이를 맨 남작은 그냥 멋쟁이 와는 달랐다. 그의 얼굴에는 그가 여자를 잘 안다는 것과 그렇게 되기까지 우여곡절이 있었다는 것을 짐작게 해주는 주름살들이 있었다. 이렇듯 남작은 그때까지도 수수께끼 같은 인물로 남아 있었고, 오래전에 그가 받기로 되어 있던 그 막대한 유산이 그의 손에 들어온 것을 본 그의 친구들은 그에 대해 진심 어린 호감을 느끼는 것과는 별개로 더없이 신중하고 더없이 악의적인 호기심을 느끼기 시작했다. 그의 친구들은 이 인생의 베일을 벗기는 일을, 그러니까 노변정담도, 부르고뉴산 와인도 해내지 못했던 일을 갑자기 생긴 재산이 해낼 수 있지 않을까 하고 기대하게 된 것이다.

하지만 그로부터 두세 달 뒤, 그의 친구들은 자신들이 이보다 더 철저히 실망할 수는 없을 것이라는 데 의견이 일치했다. 옷차림, 기분, 일과는 물론이고 지출과 거처까지, 남작은 어느 하나 바뀐 데가 없었다. 여전히 상류층 무위도식자로 지내며 말단 사무원의 스케줄 같은 빽빽한 일정을 소화했고, 클럽에서 돌아오는 그를 맞아준 것도 여전히 빅토르 위고 아브뉘*의 원룸 아파트였고, 저녁에 자기 집에 따라가고 싶어하는 친구

* 프랑스 파리 16구에 위치한 대로 이름.

들을 핑계와 함께 돌려보내는 일도 여태 없었다. 어떤 날은 새벽 5시가 넘을 때까지, 한때 호화로운 치펀데일 양식* 장식장이 있던 응접실 안 초록색 테이블에 자리를 잡고 물주 역할을 하기도 했다. 남작은 도박을 거의 하지 않았지만, 일단 하면 행운이 따랐다. 어쩌다 한 번씩 도박판에 나타나면 꼭 행운을 거머쥐었기 때문에 다들 그 사실을 알고 있었다. 하지만 1884년 겨울이 불러들인 행운의 연속은 도박판 터줏대감들조차 경험한 기억이 없을 만큼 드문 사례였다. 행운은 그다음 해 봄 내내 이어졌다. 개울이 큰길을 씻어내는 여름에도 마찬가지였다. 그런데 어찌 된 일일까? 9월이 되었을 때 남자는 가난뱅이였다. 가난해진 것은 아니었다. 그저 상당한 유산을 기대했기 때문에 가난함과 부유함 사이를 불확실하게 흘러 다니고 있었던 것이다. 클럽에 가는 목적을 차 한 잔이나 체스 한 판으로 제한하기 시작했으니, 그 정도면 충분히 가난한 것 아닐까. 여기에 무슨 의문을 표하는 사람은 아무도 없었다. 의문점 자체가 있을 수 없을 것만 같은 하루하루를 살고 있었으니 말이다. 상류층 신사의 좁은 생활 반경을 벗어나지 않는, 만

---

* 18세기 중반에 유행한 가구 양식으로 로코코 양식, 고딕 양식, 중국 양식의 영향을 받았다.

인의 주시 아래 영위하는 하루하루를 말이다. 아침 승마부터 펜싱 교습까지 마치고 나면 카페 드 파리에 가서 6시 15분 전까지 점심 식사를 하고는 밖으로 나간다. 그로부터 두 시간 뒤, 그는 들라보르드 식당에서 사람들과 어울리며 정찬을 즐기고 있다. 그 두 시간 동안 카드 같은 것은 건드리지도 않았다. 하지만 예의 그날 그 두 시간이 그의 전 재산을 가져갔다.

파리 사람들이 사건의 경위를 알게 된 것은 남작이 아무도 모르는 곳으로 떠나고(머나먼 리투아니아의 영지 같은 지명이 그들에게 무슨 의미가 있겠는가?) 여러 해가 지났을 때였다. 어느 비 오는 아침, 아무 생각 없이 이리저리 배회하던 그의 친구 하나가 무엇에인지 충격을 받고 소스라치게 놀랐다. 눈앞에 펼쳐진 장면 때문인지 머리에 떠오른 생각 때문인지 처음에는 그 자신도 알 수가 없었다. 실제로는 둘 다였다. 그의 앞에 거대한 가구가 나타난 것이다. 하역 노동자 세 명이 어깨에 그 큰 가구를 짊어지고 D…y 저택의 옥외 계단을 뒤뚱뒤뚱 내려오고 있었다. 언젠가 행운을 부르는 도박 테이블에 자리를 내주고 사라졌던 바로 그 값비싼 치펀데일 장식장이었다. 다른 것과 혼동될 수 없을 만큼 호화로운 물건이었다. 하지만 친구가 그것만으로 가구를 알아본 것은 아니었다. 그의 머릿속에서는 플랫폼에서 손을 흔들며 작별 인사를 하는 사람들 사이에서 넓은 어깨를 격렬하게 떨던 가구 주인의 뒷모습이 스쳐 지나 갔다. 노동자들을 밀치면서 계단을 올라 열려 있는 문으로 들어간 외부인은 거대하고 휑한 로비에서 어지러움 같은 것을 느끼면서 걸음을 멈추었다. 정면에는 위층으로 올라가는 나선형 계단이 있었고, 계단의 거대한 측면은 그 자체로 하나의 온전한 대리석 부조 작품인 듯, 목신 님프 조합, 님프 사티로스 조합, 사티로스 목신 조합이 새겨져 있었다. 손님은 일렬로 늘어선 방들을 하나하나 탐사해보기로 했다. 어느 방이든 문을 열면 텅 빈 벽이 그를 향해 하품을 보내왔다. 방 하나를 제외하고는 누가 살았던 흔적이 전혀 없었다. 그 방도 버려져 있기는 마찬가지였지만 모피와 쿠션, 비취 신상(神像)과 향로, 화려한 꽃병과 태피스트리 들로 호화롭게 꾸며져 있었다. 물건마다 얇은 먼지 한 겹이 내려앉아 있었다. 그 문턱에는 마음을 끄는 것이 아무것도 없었고, 외부인은 다시 탐사를 이어나가려고 했다. 그때 그의 뒤에서 예쁘고 어린 소녀가 방에 들어가려고 다가왔다. 옷차림을 보니 고용인인 듯했다. 여기서 무슨 일이 있었는지 그 비밀을 아는 사람은 그녀뿐이었다. 그녀는 이런 이야기를 들려주었다.

"지금으로부터 1년 전, 남작은 몬테네그로의

한 공작이 소유한 이 대저택을 어마어마하게 비싼 값에 임대했습니다. 저는 계약 당일부터 업무를 시작해야 했는데요, 처음 2주간은 장식 작업을 감독하고 택배물을 수령하는 일을 맡았습니다. 그 후 새로 지시받은 일은 대개 꽃 관리와 관련된 것이었어요.(빈도는 드문드문했지만 내용은 매우 구체적이었습니다. 지금 우리가 서 있는 이 자리에서도 꽃향기가 희미하게 느껴지지 않나요.) 이제 해야 할 일은 한 가지뿐이었습니다. 마지막 업무 지시와 함께 얼마얼마의 급여를 약속받은 저로서는 그 마지막 업무가 그 동화 같은 액수와 관련돼 있다고 생각되더군요." 그녀의 이야기는 이렇게 이어졌다. "남작은 날이면 날마다 1분도 어긋남 없이 정확한 시간에 옥외 계단 앞에 나타나 천천히 계단을 올라 정문 앞에 섰습니다. 커다란 꽃다발을 가져오지 않은 날이 없었지요. 난초, 백합, 진달래, 국화가 나타나는 데 어떤 순서가 있는지, 그 순서가 계절과 어떤 관계가 있는지 그런 건 도무지 알 수가 없었지만요." 그가 초인종을 누른다. 그녀가 문을 열어준다. 그녀는—우리에게 모든 것을 들려주고 있는 이 고용인은—이 방문객으로부터 꽃과 질문을 받아준다. 남작의 질문은 그녀의 비밀 업무가 시작되었다는 신호였다.

"부인은 댁에 계십니까?"

고용인은 이렇게 답했다. "유감스럽게도 방금 나가셨습니다."

사랑꾼은 깊은 생각에 잠긴 채 발길을 돌렸고, 다음 날이 되면 부인을 만나기 위해 적막한 저택에 다시 나타났다.

일반적으로는 낯선 이의 사랑에 불을 붙이는 데 도움이 되는 재산이 이번에는 재산가 본인의 마지막 사랑을 불타게 했다는 것이 이렇게 알려지게 되었다.

———

‡ 최초 발표 지면: *Die Dame,* Berlin, 1929년 6월.
‡ 출처: Walter Benjamin, *Gesammelte Schriften IV*, 725–728쪽.

# 25

# 서평: 프란츠 헤셀,『내밀한 베를린』

파울 클레, 〈잠복 중인 고양이〉, 1939.

프란츠 헤셀,『내밀한 베를린』, 베를린: 에른스트 로볼트 출판사, 1927.


이 책은 티어가르텐 지역* 저택들의 짧은 계단, 주랑 현관, 프리즈, 아키트레이브★를 단어 그대로 받아들인다. "구(舊)" 서구(西區)는 고대 그리스 로마가 되었으니, 거기서 서풍이 불어오면 사공은 헤스페리데스의 사과✦를 실은 배를 란트베르 운하에 띄우고 느릿느릿 노를 저어 헤르쿨레스 다리까지 간다. 베를린의 다른 주거 구역들과 비교해볼 때 이 동네는 문턱들과 성문들을 통과해야 진입할 수 있다는 인상을 줄 정도로 도드라져 있다. 이 책의 저자는 어느 모로 보나 이런 문턱에 일가견이 있다.(단, 그가 좋아하지 않는 실험 심리학이 내세우는 미심쩍은 문턱[임계점]은 제외다.) 그는 이 상황과

---

* 독일 베를린 중심에 있는 구역으로 규모가 큰 동명의 도시 공원으로 유명하다. 1920년 베를린 대확장 정책이 실행되기 전에는 행정구역상 베를린 서쪽에 위치해 있었다.

★ 주랑 현관은 여러 개의 기둥으로 천장을 받치도록 설계한 현관을 말하고, 프리즈는 방이나 건물 윗부분을 그림이나 조각으로 띠처럼 두른 장식이며, 아키트레이브는 기둥의 머리 위나 문틀, 창문틀에 치장 목적으로 대는 들보를 말한다.

✦ 그리스 신화에 나오는 신비한 열매로, 헤라가 소유한 헤스페리데스의 동산에서 열리는 황금 사과를 가리킨다.

저 상황, 이 한 시간과 저 한 시간, 이 1분과 저 1분, 이 단어와 저 단어를 분리하고 구별 짓는 문턱들을 어느 누구보다 예민하게 발바닥으로 감지한다.

베를린 전체를 그런 식으로 감지하는 작가이니만큼, 그에게서 풍경 묘사나 분위기 묘사를 기대해서는 안 된다. 이 베를린에서 "내밀한" 것, 그것은 바람의 속삭임이나 잠깐 재미를 보겠다고 노닥이는 불유쾌한 유희가 아니다. 고대 그리스 로마에 정확히 조응하는 한 도시, 한 거리, 한 집, 한 방의 존재-이미지, 그것이 내밀할 뿐이다. 그 방은 신전의 켈라*와 같아서, 이 책에서 일어나는 사건들의 운율을 춤동작 리듬마냥 자기 안에 품고 있다.

이름값을 하는 건축물을 감상할 때는 그냥 바라보는 데서 그치지 않고 공간감을 동원해야 비로소 그 진가를 알아볼 수 있다. 책에서는 란트베르 운하와 티어가르텐슈트라세 사이에 낸 좁은 강변길을 이런 방식으로 느끼고 있는데, 이 길은 보드랍게 보살피는 방식으로 힘을 발휘한다. 내밀하게, 호데게트리아*처럼. 인물들은 대화에 열중한 나머지 때로 강둑 비탈 쪽으로 내

* 그리스와 로마 신전에서 신상(神像)을 모시는 장소.
★ 한 손에는 두루마리를 들고 다른 손에는 아기 예수를 안은 채 신을 가리키고 있는 성모마리아의 도상.

려가버리기도 한다. 저자는 『일곱 편의 대화』에서 열네 명의 인물을 내세워 로마인의 심장을 품고 그리스인의 혀로 말했던 것처럼, 이 책에 나오는 그 모든 여리고 어린 사람들을 무대에 세울 때도 마찬가지로 작업했다. 그들은 현대인으로 변장한 그리스인이나 로마인도 아니고, 인문주의적 카니발 의상을 차려입은 현대인도 아니다. 이 책은 기법상 포토몽타주에 가깝다. 가정주부, 예술가, 사교계 숙녀, 상점 주인, 학자 들이 플라톤 또는 메난드로스* 가면극 배우들의 그림자와 딱 포개어져 있다.

고대 로마의 알렉산드리아에서 공연되었던 희가극 한 편이 이렇게 베를린이라는 비밀 무대에서 공연된다. 고대 그리스 연극에서는 시간과 장소를 일치시켜야 한다는 법칙을 물려받았고(사랑을 둘러싼 소동이 스물네 시간 내에 얽히고 풀린다), 철학에서는 고대 그리스의 (이후에 지양된) 변증 윤리를 물려받았고(이미 작가는 에페소스의 과부 이야기를 고대 그리스의 극시 형식으로 다룬 적이 있다★), 고대 그리스어에서는 언어

* 기원전 4세기경에 활동했던 고대 그리스 극작가로, 아티카 신희극의 대표자로 손꼽힌다.
★ 프란츠 헤셀은 고대 로마 작가 페트로니우스의 『사티리콘』에 나오는 에페소스의 과부 이야기를 토대로 『에페소스의 과부: 두 장면으로 이루어진 극시』(베를린, 1928)를 집필했다.

를 음악적으로 활용하는 기술을 물려받았다. 독일어와
그리스어의 단어 합성 성향을 이 작가보다 잘 이해하
고 자유롭게 활용하는 작가는 지금 아무도 없다. 그의
입을 거친 단어들은 자석이 되어 다른 단어들을 불가
항력적으로 끌어당긴다. 그의 산문을 관통하고 있는 것
은 바로 그런 자석 사슬이다. 그에게는 미녀가 "북유럽
금발"이고, 계산대 점원이 "의자의 여신"이며, 이발사의
과부가 "구움 과자 미인", 따분한 선행자가 "방관하는
가해자", 난쟁이가 "유쾌한 왜소인"일 수 있다.

하지만 또 어떻게 보면, 이 소설을 지나쳐 가
는 커플들은 잘 엮여 있는 자석 사슬 안의 고리들에 불
과하다.(커플이라고는 해도 둘만 있는 것이 아니라 항
상 다른 친구들에게 둘러싸여 있다.) 그들 중 훌륭한 청
년은 거의 없고 부러운 인생을 사는 청년도 거의 없지
만, 「백조야, 붙여라」*가 떠오르는 대목에서든 쥐잡이
의 노래가 떠오르는 대목에서든(소설에 나오는 쥐잡이
이름은 클레멘스 케스트너다), 우리 독자는 어느새 이
베를린 청년들의 행렬을 따라 좁은 강변길을 걷게 된

---

* 루트비히 베히슈타인이 채록한 민담 중 하나. 형들의 매를 피해 목적
  지도 없이 먼 길을 떠난 소년의 이야기로, 지나가던 사람들이 소년의
  여정에 합류하며 긴 행렬을 이루는 장면이 나온다.

다. 어느새 눈앞에 펼쳐진 것은 "완만한 곡선 형태의 보행자 다리, 이리저리 갈라진 밤나무 가지들, 수양버들세 그루가 있는 강변 풍경"이다. 여기에는 "동쪽 끝이라는 느낌이 스며들어 있다. 언젠가 브란덴부르크의 작은호수들에서도 그 비슷한 느낌을 받았다."

자기가 들려주는 옛이야기의 좁디좁은 테두리를 먼 장소들과 먼 과거들의 그 모든 관점으로 확장해내는 그 불가사의한 재능은 어디서 온 것일까? 헤셀 세대의 작가 중에 슈테판 게오르게*의 등장으로부터 영향을 받지 않은 작가는 거의 없었던 데다 다른 작가들은 이미 비틀거리기 시작한 교육 대계에 관해 도그마를 전파하면서 세월을 보내고 있었는데, 그 시기에 헤셀은신화학, 호메로스, 번역으로 수익을 내고 있었던 것이다. 그의 책을 어떻게 읽어야 하는지 알고 있는 독자라면 그의 책이 쇠락해가는 대도시의 성벽으로부터, 무너진 19세기의 성터로부터 어떻게 고대를 살려내는지 감지할 수 있다. 하지만 그의 생활 반경과 창작 반경이 그리스, 파리, 이탈리아를 거쳐 멀리 뻗어나간다고 해도, 그 반경의 중심에는 늘 자신의 티어가르텐 셋방이 있었다. 그의 친구들 대부분은 그 방에 발을 들여놓을 때마

* 19세기 말에서 20세기 초까지 활동한 독일의 시인, 역사학자, 번역가.

다 자신이 옛이야기의 주인공으로 변신할 위험이 있음을 알고 있다.

———

‡ 최초 발표 지면: *Die Literarische Welt,* Berlin, 1927년 12월 9일.
‡ 출처: Walter Benjamin, *Gesammelte Schriften III,* 582–584쪽.

# 26

서평: 범죄소설은 여행 중

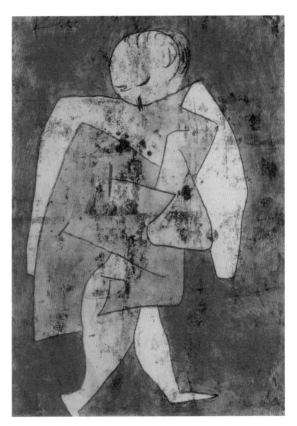

파울 클레, 〈어디서 왔나? 어디에 있나? 어디로 가나?〉, 1940.

승객이 기차 객실에서 집에 있는 장서를 가져와 읽는 경우는 거의 없다. 대개는 기차에 오르기 직전에 눈에 띄는 책을 구입한다. 승객은 오래전에 준비한 책이 매력적일 것이라고 여기지 않는데, 그게 또 맞는 생각이다. 더욱이 승객은 형형색색의 삼각기들이 걸린 승강장 도서 부스에서 책을 사는 일을 중요하게 생각한다. 그것이 사교(Kult)에 빠지는 길이라는 것을 누가 모르겠는가. 독서의 즐거움 때문이 아니라 철도의 신들이 마음에 들어할 뭔가를 하고 있다는 애매모호한 기분을 느끼며 그 펄럭이는 책들을 향해 손을 뻗어본 경험이 누구에게나 한 번쯤 있지 않을까. 승객은 자신이 이제 저 헌금함에 주화를 넣고 신도가 되면, 밤을 밝히면서 타오르는 화로의 신이, 기차 곳곳에서 장난치는 연기의 정령들이, 세상 모든 자장가를 알고 있는 아늑한 객실의 유령이 자신을 지켜주리라는 것을 잘 안다. 승객은 그 모든 신을 꿈에서 보았기에 다 알고 있다. 시대정신이 "기차 여행"이라고 부르게 된 일련의 신화적 시련과 위험 또한 알고 있다. 남겨진 이들의 "너무 늦었다"라는 명언(모든 지체됨의 원형)부터 칸막이 객실에 있을 때 엄습해오는 고독, 연결 편을 놓칠지도 모른다는 불안, 진입 중인 모르는 역에 대한 공포에 이르기까지, 예측할 수 없는 시공간의 문턱들을 거듭 넘게 되리라는 것까지도 알고 있다. 승객은 어찌 된 일인지 자신이 신과 거인의 전쟁에 말려들어버렸음을 느끼면서 철도의 신들과 정차의 신들이 벌이는 전쟁의 말 잃은 증인이 되어 버렸음을 깨닫는다.

　　　　　같은 것은 같은 것으로.* 하나의 불안을 또 다른 불안으로 잠재울 수 있다는 것이 승객에게는 구원이다. 갓 제단된 종잇장들 사이에서 승객은 태곳적의 여행 공포증을 극복하게 해줄 불필요한 공포증을(참신한 공포증이라고 할까) 얻고자 한다. 이 길을 따라 경박함의 길에 오르게 되는 승객은 스벤 엘베스타드와 그의 친구 아스베른 크라그, 프랑크 헬레르, 콜린스 씨*와 길벗이 될지도 모른다. 하지만 이렇게 세련된 길벗이 모두의 취향인 것은 아니다. 기차 시간표에 경의를 표하는 승객이라면 강한 박자감과 엇박감을 자아내는 이야기들을 집필한 레오 페루츠 같은 좀 더 주도면밀한 길벗을 원할 수도 있다. 그의 이야기는 기차가 제시간에

---

\* 16세기에 활동한 스위스 의사 파라켈수스가 했던 "같은 것은 같은 것으로 고친다"라는 말에서 가져온 문장이다.
★ 스벤 엘베스타드는 노르웨이의 저널리스트이자 작가이며, 아스베른 크라그는 그가 쓴 범죄소설 시리즈의 주인공이다. 프랑크 헬레르는 스웨덴의 소설가이며, 콜린스 씨는 그가 쓴 범죄소설 시리즈의 주인공이다.

맞춰 간이역을 통과하듯 시계를 보면서 진행되는 것만 같다. 도착할 미래의 불확실성을, 결국 풀지 못한 채 두고 온 수수께끼를 좀 더 깊이 이해해주는 길벗을 원하는 승객이라면, 가스통 르루를 원할 수도 있다. 『오페라의 유령』과 『검은 옷을 입은 여자의 향수』의 독자라면, 작년에 독일 극장들을 질주했던 〈고스트 트레인〉*에 탑승한 느낌을 받을 수도 있겠다. 아니면 셜록 홈스와 그의 친구 왓슨을 생각해보자. 그들이라면 낡은 2등 객차에서 풍기는 기이하게 으스스한 친숙함을 어떻게 형상화할까. 침묵에 잠긴 두 사람. 펼쳐진 신문 장막 뒤의 한 사람과 자욱한 연기 커튼 뒤의 또 한 사람. 하지만 A. K. 그린*의 잊지 못할 범죄소설들에 등장하는—저자의 초상인 듯한—인물 앞에서는 유령 같은 면면의 그모든 형상이 연기처럼 사라질지도 모른다. 그녀는 자기 소설 속 여자 주인공들의 얽히고설킨 관계를 오래되고 거대한 수납장 속을 꿰고 있는 것마냥 속속들이 들여다본다. 영국 속담에 따르면, 집집마다 수납장에 해골 하나씩은 있는 법이라고 했겠다. 그녀의 단편은 길이가

* 1923년 영국의 극작가 아널드 리들리가 발표한 스릴러 코미디 연극 작품. 1927년에 무성영화로 제작되었다.
★ 19세기 중반부터 20세기 초반까지 활동한 미국의 시인이자 소설가.

고트하르트 터널* 같고, 그녀의 장편 『닫힌 문 너머』와 『옆집에서 생긴 일』은 제비꽃색 객실의 조명을 받은 딥스제비꽃처럼 활짝 피어난다.

책 읽기가 여행하는 사람에게 제공하는 것이 뭐가 있는가에 대해서는 여기까지. 그런데 또 여행이 독자에게 제공하지 않는 것이 있기는 있을까? 독자가 독서에 그렇게 몰입하는 때가 여행할 때 말고 또 있을까? 독자 스스로 자기 삶이 책 속 주인공의 삶에 섞여 들어가 있음을 그렇게 확실히 느낄 수 있는 때가 여행할 때 말고 또 있을까? 책 읽는 사람의 몸은 주인공의 운명이 적힌 책이라는 씨실을 바퀴의 리듬에 따라 날실 사이로 드나들게 하는 베틀의 북[梭]이 아닐까? 우편마차에서는 책을 읽지 않았다. 자동차에서도 책을 읽지는 않는다. 여행 중 독서와 기차 탑승의 관계는 기다림과 기차역의 관계 못지않게 밀접하다. 또 알다시피 기차역 중에는 대성당을 닮은 것이 많다. 하지만 우리는 작은 무정차역에 감사한 마음이 든다. 호기심 많고 산만하고 쉽게 흥분하는 복사는 그런 가지각색의 제단을 지나칠 때마다 환호성을 지르기도 하지만, 우리는 풍경

* 스위스 알프스를 횡단하는 고트하르트 철도가 지나가는 터널. 길이는 약 15킬로미터 정도로 당시에는 매우 긴 터널이었다.

이 스쳐 지나가는 두세 시간 동안 바람에 날리는 숄에
감싸이듯 강한 전율과 바퀴 리듬이 등줄기를 타고 올라
오는 것을 느낀다.

—

‡ 최초 발표 지면: *Literaturblatt der Frankfurter Zeitung*, Frankfurt am
  Main, 1930년 6월 1일.
‡ 출처: Walter Benjamin, *Gesammelte Schriften IV*, 381–383쪽.

땅과
바다의
풍경

# 27

# 북유럽 바다

파울 클레, 〈지저귐 기계〉, 1922.

"있을 곳 없는 사람이 집으로 삼는 시간"은 떠나올 때 두고 온 것이 아무것도 없는 여행자에게는 왕궁이 된다. 파도 소리로 가득한 왕궁의 홀들이 3주 동안 북쪽으로 하나하나 늘어섰다. 갈매기와 도시, 꽃, 가구와 조각상 들이 그 홀들의 벽을 무대 삼아 모습을 드러냈고, 홀들의 창을 통해서는 낮과 밤의 빛이 드나들었다.

### 도시

이 바다가 캄파냐라면, 베르겐은 사비나 산지*에 감싸여 있는 셈이다. 그도 그럴 것이, 바다는 깊은 피오르에서 늘 잔잔하게 쉬고 있고, 산맥은 로마의 언덕들*처럼 뻗어 있다. 물론 여기는 북유럽이다. 북유럽 도시는 어딜 가나 원료와 흠집이 맨살처럼 드러나 있어, 목재는 목재, 청동은 청동, 벽돌은 벽돌이다. 정갈함이 그 재료들을 원래 모습으로, 근원적 핵심으로 도로 물린다. 그래서 그렇게 위풍당당하고, 외부의 것들과 엮이고 싶어

---

* 캄파냐는 이탈리아 남부 캄파니아주에 위치한 지역이고, 베르겐은 노르웨이에서 두 번째 큰 도시이며, 사비나는 이탈리아 중부 라치오주에 위치한 지역이다.
* 고대 로마 중심에 위치한 일곱 언덕을 가리킨다. 고대 로마는 이 언덕들을 중심으로 성장했다.

하지 않는다. 두메산골 주민들이 죽음과 병약의 순간까지 관계를 유지할 수 있듯, 이 도시의 건물들은 서로의 계단과 모퉁이가 될 수 있다. 약간의 하늘이나마 볼 수 있는 곳에서는 길 양쪽의 깃대에서 깃발이 내려지고 있다. "경보! 구름이 몰려온다!" 그나마 보이는 하늘은 성례실에 갇혀 있다. 성례실은 (고딕 양식, 붉은 색조의) 목조 골방으로, 종을 치는 줄이 드리워져 있는데, 이 줄을 잡아당기면 소방대를 부를 수 있다. 실외 공간에는 편의 시설이 하나도 없다. 부르주아 가정의 앞뜰은 식물들을 너무 빽빽하게 심어놓아서, 안에 들어가보고 싶어하는 사람이 아무도 없다. 이 도시의 소녀들이 남유럽 소녀들과는 달리 문턱에 서서 문에 기대는 요령을 알고 있는 것은 그 때문일 것이다. 하지만 집과 밖은 엄격하게 분리되어 있다. 집 앞에 앉아 있으려고 나온 여자가 의자를 길 쪽으로 놓는 대신 대문 앞 오목한 공간에 옆쪽으로 놓고 대문에 바짝 붙였던 것도—200년 전까지만 해도 벽장에서 잠을 자던 종족의 딸이라서다. 벽장문은 여닫이도 있고 미닫이도 있고, 어떤 경우에는 한 벽장에 네 명까지 들어간다. 사랑을 하기에는 마땅치 않은, 정확하게 말하자면 행복한 사랑을 하기에는 마땅치 않은 잠자리였다. 하지만 이따금 이루지 못한 사랑을 하기에는 오히려 좋았다. 그런 헛된 사랑에 빠진 남자가 있었는데, 나는 그의 잠자리 앞 여닫이문 안쪽에 큼직하게 붙어 있는 여자 사진을 볼 수 있었다. 한 여자가 그를 세상과 갈라놓았다. 자기가 보낸 최고의 밤에 관해서 그보다 더 많은 말을 할 수 있는 사람은 없을 것이다.

## 꽃

이곳의 나무는 담장 너머에서가 아니면 모습을 드러내지 않을 만큼 소심한 데 비해 꽃들은 예상치 못했던 단단함을 보여준다. 색깔 자체는 온대 지역의 꽃에 비해 연하면 연했지 강하진 않지만, 주변의 것들에 비하면 선명하게 눈에 들어온다. 작은 꽃은 제비꽃이든 목서초든 이곳에서 더 자유분방하게 피어나고, 큰 꽃은, 그중에서도 장미는 이곳에서 더 존재감 있게 피어 있다. 꽃을 운반하는 여자들은 한 항구에서 광막한 황야를 건너 또 다른 항구까지 조심스레 운반한다. 하지만 일단 화분에 심겨 목조 주택 창문 앞에 세워지면, 이 꽃은 자연이 전하는 안부 인사이기보다 외부를 막는 벽이 된다. 태양 빛이 비집고 들어오면, 모든 쾌적함은 종말을 고한다. 노르웨이에서 태양을 좋은 뜻으로 입에 올리기는 어려울 것 같다. 태양은 구름 한 점 없이 통치할 수 있는 순간들을 폭군처럼 이용한다. 여기서는 1년 중 열 달 동안 모든 것이 어둠에 속하니. 어둠을 뚫고 나온 태양은 만물을 향해 호통을 치고, 그 모든 게 자기 재산인 듯 만물을 밤으로부터 빼앗고, 정원에서 파랑, 빨강, 노랑 등등 온갖 색깔을 점호한다. 꽃들의 선명한 호위병인 셈. 아무리 큰 나무라 해도 꽃 위에 그림자를 드리울 수는 없다.

## 가구

고대에 건조된 배를 둘러보면서 고대인들에 대해 뭐라도 배울 수 있으려면 최소한 노 젓는 법은 알고 있어야 한다. 오슬로에서는 바이킹의 배 두 척을 볼 수 있다. 하지만 노 젓는 법을 모른다면 거기서 멀지 않은 민속박물관에 가서 의자들을 둘러보는 편이 낫다. 앉는 법을 모르는 사람은 없으니 거기 의자들을 둘러보면 그들에게 앉는다는 것이 어떤 의미였는지를 알게 된다. 등받이와 팔걸이가 원래부터 편의를 위해 있었다고 생각하고 있었다면 크게 오해한 것이다. 등받이와 팔걸이는, 말하자면 의자에 앉아 있는 사람이 차지하는 장소의 울타리다. 이 고대의 목조 의자 중에는 앉는 면이 믿을 수 없을 정도로 넓고 앉는 면 가장자리를 따라 울타리를 두른 것도 있다. 엉덩이가 통제를 요하는 밀집한 군중이기라도 한 것처럼. 그러니까, 여러 명이 앉는 의자였던 것이다. 이 옛날 의자들은 요새 의자들에 비해 전부 앉는 면이 바닥에 가깝다. 의자가 낮다는 것은 의자의 앉는 면이 자연의 대지를 대신하고 있음을 알려주는 것이기도 하지만 동시에 다른 많은 뜻을 품고 있다. 의자는 앉는 사람이 어떠한 태도, 지식, 명망, 권위를 쥐고 있었는지를 알려주는 결정적인 물건이었던 것이다. 예를 들어 이 작고 낮은 의자를 보자. 앉는 면도 등받이도 함지처럼 움푹 파인 것이 전체적으로 옹색하고, 앉으면 몸이 앞으로 쏟아질 것 같다. 여기에 이렇게 앉아 있는 것이 운명의 파도에 떠밀린 탓이라는 듯. 아니면 앉는 면 아래에 서랍이 달려 있는 이 팔걸이의자를 보자. 아름다운 가구라기보다 좀 볼썽사나운 물건이다. 가난한 사람의 의자였을 것이다. 하지만 여기 앉았던 사람은 훗날 파스칼이 알게 된 것을 알고 있었다. "아무리 가난한 사람도 죽을 때는 뭐라도 하나 남기는 법이다." 아니면 이 왕좌를 보자. 앉는 면은 원형이고, 팔걸이는 없고, 매끄럽게 손질된 오목한 궁륭형 등받이는 로마네스크 양식 대성당의 애프스*처럼 높이 솟아 있다. 통치자는 그런 높은 왕좌에서

* 직사각형 건물 안쪽 끝에 설계된 반원 내지 다각형 모양의 내부 공간.

내려다본다. '조형미술'(회화와 조각)을 다른 나라들에 비해 늦게 영접한 이 나라는 가재도구(찬장, 탁자, 침대에서 낮은 의자까지) 제작 차원에서도 건축 정신의 영향을 받았다. 그것들은 하나같이 고고하다. 수백 년 전에 그것 중 하나의 실제 소유자였던 사람이 오늘날까지도 마치 그것의 수호신처럼 깃들어 있다.

### 빛

스볼베르\*의 큰길들에는 대개 인적이 없다. 창문 안쪽에는 대부분 종이 블라인드가 늘어뜨려져 있다. 자고 있나? 자정이 넘긴 했다. 어느 집에서 누군가의 목소리가 들려온다. 또 다른 집에서는 식사 시간의 떠들썩함이 전해져온다. 큰길로 울려 나오는 소리 하나하나가 오늘 밤을 달력에 없는 어느 하루로 바꾸어놓는다. 시간 창고 안에 들어가보면 사용되지 않은 하루하루가 쌓여 있는 광경을 보게 된다. 수천 년 전 지구가 얼려둔 나날이. 사람은 스물네 시간마다 하루를 소모하지만, 지구는 하루를 이렇게 반년에 한 번씩 소모할 뿐이다. 이

---

\* 노르웨이 북부 지방에 있는 작은 해안 도시. 경치가 아름다워 여행지로 인기가 많다.

곳이 아직 무사한 것은 그 덕분이다. 시간은 바람 없는 고요한 정원의 키 작은 나무에 가 닿지 못했고, 선원들은 잔잔한 물 위에 떠 있는 작은 배에 당도하지 못했다. 누구의 손도 닿지 않은 그것들 위에서 두 미광이 만나 구름을 나누어 가지듯 그것들을 나누어 가지고는 당신을 빈손으로 집으로 돌려보낸다.

### 갈매기

저녁이면 납덩이에 짓눌리는 것 같은 심정이 되어 갑판으로 나간다. 그러고는 내내 갈매기들이 노는 모습을 관찰한다. 늘 갈매기 한 마리가 가장 높은 돛대에 앉아 있고, 돛대의 움직임과 함께 진자운동이 일어나면서 그 흔적이 실룩실룩 하늘에 그려진다. 다만 같은 갈매기가 계속 앉아 있는 것은 아니다. 다른 갈매기가 와서 먼저 있던 갈매기를 두 번의 날갯짓으로 밀어내는데, 부탁하는 건지 몰아내는 건지 모르겠다. 그러다 갑자기 아무도 앉아 있지 않게 된다. 그렇다고 갈매기들이 배를 따라오지 않는 것은 아니다. 늘 그렇듯 그들은 어마어마한 원을 그리면서 난다. 그들의 질서는 어딘가 다른 데서 온다. 해가 지기 시작한 지 한참 되었고, 동쪽은 아주 어둡다. 배는 남쪽으로 가고 있다. 서쪽은 빛이 약간 남아 있다. 이제 새들에게 일어날 일은(새들이 아니라 나에게 벌어진 일일까?) 내가 있기로 한 장소에서 기인한 것이었다. 우울했던 나는 고독하게 우뚝이 선미 갑판 중앙에 있었다. 갑자기 갈매기 두 떼가 나타났다. 동쪽과 서쪽, 그러니까 왼쪽과 오른쪽에 한 떼씩. 각 무리는 갈매기라는 공통의 이름을 튕겨낼 정도로 완전히 달랐다. 왼쪽 새들은 죽은 하늘을 배경으로 약한 빛을 품고 있다가 선회할 때마다 불빛처럼 타오르거나 잦아들었고, 서로 화합하는 것인지 기피하는 것인지 몰라도 의외의 신호들을 멈추지 않고 잇따라 계속 보냈다. 내 앞에서 날개들의 그물망이 엮이고 있는 듯했다. 어디 하나 터진 데 없이 완전했다가, 말도 못 하게 변화무쌍해졌다가, 순식간에 사라지는, 하지만 알아볼 수는 있는 그물망이었다. 하지만 나는 그쪽 무리에서 힘껏 빠져나와 반대쪽과 함께하고자 했다. 고개를 돌렸을 때 내 앞에는 아무것도 없었고, 나를 향한 그 어떤 신호도 없었다. 다시 동쪽. 동쪽 떼는 내 시선이 닿자마자 마지막 미광을 배경으로 새까맣고 뾰족한 날개들이 되더니 멀리 비상해 사라졌다 돌아왔다. 그 경로를 가늠한다는 것은 이미 불가능한 일이었다. 나는 그 경로에 완전히 사로잡혔다. 멀리 떠났다가 여행 경험으로 검게 변한 채 돌아오는 새 떼, 소리 없이 나는 새 떼는 나 자신이었다. 왼쪽은 아직 모든 것이 엉클어진 채 신호 하나하나가 내 운명을 좌우하는 상황이었고, 오른쪽은 이미 하나의 신호로 굳어진 과거였다. 양쪽의 대립이 오랫동안 이어졌고, 결국 나 자신이 양쪽의 문턱에 불과한 존재가 되었다. 하늘 위의 명명 불가능한 전령들이 문턱을 넘어 다니면서 흑과 백을 바꾸고 있었다.

### 조각상

들어갔을 때 마주치게 되는 벽은 이끼 같은 녹색이다. 네 벽면이 입상들로 빼곡하다. 입상들 사이에 놓여 있는 목각판에서 황금색이 희미하게 섞인 희미한 색깔의 "야손" 또는 "브뤼셀" 또는 "말비나"를 해독하는 것도 가능하다. 들어가자마자 왼쪽에는 남자 목상이 있다. 제복을 입은 고위직 인물로 머리에는 삼각모를 쓰고 있다. 뭔가를 가리키는 듯 왼쪽 아래팔을 들어 올리고 있었지만 팔꿈치 밑에서 댕강 부러져 있다. 오른손과 왼발도 없다. 완고하게 높은 곳을 바라보는 이 남자를 못 하나가 관통하고 있다. 벽면을 따라서는 수수하고 평범한 미가공 나무 상자 받침들이 한 줄로 세워져 있다. 어떤 상자에는 "Livbaelter"*가 담겨 있지만 대부분의 상자

---

* 구명띠를 뜻하는 덴마크어.

는 비어 있다. 상자들을 통해 내부의 면적을 측정할 수 있다. 상자 두세 개를 지나가면 거대한 여성이 풍만한 가슴을 반쯤 드러낸 호화로운 흰색 야회복을 입고 있다. 통나무 같은 목이 거대한 상체에 얹혀 있다. 두툼한 입술에는 금이 가 있다. 허리띠 아래로는 작은 구멍 두 개가 나 있는데, 하나는 치골을 관통하고 있고, 또 하나는 두 다리를 전혀 드러내지 않은 불룩한 치마에 나 있다. 이 여성 조각상과 마찬가지로 주변의 입상들도 전부 이렇게 막연하고 두루뭉술한 형태로 만들어져 있다. 바닥에 잘 서 있지도 못해서 지지대로 등을 받쳐놓았다. 변색되고 금이 가 있는 흉상들과 입상들 사이에서 어느 입상 하나가 전혀 풍화되지 않은 선명한 색 그대로 보존되어 있다. 초록색 안감을 댄 노란색 외투 속에 파란색 테두리를 두른 빨간색 정복을 입었고, 한 손에는 녹색과 회색의 검이, 다른 손에는 노란색 뿔 나팔이 들려 있고, 프리기아 모자*를 썼고, 정찰 중인 듯 한 손을 두 눈 위로 들어 올리고 있으니, 헤임달★이다. 다음으로는 여자

---

* 챙이 없는 원뿔 모양의 모자. 아나톨리아 서부 프리기아 지역에서 유래된 것으로, 당시 노예가 해방되어 자유인이 되면 이 모자를 썼다고 한다.
★ 북유럽 신화에 등장하는 신으로, 신들의 땅 아스가르드를 지키는 수문장이다. 우주 만물을 보고 들을 수 있어서 파수꾼의 직책을 맡게 됐다고 한다.

입상이 또 하나 있는데, 방금 본 여자 조각상보다 여성
스럽다. 긴 머리 가발의 컬 부분이 파란색 보디스* 위로
늘어뜨려져 있다. 몸통에는 팔이 달려 있지 않고 대신
소용돌이 문양이 있다. 이걸 다 수집하고 간직했던 사
람, 이걸 찾기 위해 육로와 해로를 여행했던 사람, 이것
들이 자기 곁에서만, 자기는 이것들 곁에서만 안식을 찾
을 수 있음을 알고 있던 사람, 그 사람은 어떤 사람이었
을까. 그는 예술 애호가와는 거리가 멀었다. 그는 고향
에서도 찾을 수 있었을 행복을 찾아 먼 여행을 떠났다가
그렇게 먼 여행으로 이렇게 상처 입게 된 것들의 곁을
자기 고향으로 정한 여행자였다. 이들 모두 먼 여행을
했다. 짠 눈물에 얼굴이 상했고, 시선은 부서진 나무 궤
짝 안에서 위쪽으로 돌려졌고, 팔은 (양팔이 다 남아 있
는 경우에는) 애원하듯 가슴 위에 포개졌다. 이들은 누
구일까? 그토록 무력하면서도 그토록 반항적인 이들은
해양의 니오베, 해양의 마이나데스*일까? 트라키아의

* 코르셋 위에 입는 여성 옷의 한 종류.
★ 니오베는 야생의 신 아르테미스의 어머니인 모성의 신 레토를 조롱
   했다가 자녀 열네 명을 한꺼번에 잃게 된 그리스 신화 속 인물이다.
   니오베는 그 슬픔을 이기지 못하고 끝없이 흐느끼다 결국 바위로 변
   한다. 마이나데스는 디오니소스를 모시는 여성 사제들을 가리키는
   호칭이다. 디오니소스 제전이 열리면 그동안 억눌러온 감정을 모조
   리 표출하면서 광기 상태에 접어든다고 한다.

파도보다 더 하얀 파도를 맞으면서 아르테미스를 호위하는 동물들의 공격보다 더 사나운 공격에 시달린 배를 타고 바다를 건너온 이들. 갈레온에 실려 온 이들. 이들은 지금 오슬로 해양 박물관의 갈레온 전시실에 서 있다. 하지만 전시실 한복판 전시대 위에는 타륜이 서 있다. 이 여행자들은 이곳에서도 안식을 얻지 못하고 지옥불처럼 영원히 파도에 또 부딪쳐야 하는 것일까?

———

‡ 탈고 시기: 1930년 8월 15일.

‡ 발표 지면: *Frankfurter Zeitung*, Frankfurt am Main, 1930년 9월 18일.

‡ 출처: Walter Benjamin, *Gesammelte Schriften IV*, 383–387쪽.

# 28

고독의 이야기들

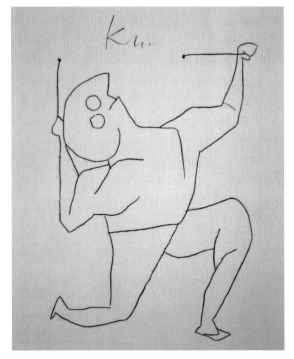

파울 클레, 〈북 치는 크나우어*〉, 1940.

## 성벽

내가 스페인의 어느 돌담집에 살기 시작한 것은 그 일이 있기 두어 달 전이었다. 꽤 높은 산마루와 어두운 소나무숲이 집 주변을 화환처럼 감싸고 있었다. 나는 언젠가 이 주변을 한 바퀴 산책해보리라 마음먹곤 했다. 숲 사이사이로 마을들이 숨어 있었는데, 마을 이름 대부분은 성인(聖人) 이름을 딴 것이었다. 마을들은 그 이름을 가진 성인이 바로 거기에 살고 있다고 해도 될 만큼 천국 같았다. 하지만 여름이었다. 산책은 더위 탓에 하루하루 미뤄졌다. 내 방 창문으로 내다보이는 풍차 언덕까지 이어지는 유명한 산책로조차 결국은 밟지 않았다. 일단 집을 나서도 평소처럼 좁은 응달 골목들이 얽혀 있는 곳을 이리저리 배회하는 것이 고작이었다. 같은 교차점을 같은 방식으로 발견하는 것이 불가능한 그 길을. 어느 날 오후, 평소대로 그곳을 헤매 다니던 나는 엽서 파는 가게 앞을 지나게 되었다. 창문에 진열된 엽서들 중에는 성벽을 찍은 사진엽서가 하나 있었다. 그 산골 지역에는 그런 성벽이 곳곳에 남아 있었다. 하지만 이렇게 생긴 성벽

---

* 헤르만 헤세의 장편소설 『데미안』의 등장인물. 스스로 목숨을 끊으려던 순간 싱클레어를 만나 이야기를 나누면서 자살 생각을 접는다.

은 한 번도 본 적이 없었다. 사진은 그 성벽의 매력을 온전히 포착하고 있었다. 성벽은 어떤 목소리, 어떤 찬가가 수백 년의 시간 속을 흘러내려오듯 풍경 속을 흐르고 있었다. 나는 사진 속 저 성벽을 내 눈으로 보기 전까지는 저 엽서를 사지 않겠다고 나 자신과 약속했다. 이 결심은 아무에게도 말하지 않았다. 그럴 수 있었던 데는 "S. 비네스"라고 서명된 엽서가 나를 인도해준다는 이유도 있었다. 물론 나는 성 비네스라는 성자에 대해 아무것도 몰랐다. 하지만 성 파브리아노에 대해서도, 성 로마노나 성 심포리오에 대해서도, 주변 다른 마을들의 이름이 된 성자들에 대해서도 아는 게 없기는 마찬가지였다. 내가 가진 가이드북에 그 이름이 나오지 않는다는 사실로부터 알 수 있는 것은 더더욱 없었다. 농부들은 예전부터 이 지역에 살고 있었고 선원들은 이 지역을 이정표로 삼고 있었다는 것 정도. 하지만 그 정보도 별로, 양쪽은 같은 장소를 다른 이름으로 부르고 있었다. 그런 이유에서 나는 옛날 지도들도 참고했고, 거기서 별다른 진전을 보지 못하자 해도까지 마련했다. 이 연구 작업은 금세 나를 사로잡았다. 연구는 이제 제법 높은 단계에 이르렀고 이만큼 왔는데 제3자에게 도움이나 조언을 구한다는 것은 내 평판에 오점을 남길 것이었다. 언젠가 그렇게 지도들을 놓고 또 한 시간을 흘려보내고 있을 때, 그 지역에 사는 지인이 저녁 산책을 함께하자며 나를 불러냈다. 그는 나를 성 밖 언덕으로 데려가고 싶어했다. 소나무숲 너머로 늘 보이는, 오래전에 멈춘 풍차가 있는 곳이었다. 언덕을 다 올라갔을 때쯤 날이 어두워지기 시작했다. 우리는 잠시 쉬면서 달을 기다렸다가 달빛이 비치자마자 귀로에 올랐다. 아담한 소나무숲 하나를 지났을 때였다. 그 성벽이 달빛 속에, 눈앞에 가까이, 오해의 여지 없이 분명하게 서 있었다. 몇 날 며칠 나를 따라다닌 바로 그 성벽의 모습으로. 우리는 바로 그 성벽으로 둘러싸여 있는 성내로 다시 들어가는 중이었다. 나는 입을 꾹 다문 채로 친구와 금방 헤어졌다. 다음 날 오후, 나는 부지불식중에 그 엽서 가게 앞을 다시 지나게 되었다. 창문에는 아직 풍경 엽서들이 내걸려 있었다. 다만 가게 문 위쪽으로 지난번에 미처 못 본 간판이 있었다. "세바스티아노 비네스"라는 붉은 글자가. 화가는 거기에 원뿔 설탕과 빵도 그려 넣었다.

## 파이프

내가 그 섬에 머물 때 살고 있던 집 근처를, 나와 가깝게 지내던 부부와 산책을 하던 중에 지나게 되었다. 나는 담배 파이프에 불을 붙이고 싶어졌다. 파이프가 있어야 할 곳에 손을 집어넣었는데 아무것도 잡히지 않았던 참이라 내 방에 가서 놓고 온 파이프를 가지고 올 좋은 기회인 듯했다. 파이프는 분명 탁자 위에 있을 것이었다. 그런 연유로 나는 남자 쪽 친구에게 집에 두고 온 물건을 가지러 갔다 올 테니 아내와 먼저 가고 있으라고 말했다. 하지만 그렇게 발길을 돌려서 채 열 걸음도 가기 전에 다른 주머니에 손을 넣어보니 파이프가 만져졌다. 그러니까 두 사람은 채 1분도 지나기 전에, 연기가 피어오르는 파이프를 들고 있는 나를 다시 일행으로 맞게 된 것이었다. "정말 탁자 위에 있더군요." 내가 이렇게 말한 이유는 왠지 그러고 싶은 종잡을 수 없는 기분 때문이었다. 한순간 남자의 눈에 깊은 잠에서 막 깨어나 여기가 어디인지 아직 모르는 사람의 눈빛과 비슷한 무언가가 비쳤다. 산책은 계속되었고 대화는 궤도를 따라 진행되었다. 얼마 후 내가 화제를 돌려 좀 전의 막간을 언급했다. 나는 물었다. "어째서 두 분은 눈치를 못 채신 겁니까? 제가 한 말은 사실일 수 없었는데." 잠시 말이 없던 남자는 이렇게 답했다. "맞습니다. 저도 무슨 말인가 하려고 했어요. 하지만 이런 생각이 들더군요. 거짓말은 아니겠지. 저 사람이 나한테 뭐 하러 거짓말을 하겠어?"

## 불빛

사랑하는 사람과 처음으로 낯선 시골 마을에서 단둘이 있게 되었을 때였다. 우리는 저녁 산책을 하기로 했고, 나는 내 숙소 쪽에서 기다렸다. 그녀는 다른 숙소에 묵고 있었다. 기다리는 동안 시골길을 왔다 갔다 하고 있었는데, 멀리 나무들 사이에서 불빛 하나가 보였다. 그때는 이런 생각이 들었다. "매일 저녁 저 불빛을 대하는 사람들에게 저 불빛은 아무것도 알려주는 게 없을 거야. 등대 불빛일 수도 있고, 농장 불빛일 수도 있을 텐데. 하지만 외지인인 나에게는 저 불빛이 많은 것을 시사하고 있군." 그러고는 왔던 길을 되짚어 걸었다. 그렇게 한참 걷다가 또 한 번 발길을 돌렸을 때 나무들 사이에서 흘러나오는 불빛이 내 시선을 사로잡았다. 하지만 내가 멈춰 선 것은 그때가 아니라, 사랑하는 사람이 나를 발견해주기 직전, 다시 발길을 돌렸을 때였다. 먼 나무들 위로 천천히 떠오른 것이 달이었다는 것, 내가 눈여겨보았던 지상의 불빛은 달빛이었다는 것을 그때야 깨달았다.

‡ 집필 시기: 게르숌 숄렘은 이 글이 1932년에서 1933년 사이에 집필되었다고 주장하는데, 각각의 글 중 어느 것이 먼저 집필되었는지 그 선후 관계는 확실하지 않다. *Walter Benjamin's Archive* (Verso, 2015) 참조.
‡ 출처: Walter Benjamin, *Gesammelte Schriften IV*, 755-757쪽.

# 29

# 마스코테호의 항해

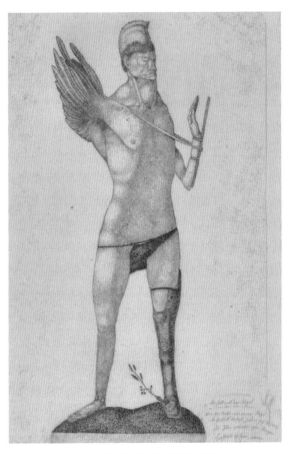

파울 클레, 〈날개 달린 영웅〉, 1905.

내가 지금부터 하려는 이야기는 바다에 나갔을 때 으레 듣게 되는 이야기 가운데 하나다. 이런 이야기에서는 선체가 적절한 울림판이 되고 시끄러운 기계 소리가 최고의 반주음이 된다. 그런 이야기를 어디에서 들었느냐고 묻게 되지도 않는다.

무선 통신사인 나의 친구에게 들은 이야기다. 전쟁이 끝났을 때 몇몇 해운업자들은 난리통에 칠레를 떠나지 못했던 초석 화물선들을 고국으로 끌고 오려고 움직이기 시작했다. 배는 계속 독일 재산이었으니 법적으로는 아무 문제도 없었다. 배를 발파라이소 또는 안토파가스타*에서 끌고 오는 데 필요한 승무원만 고용하면 되는 문제였다. 항구에서 일자리를 찾는 선원들은 차고도 넘쳤다. 하지만 여기에는 한 가지 작은 문제가 있었다. 그것은 어떻게 승무원을 현지까지 보내느냐 하는 것이었다. 승무원은 일단 승객으로 승선해서 목적지에 도착한 뒤 거기서 일을 시작하게 된다, 그 점에는 아무 의문의 여지가 없었다. 선장이 승객에 대해서 발휘할 수 있는 권한이 그들에게는 거의 통하지 않을 것이다, 그 점에도 아무 의문의 여지가 없었다. 킬 봉기*의 분위기가 아직 선원들의 살과 뼈에 스며들어 있을 때였으니

---

* 모두 칠레의 항구 도시들이다.

더욱 그러했다.

함부르크 사람들은 그 사실을 다른 누구보다 잘 알고 있었다. 돛대 네 개짜리 마스코테호의 강경하고 노련한 엘리트 사관 지휘부라면 두말할 필요도 없었다. 그들은 이번 항해를 위험 부담이 큰 모험이라고 생각했다. 현명한 사람은 미리 준비하나니, 그들은 앞으로 일어날 수 있는 일을 자기네들의 용맹스러움에 맡기지 않았다. 오히려 승무원 선발에 철저히 임했다. 하지만 선발된 선원 중에 서류도 제대로 갖추지 못했고 신체 조건 기준에도 크게 못 미치는 껑충한 녀석 하나가 있었다고 하더라도, 그것을 지휘부의 부주의 탓으로 돌리는 것은 성급한 처사이리라. 왜 그런지는 뒤에 나온다.

항해가 순조롭지 않을 조짐이 보이기 시작한 것은 배가 쿡스하펜*을 출발해 채 80킬로미터도 가기 전이었다. 갑판에서, 선실에서, 심지어 계단에서까지, 아침 일찍부터 저녁 늦게까지 모임이 생기고 패거리가 지어졌다. 배가 헬골란트섬을 지나갈 무렵에는 이미 도박장 세 곳, 상설 권투장 한 곳, 아마추어 연극 무대 한

★ 제1차 세계대전 중인 1918년 11월 3일에 독일 킬 군항에서 수병들이 일으킨 봉기를 말한다. 종전의 계기가 된 사건으로, 독일 11월 혁명으로 이어졌다.

✦ 독일 북부 엘베강 하구에 있는 도시.

곳이 마련돼 있었다. 미감이 까다로운 사람들에게는 추천할 수 없는 곳이었다. 하룻밤 사이에 대담한 내용의 그림으로 벽을 장식한 사관 식당에서는 남자들이 매일 오후 모여 서로 짝을 지어 어깨춤을 추었고, 화물칸에 자리 잡은 선상 중개소에서는 소속 중개업자들이 손전등 불빛 아래에서 달러 지폐, 쌍안경, 누드 사진, 칼, 여권을 거래했다. 요컨대 이 배는 움직이는 '마법 도시'였다. 항구 생활 중 누릴 수 있는 (여자를 제외한) 모든 호사가 발 구르기 한 번으로 땅 밑에서 (아니면 갑판에서) 솟아나는 것만 같았다고 할까.

　　　　짧은 가방끈을 능란한 처세와 결합한 부류의 뱃사람이었던 선장은 그토록 불쾌한 상황 속에서도 자제력을 유지했다. 어느 날 오후에 (선장의 기분이 아주 좋았던, 도버 출항 직후였을 것이다) 몸은 성숙한데 입이 험한 한 소녀가 담배를 문 채 배 뒤쪽에 나타났을 때도 마찬가지였다. 장크트파울리* 출신 프리다였다. 그녀가 그때껏 어디에 처박혀 있었는지 알고 있는 사람들이 배 안에 있다는 데는 의심의 여지가 없었고, 상부에서 정원 외 승객을 쫓아내는 조치를 취할 경우 그들이 모종의 행동에 나설 각오라는 것도 명명백백했다.

* 함부르크의 중심부를 차지하는 지구.

야간 업장은 그때부터 더 볼만해졌다. 그때가 1919년이었다는 것은 다른 모든 여흥과 함께 정치적 여흥 역시 빠지지 않았다는 말이기도 했다. 이 항해를 새 세상 새 인생의 출발점으로 삼자는 주장이 공공연히 들려왔다. 오랫동안 기다려온 순간, 지배자들에게 빚을 받아낼 순간이 점점 가까워지고 있다는 주장도 있었다. 바람이 점점 거세지고 있다는 것만은 분명했다. 그 바람이 어디서 불어오는지는 금방 밝혀졌다. 키가 크고 해이하고 가르마를 탄 빨간 머리의 슈비닝이라는 녀석이었다. 하지만 그 녀석에 대해 알려진 것이라고는 승무원으로 일하며 여러 항로를 경험했다는 것, 특히 핀란드 밀주 업계에 관해 양질의 비밀 정보를 알고 있다는 것 말고는 없었다.

초반에는 전혀 나서지 않았지만 이제는 어디에서든 그를 볼 수 있었다. 그의 발언에 귀를 기울여본 사람이라면 그가 숙달된 선동가라는 것만큼은 인정할 수밖에 없었다. 그의 발언에 귀를 기울여본 적이 없는 사람도 마찬가지였다. '바'에서는 시끄럽고 심술궂은 대화를 주도하며 이 사람 저 사람 끌어들이면서 축음기 소리를 압도할 정도로 목청을 높였고, '링'에서는 아무도 묻지 않은 선수들의 당적에 관해 정확한 정보를 늘어놓았으니 그럴 만도 했다. 이렇게 그는 대중이 오락에 빠져 있는 사이 대중의 정치화에 매진했고, 결국은 언젠가 열린 야간 총회에서 선원 자문 위원회 의장으로 선출됨으로써 그런 노력을 보답받았다.

　　　선거 행사가 줄줄이 열리며 활기를 띤 것은 배가 파나마 운하로 진입할 무렵이었다. 메뉴 위원회, 감독 위원단, 선상 사무국, 정치 협의회 등등 선거할 데는 차고 넘쳤다. 마스코테호 지휘부와 전혀 충돌하지 않을 모종의 거대한 기구가 수립되기 직전이었다. 하지만 혁명 본부 내부에서는 의견 대립이 점점 더 잦아졌다. 사실은 모두가 혁명 지도부 소속이나 마찬가지였으니 내부 사정을 들여다볼수록 상황은 더 짜증스러웠다. 지금 당장은 아무 지위가 없는 사람이라도 다음번 집회에서는 꽤 높은 지위를 기대할 수 있었던 것이다. 하루가 멀다 하고 난맥 정리, 투표 결과 확인, 혁명 강화라는 임무가 내려졌다. 하지만 집단행동 추진 위원회가 최종적으로 대단히 상세한 선상 반란 계획을 마련했을 무렵에는 (다다음 날 오후 11시 정각에 지휘부를 무력화시키고 항로를 서쪽으로 변경해 갈라파고스로 간다는 계획이었다) 이미 마스코테호가 카야오*를 지난 뒤였다. 훗날 밝혀진 바로는 항로 자체가 조작돼 있었다. 나중에 (정

---

* 페루 리마 서쪽에 있는 항구 도시.

확히 말하면, 주도면밀하게 준비한 선상 반란 개시 시각을 스물네 시간 앞두고 있었을 때) 마스코테호는 마치 아무 일도 없었다는 듯이 안토파가스타 부두에 임시 정박했다.

　　　　내 친구가 들려준 이야기는 여기까지였다. 두 번째 당직이 끝났을 때, 우리는 깊은 석기 찻잔에 탄 코코아가 기다리고 있는 해도실로 갔다. 나는 입을 다문 채 지금까지 들은 이야기의 의미를 이해해보려고 했다. 첫 모금을 마시려고 하던 무선 통신사가 문득 동작을 멈추더니 찻잔 너머로 나를 바라보았다. "그냥 듣고 잊어버리세요!" 그가 말했다. "그때는 우리도 뭐가 어떻게 돌아가는 건지 몰랐지요. 내가 마스코테호의 전말을 이해하게 된 것은 그로부터 3개월 뒤 함부르크 사무소에 갔을 때였어요. 슈비닝이 소장실에서 막 나오다가 나랑 부딪쳤는데, 두꺼운 버지니아 시가를 처물고 있더군요."

---

‡ 집필 시기: 1932년경. 이 글은 수기 원고와 타자 원고 등 두 가지 버전으로 존재하는데, 그중 타자 원고 버전은 1932년에 집필된 「손수건」, 「여행 전야」와 관련이 있을 것으로 여겨진다.
‡ 출처: Walter Benjamin, *Gesammelte Schriften IV*, 738–740쪽.

# 30

# 선인장 울타리

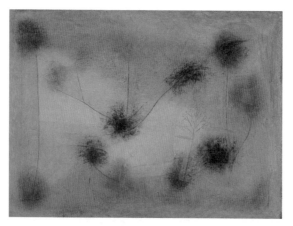

파울 클레, 〈강인한 식물들〉, 1934.

우리 다음으로 이비사에 살러 온 첫 외국인은 아일랜드 인 오브라이언이었다. 그게 20년쯤 전인데, 그때 그는 이미 40대였다. 이비사에서 은퇴 생활을 시작하기 전까지 두루 여행을 다녔고, 젊었을 때 오랫동안 서아프리카에서 농부로 살았으며, 사냥과 올가미 던지기에서 탁월한 실력을 발휘하는 사람이었는데, 무엇보다도 내가 아는 가장 별난 사람이었다. 그는 고학력자 모임들, 성직자들, 공무원들과 거리를 두었는데, 그렇다고 해서 토착 주민들과의 교류가 그리 긴밀한 것도 아니었다. 그럼에도 어부들은 아직도 그에 대해 생생히 기억하는데, 그것은 다른 무엇보다도 그가 매듭 짓기의 장인이었기 때문이다. 그의 인간 혐오는 어느 정도 기질적이기도 했지만 가장 가까웠던 사람들과의 부정적 경험 때문이었던 것 같았다.

그 당시 내가 알아낸 것은 그가 자기의 유일한 보물을 한 친구에게 맡겼었다는 것, 그런데 그 친구가 그 보물과 함께 사라졌다는 것 정도였다. 그의 보물은 그가 아프리카에 살 때 선주민들로부터 직접 사들였던 흑인 가면들이었다. 어쨌든 그의 보물을 가로챈 사람에게는 악운이 따랐다. 친구는 선상 화재 사건으로 사망했고, 그가 가지고 탔던 가면 수집품들도 그때 함께 사라졌다.

그는 대개 자기 소유의 농원에 틀어박혀 있었지만, 일이 하고 싶어질 때마다 만이 내려다보이는 높은 그곳에서 자기 소유의 도로를 지나 바다로 향했다. 바다에서 그가 하는 일은 고기잡이였다. 갈대를 엮어 짠 어살을 100미터 깊이까지, 거기서 왕새우들이 해저의 바위들 사이를 배회하는 지점까지 더 깊이 늘어뜨리기도 했고, 바람 없는 오후에는 배를 타고 멀리 나가 그물을 쳐놓고 열두 시간 뒤에 끌어올리기도 했다. 육상 동물 사냥 또한 그의 꾸준한 취미였다. 영국에 애호가들과 과학자들 같은 거래 상대가 많았기 때문에 조류의 털가죽이든 희귀한 딱정벌레든 도마뱀붙이든 나비든, 주문이 없는 때는 거의 없었다. 그의 주력 품목은 도마뱀이었다. 그 시절에 테라리엄*이 내실이나 온실의 선인장 공간에서 한자리를 차지하고 있던 것, 영국에서 먼저 그런 것이 유행했었다는 사실은 지금도 유명하다. 도마뱀이 유행을 타면서 우리 발레아레스 제도는 동물 매매업자들 사이에서 도마뱀으로 유명해졌다. 예전에 이곳은 로마의 장군들 사이에서 투석병들로 그렇게 유명했는데 말이다. '발레아(balea)'는 쏜다는 뜻이다.

앞에서도 말했지만 오브라이언은 별난 사람

---

* 파충류나 양서류를 키우는 상자.

이었다. 도마뱀 포획에서 요리, 수면, 생각에 이르기까지 남들이 하는 대로 하는 것은 하나도 없었던 듯하다. 그는 음식에서 비타민이니 칼로리니 하는 것은 그리 중요시하지 않았다. 그는 늘, 음식 먹는 일은 치료 행위 아니면 중독 습관 둘 중에 하나다, 중간은 없다, 라고 말했다. 그러니 음식을 올바르게 먹고자 하는 사람은 자기 자신을 늘 회복기 환자인 듯 돌봐야 한다, 라고도 했다. 그러고는 다혈질에는 이 음식, 담즙질에는 이 음식, 점액질에는 이 음식, 우울질에는 이 음식 하는 식으로 음식마다 발휘되는 치유 효과에 대해 말했다. 효과를 보려면 보충 성분, 진정 성분을 함께 섭취하는 것이 좋다고도 했다.

잠에 대해서도 마찬가지였다. 그는 자기만의 꿈 이론을 가지고 있었다. 악몽, 그러니까 잘 때 자꾸 나타나는 괴로운 환상을 피하는 확실한 방법을 팡족이라는 아프리카 내륙 흑인 부족에게 배웠다고 했다. 취침 전 저녁에 무서운 광경을 머릿속에 떠올리는 것만으로도 한밤중에 무서운 광경을 안 볼 수 있다는 것, 팡족이 종교의식을 치를 때 그렇게 하더라는 것이었다. 그는 이 방법을 꿈 면역법이라고 불렀다.

끝으로, 생각에 대해서도 마찬가지였다. 어느 오후에 나는 그가 생각에 대해 어떤 생각을 가지고 있는지를 알게 되었다. 우리는 전날 내렸던 그물을 걷기 위해 바다에 나와 있었다. 어획량은 극히 저조했다. 우리가 비다시피 한 그물을 거의 다 끌어올렸을 때, 그물 코 몇 개가 암초에 걸렸다. 최대한 조심스럽게 거두려고 했지만 그물은 결국 찢어졌다.

나는 방수복을 둘둘 말아 밀쳐놓고 기지개를 켰다. 구름이 끼긴 했지만 바람은 없는 날씨였다. 빗방울이 하나둘 떨어졌다. 지상 만물에게 무리한 요구를 하던 하늘의 빛이 사라지면서 모든 것은 다시 제자리로 되돌아갔다. 나는 자세를 바로잡다가 그에게 눈길을 주었다. 그의 손에는 아직 그물이 들려 있었지만 손은 쉬고 있었다. 생각이 다른 데 가 있는 듯했다. 왠지 낯설어진 나는 그를 좀 더 주시했다. 만년 소년 같은 얼굴은 무표정했지만, 벌어지지 않은 입가에는 미소가 감돌고 있었다. 나는 노를 잡고 몇 번 저어 배를 잔잔한 물 위에서 움직여갔다.

오브라이언이 시선을 보내왔다.

그는 그물의 새 매듭을 시험 삼아 세게 잡아당기면서 설명했다. "이제 됐어요. 이것도 이중(二重) 플랑드르예요." 나는 도통 모르겠다는 얼굴로 그를 쳐다보았다.

그는 다시 설명했다. "이중 플랑드르요. 봐요,

이건 낚싯줄로 써도 돼요." 그러면서 밧줄 하나를 집어든 그는 한쪽 끝을 접어 잡고 그 위에 서너 번 돌려 감아 소용돌이 축을 만든 다음 홱 잡아당겨 매듭을 지었다.

그는 설명을 이어나갔다. "정확히 말하면 이중 갤리 매듭의 변종이지만, 고리가 있든 없든 목수 매듭보다는 나아요." 그는 설명하는 내내 손을 멈추지 않고 민첩하게 밧줄을 감았다 묶었다 했다. 나는 현기증이 났다.

그는 계속 설명해나갔다. "이 매듭을 단번에 짓는 사람은 꽤 잘 살아온 사람이고, 자신을 좀 쉽게 해 줘도 괜찮아요. 은퇴하다, 라는 말뜻 그대로요. 매듭 짓기는 요가 기술 같은 거라서요, 어쩌면 세상 모든 이완 방법을 통틀어 이렇게 효과가 뛰어난 방법도 없을걸요. 배우는 방법은 연습 또 연습뿐입니다. 연습은 배를 탔을 때만 하는 게 아니라 집에 있을 때도 합니다. 완벽한 평정 상태에서도 하고 겨울에도 하고 비가 와도 하지만, 무엇보다도 근심 걱정이 있을 때 하지요. 이 방법으로 나를 괴롭히는 문제들에 대한 해결책을 찾아냈을 때가 얼마나 많은지 몰라요."

마지막으로 그는 이 분야를 내게 알려주겠다고, 십자 매듭과 방직 매듭에서 완충 매듭과 헤라클레스 매듭까지 이 분야의 모든 비기를 내게 보여주겠다고 약속했다.

하지만 약속은 지켜지지 않았다. 그날 이후 바다에서 그의 모습을 볼 수 있는 날이 점점 드물어졌던 것이다. 처음에는 사나흘씩 안 보이더니, 나중에는 아예 몇 주씩 안 보였다. 그가 그렇게 틀어박혀서 뭘 하는지는 아무도 몰랐다. 그사이 어떤 비밀스러운 일에 엮여 말이 돌았다. 그가 뭔가 새로운 취미를 찾아낸 것이 틀림없었다.

우리가 또다시 함께 배에 오른 것은 그로부터 몇 달 뒤였다. 어획량은 지난번보다 많았고 낚싯대로 큼직한 송어까지 잡을 수 있었다. 오브라이언은 나에게 다음 날 저녁에 자기 집에 와서 식사를 하면 어떻겠느냐고 물었다.

밥을 다 먹은 뒤 오브라이언은 어느 문 하나를 열면서 이렇게 말했다. "나의 수집품에 대해서는 들은 적이 있으시겠지요."

흑인 가면 수집품에 대해서는 분명 들은 적이 있었지만, 내가 들은 내용은 그 수집품이 전부 바닷속에 가라앉았다는 것이었다.

그런데 스물에서 서른 개쯤 되는 그 가면들이 다른 건 아무것도 없는 그 하얀 방에 걸려 있었다. 하나같이 그로테스크한 표정이었다. 가장 그로테스크한 것은 자격 없는 것들은 인정사정없이 죄다 배격하겠다는 의지를 드러내고 있는 우스울 정도로 근엄한 표정이었다. 위로 들린 윗입술, 그리고 눈구멍과 눈썹을 나타내는 굴곡은 다가오는 모든 것에 대한, 아니 다가옴 그 자체에 대한 엄청난 적의를 표현하고 있는 것 같았고, 이마를 장식한 굴곡진 볏들과 가면에 부착된 땋은 머리카락들은 미지의 권력이 이목구비에 대한 권한을 가지고 있음을 뜻하는 듯 강조돼 있었다. 그중 어느 가면을 보아도, 입으로 소리가 나가게 하려고 만든 것은 하나도 없는 것 같았다. 두껍게 젖혀진 입술이든 다물어진 입술이든 태아의 입술처럼 전생을 차단하고 있거나 죽은 자의 입술처럼 사후생을 차단하고 있었다. 오브라이언은 계속 뒤쪽에 있었다.

그렇게 내 뒤에 서 있던 그는 갑자기 혼잣말처럼 말했다. "여기 이게 제일 먼저 되찾은 건데."

내가 보고 있는 건 길고 좁은 모양을 한 매끄러운 흑단 가면이었다. 미소가 새겨진 가면이었는데, 가면의 미소는 원래부터 존재하고 있던 미소인 듯, 굳게 닫힌 입술 너머 존재하는 어떤 미소의 반추인 것 같았다. 입 부분은 뒤로 쑥 들어가 있어서 안면 전체가 거대한 앞짱구의 연장인 듯 이마의 아치형 윤곽이 아래로 흘러내리고 있었다. 윤곽의 흐름을 깨는 것은 잠수종 창문의 틀 부분처럼 돌출되어 있는 눈구멍의 테 부분뿐이었다.

"이게 제일 먼저 되찾은 거예요. 어떻게 되찾았는지도 알려드릴 수 있어요."

나는 그저 그를 바라보았을 뿐인데, 그는 등을 낮은 창문에 기대고 이야기를 시작했다.

"바깥을 내다보시면, 바로 앞에 선인장 산울타리 보이시지요. 이 근방에서 규모가 제일 커요. 줄기를 보면 아시겠지만 꽤 높은 부분까지 단단하고요. 저걸로 나이를 알 수가 있지요. 최소한 150살이에요. 오늘밤 같은 이런 밤이었어요. 달이 떠 있는. 보름달이었죠. 이 지역에서 달의 작용력에 대해 알아보신 적이 있는지 모르겠는데, 이 지역에서는 달빛이 우리 일상의 무대를 비추고 있는 게 아니라 반대쪽 지구*든 지구 옆 행성이든 어떤 다른 곳을 비추고 있는 것 같답니다. 그날 나는 해도를 고치면서 저녁 시간을 보내고 있었습니다. 내 취미가 영국 해군성 지도를 개선하는 일이라는 것을 알려드려야겠네요. 그러면 합당한 명성을 얻을 수 있겠지

---

* 고대 그리스 철학자 필롤라오스가 처음 제안한, 태양계 내부에 있는 가상의 천체. 그는 지구가 공전하는 중심을 기준으로 지구 반대편에 지구와 같은 무게의 천체가 존재한다고 생각했다.

요. 그런 이유에서 나는 낚싯대를 내릴 때 처음 내리는 곳에서는 늘 수심을 재려고 합니다. 그날도 해저 융기부 몇 곳을 표시하면서 생각했어요. 이 중 한 곳의 이름을 내 이름을 따서 짓는다면, 그렇게 해서 불멸의 명성을 얻을 수 있다면 얼마나 좋을까, 하는 생각을요.

그러다가 잠자리에 들었지요. 아까 보셔서 아시겠지만 지금은 창문에 커튼이 달려 있는데, 그때만 해도 커튼이 없었거든요. 한참을 잠들지 못하고 있었는데, 그사이에 달이 침대 방향으로 다가오고 있더군요. 나는 매듭짓기라는 가장 좋아하는 취미 작업을 다시 붙잡았습니다. 이 취미에 대해서는 이미 한번 말씀드린 것 같네요. 이제 머릿속에서 복잡한 매듭을 만든 다음 옆으로 치우고 이어서 또 머릿속으로 두번째 매듭을 만들어둡니다. 그러면 또 한 번 첫 번째 매듭을 떠올릴 차례가 됩니다. 다만 이번에는 묶기 위함이 아니라 풀기 위함입니다. 당연히 여기서 관건은 매듭의 형태를 정확하게 기억하는 것입니다. 무엇보다도 첫 번째 매듭과 두 번째 매듭을 헷갈리면 안 됩니다. 나는 이 작업에 꽤 능숙해졌는데, 내가 이 일을 연습할 때는 머릿속에 여러 가지 생각이 있는데 해결책이 안 보일 때, 아니면 사지는 피곤한데 잠이 안 올 때입니다. 두 경우에 동일한 효과가 있습니다. 이완 효과죠.

하지만 나의 검증된 실력도 이번에는 도움이 되지 않았습니다. 내가 해결에 더 가깝게 다가갈수록 눈부신 달빛은 침대에 더 가까이 다가왔습니다. 나는 도망치기 위해 다른 방법을 찾았습니다. 섬에서 조금씩 배웠던 속담, 수수께끼, 노래, 시편 들을 하나하나 떠올려보았습니다. 효과는 이편이 훨씬 더 좋았습니다. 그런데 그렇게 내면의 경련이 가라앉는 느낌이 든 순간, 내 시선이 선인장 울타리에 가 닿았고, 오래전에 배운 조롱의 말 하나가 떠올랐습니다. '안녕하신가, 열매 친구.' 젊은 농부가 선인장 열매 앞에서 바로 그렇게 '안녕하신가, 열매 친구'라고 인사하면서 칼을 꺼내 들더니 이른바 정수리에서 엉덩이까지 가르는 장면이 눈에 선합니다.

하지만 선인장 열매가 열리는 때는 지나간 지 오래였습니다. 울타리는 앙상했습니다. 이제 곧 선인장 줄기만 삐죽삐죽하게 남아, 그 말라붙은 줄기들이 오지 않는 비를 기다리는 시기였습니다.

'울타리는 없고 염탐꾼만 잔뜩.' 이 말이 내 머릿속을 스쳐 지나갔습니다.

그러면서 울타리가 뭔가 다른 형상으로 변하는 듯했습니다. 마치 밝은 바깥에서 어떤 패거리가 나의 은신처를 둘러싸고 안을 들여다보는 것만 같았습니다. 숨을 죽이고 나의 표정 변화를 주시하는 것만 같았지요. 방패, 몽둥이, 전투 도끼를 치켜 들고 소란을 피우면서요. 그렇게 막 잠에 드는 순간, 나는 그 형상이 바깥에서 나를 어떤 방법으로 저지하고 있는지를 문득 깨달았습니다. 그것들은 나를 덮쳐오는 가면들이었던 것입니다!

그러다 깜박 잠이 들었습니다. 하지만 다음 날 아침에도 나는 여전히 불안한 상태였습니다. 칼을 꺼내든 나는 8일 동안 통나무와 함께 이 방에 틀어박혔습니다. 여기 걸려 있는 이 가면이 그때 탄생했지요. 그렇게 다른 가면들이 하나씩 다 생겨날 때까지 나는 한 번도 선인장 울타리에서 눈을 떼지 않았습니다. 이것들이 전부 내가 수년 전에 가지고 있던 그것들과 똑같이 생겼다고 말하지는 않겠지만, 어떤 가면 전문가라 해도 이 가면들과 당시에 이것들을 대신했던 가면들을 구별할 수 없으리라는 것, 그것 하나만은 맹세할 수 있습니다."

이런 이야기였다. 우리는 잠시 더 잡담을 나누었고, 나는 그 집을 나왔다.

오브라이언이 또 무슨 비밀 작업을 하느라 틀어박혀서 아무도 만나지 않고 있다는 소식이 들려온 것은 그로부터 몇 주 뒤였다. 그를 다시 만나지는 못했다. 그가 그 직후에 세상을 떠났던 것이다.

꽤 오랫동안 그를 떠올린 적이 없었는데, 어느 날 뤼 라 보에티\*에 있는 어느 골동품 가게에 들어갔다가 깜짝 놀라고 말았다. 흑인 가면 세 개가 유리 상자에 담겨 있었다.

　　　나는 가게 사장에게 말을 걸었다. "이렇게 훌륭한 물건을 확보하셨다니 진심으로 축하를 드리고 싶군요."

　　　이런 답이 돌아왔다. "물건 볼 줄 아는 손님이시네요! 전문가시군요! 감탄스러우시죠! 지금 가면 전시회를 준비 중인데, 어마어마한 수집품 중에서 몇 개만 견본으로 갖다놨습니다!"

　　　"우리 젊은 예술가들이 중대한 실험에 임할 때 이 가면이 영감이 되어줄 것 같습니다."

　　　"제 말이 바로 그 말입니다! 더 많은 정보가 필요하시다고 하면, 제 사무실에 우리 일류 전문가들이 보내온 감정서가 있으니 보여드리겠습니다. 헤이그와 런던에서 활동하는 분들인데, 그분들의 감정서를 보면 수백 년 전에 만들어진 물건임을 알 수 있습니다. 그중 두 분에 따르면, 수천 년 전으로 추정해볼 수도 있다고 합니다."

\* 프랑스 파리 8구에 있는 거리. 예술의 거리로 통한다.

"정말 읽어보고 싶네요! 그런데 이 가면들이 누구의 소장품인지 여쭈어보아도 될까요?"

　　"어느 아일랜드 남자가 유산으로 남긴 수집품이에요, 오브라이언이라는. 아마 못 들어보신 이름일 거예요. 발레아레스에서 살다가 거기서 죽은 사람이거든요."

------

‡ 최초 발표 지면: *Vossische Zeitung*, Berlin, 1933년 1월 8일.

‡ 출처: Walter Benjamin, *Gesammelte Schriften IV*, 748−754쪽.

# 31

서평: 풍경과 여행

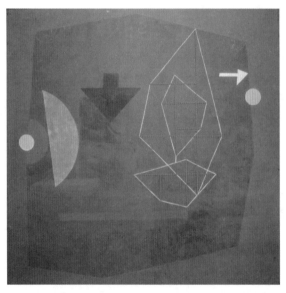

파울 클레, 〈바다 위의 가능성들〉, 1932.

요한 요코프 바호펜*, 『그리스 여행』, 게오르크 슈미트 편집, 하이
델베르크: 리하르트 바이스바흐, 1927.


첫 주저 『고대 무덤 상징』을 펴내기 8년 전인 1851년,
바호펜은 그리스를 두루 여행했다. 아티카, 펠로폰네소
스, 아르골리스, 아르카디아를 아우른, 중요한 고전학
적 여행이었다. 이 여행은 삼중적으로 고전적이다. 여
행지가 고전의 배경이고, 여행자 본인이 이 여행에 정
전이라는 의미를 부여하고 있고(그의 다른 그리스 여
행들은 이 여행 앞에서 꼬리를 내린다), 마지막으로 여
행자가 괴테적 자세를 보여주고 있다. 바호펜의 여행
일지 필사 원고를 읽을 수 있었던 최초의 독자 중 하나
였던 루트비히 클라게스*는 이 글이 『이탈리아 여행』
과 같은 계열이라는 올바른 판단을 내렸다. 이 말은 한
편으로는 이 글의 설명적인 산문 몇 대목 덕분에 독일
어가 풍요로워지고 이렇게 가장 감미로운 바호펜의 성
취 중 하나 덕분에 독일인의 헬라 선망이 풍요로워진다


* 19세기에 활동한 스위스의 고전학자, 문헌학자, 법학자, 인류학자.
  선사시대 모계사회에 대한 이론을 발전시켜 20세기 모권 이론에 큰
  영향을 주었다.
★ 19세기 말에서 20세기 중반까지 활동했던 독일의 철학자. 인간을 생
  명과 정신의 투쟁으로 보았다.

는 뜻이지만, 다른 한편으로는 이 글 안에 바호펜의 가르침을 정리하고 이해하는 데 도움이 될 만한 새로운 내용이나 결정적인 내용이 전혀 없다는 뜻이기도 하다. 그 덕분에 연구자는 흥미로운 양자택일 문제 앞에 서게 된다. 자신의 후기 저작에서 기본 사상이 될 것들을 여행자 본인은 아직 모르고 있었던 것일까? 아니면, 바호펜의 본질적 특징인 그 기이한 양가성이 여기서도 작동하고 있었던 것일까? 독일의 대사상가 중 가장 스위스적인 사상가인 빌헬름 폰 훔볼트의 경우와 마찬가지로, 한편으로는 서로 다른 언어들을 서로 비교하는 것의 불가능성과 어느 한 언어를 다른 언어로 환원하는 것의 불가능성을 통찰하는 강력한 인식이 있지만 다른 한편으로는 고대 그리스어의 절대 우위라는 도그마가 있어서, 양자의 충돌이 그치지 않았다. 바호펜의 신화학도 마찬가지여서, 신화란 특정한 종족의 원현상이라는 것을 예리하게 통찰하면서도 아폴론적인 것을 무턱대고 긍정하고 있어 그 두 가지 차원이 충돌하고 있다. 아폴론적인 것이 기독교로 흡수되었다고 할 때, 그에게는 기독교가 아폴론적인 것에 대해 거둔 마지막 세계사적 승리였을 수도 있다.

      이 일기에는 두 가지 형식이 공존하고 있다. 여정의 중반부(파트라-코린트-에피다우로스)는 문장으로 정리되어 있는 반면, 초반부와 후반부는 메모로만 되어 있다. 편집자는 이 메모 부분 중에서 초반부(바젤-파트라)만 책에 포함시켰다. 이 책의 첫 20쪽은 여행자 자신의 내면에서 들려오는 무언가가 마치 지하에서 들려오는 탄식인 듯 남유럽 하늘의 지복에 닿는다는 내용으로 채워져 있는데, 이는 매우 의미심장하다. 누군가에게는 듣기 싫은 소음으로 들릴 수도 있겠지만, 바호펜 애독자에게는 소중한 음향일 것이다. 청년기의 여행 서사시라고 할 수 있을 이 책을 『고대 무덤 상징』『모권론』『타나퀼*』이라는 교조적인 후기 저작들과 이어주는 소리이기 때문이다. 정말 그럴듯한 연결이기는 하지만, 그 연결을 가지고 와서 이 책의 온전한 가치를 (그리스에 대한 고고학적 탐험이 아직 거의 없던 시대의 그리스 여행, 깊은 산골짜기를 따라 잘생긴 그리스 농부 청년과 나란히 말을 타고 가는 여행, 외진 시골 마을에 묵게 된 여행자가 장엄한 밤하늘 아래에서 산책하면서 소녀들의 웃음소리에 마음 아파하는 여행의 가치를) 축소하려고 한다면 그것은 잘못일 것이다.

* 고대 로마의 5대 왕 타르퀴니우스 프리스쿠스의 아내.

파울 요르크 폰 바르텐부르크 백작,『이탈리아 일기』, 지크리트 폰 데어 슐렌부르크 편집, 다름슈타트: 오토 라이홀 출판사, 1927.

이 책을 논하는 일은 결코 순수하게 기쁜 작업이 아니다. 우선 저자를 책망하기가 불가능하다. 그에게는 이 글을 책으로 출판하려는 생각이 전혀 없었다. 몇 개월 동안 이탈리아에 체류하면서 옛 독일 여행자들이 추구한 성실한 방식으로 일기를 남겼을 뿐이다. 다음으로 편집자에 대해 말하자면, 신중하고 사무적인「편집자 서문」은 이 책의 출간에 반대하는 모든 상상 가능한 의견들을 예견하는데, 만약 누군가가 이 책에서 사적인 흥미 이상을 불러일으키는 대목이 아주 드물다는 의견을 내보인다 하더라도 그것은 편집자의 가장 깊은 본심을 승인하는 의견에 불과한 듯하다. 이 책의 서술자가 이렇게 남달리 교양 있고 호감 가는 사람이 아니었더라면 이 책의 내용은 철저하게 논파당하고 말았을 테지만, 편견 없는 독자라면 논파당할 만한 내용조차 그렇게 또 많지는 않음을 알게 된다. 요르크 폰 바르텐부르크는 이탈리아를 바라보는 관습적인 시각으로부터 벗어나기 일보 직전이었다. 라벤나 모자이크와 체팔루 모자이크*를 다룬, 역사적이고 실용적인 면에서 매우 흥미로운 부록이 그 점을 구체적으로 보여주고 있다. 하지만 그는 이 새로운 길에서 너무나 소심한 행보를 보였고, 그의 글로 인해 예감하게 되는 이탈리아 이미지의 혁신은 이미 오래전에 성취되었으니, 그의 글에 중요한 내용이 많이 담겨 있는 것은 아니다. 이러한 주장을 이렇게 쉽게 할 수 있는 데는, 바르텐부르크와 딜타이가 주고받은 편지들이 벌써 놀라울 만큼 과대평가되고 있다는 정황도 있거니와, 이 일기가 카이절링 백작[*]과 친한 출판사에서 나왔다는 사실이 독일 문예란 장르의 신복고파가 요르크 폰 바르텐부르크 백작을 자기네 편으로 삼으려고 하는 것 같다는 의혹을 뒷받침하고 있기 때문이다. 그의 유고 하나가 이 출판사로 가는 일만 없었더라도, 점잖고 고상한 딜레탕트인 그에 대해 이러한 주장을 하는 것은 나름 부당한 처사였을 것이다.

* 라벤나에는 현존하는 비잔티움 시대 최고의 모자이크가 많이 있고, 체팔루는 12세기 노르만족의 지배 아래 만들어진 황금 모자이크로 유명하다.
* 에두아르트 폰 카이절링은 19세기 후반에서 20세기 초까지 활동한 유미주의 작가다.

게오르크 리하이, 『이탈리아와 우리: 어느 이탈리아 여행』, 드레스덴: 카를 라이스너, 1927.

이 책의 올바른 맥락을 잡으려면 언어 차원의 뒤죽박죽과 사유 차원의 엉망진창을 체계화할 색인 시스템을 활용할 수 있어야 할 텐데, 그런 것을 마련할 능력이 있었던 사람은 카를 크라우스뿐이다.

"그리스도와 카이사르는 […] 양편에 똑같이 감응하는 한 영혼을 놓고 격투를 벌였다." 리하이 씨의 영혼이 들려주는 이야기다. 이이가 그렇게 특별한 영혼을 가졌다는 것에 우리는 그 어떤 질투도 느끼지 않는다. 그의 영혼이 기껏 격투장에 와서 책의 형상을 한 쓰레기 더미를 만들고 있으니 그것이 애석할 뿐이다.

하지만 이 책이 출간된 것은 좋은 일이다. 이제 처음으로 우리는 '동국인 여행자'의 초상을 가지게 되었다. 예로부터 그에게서 어떻게 벗어나느냐가 여행 기술 가운데 가장 요긴하고 가장 어려운 부분이었는데. 하지만 이제 우리는 그에게서 벗어난 뒤 안도의 한숨을 내쉬게 되었다. "이런 게 다 있네? 이게 시스티나 성당이라고?"라는 감탄을, "살아 움직이는 수채화도 충격이었는데! 이렇게 또 충격이!"라는 고백을, "돔은 더 굉장할 줄 알았는데 […] 내가 꿈에서 보았던 것보다 별로구 먼"이라는 거만한 의혹을 피해 다닐 수도 있고 말이다. 여기서는 여행 인파 전체에게까지 코러스의 목소리가 주어진다. "연결 교통편을 찾는" 사람들, "앞쪽을 향해 비집고 나아가는" 사람들, 자기의 "이름을 새기는" 사람들—요컨대 이 여행을 "경험으로 받아들인" 사람들은 이 책을 통해 자기의 언어를 갖게 된다.

"이탈리아! 이 테마를 다루는 일은 부엉이를 아테네로 데려간다는 말* 아니겠는가?"

하지만 저자가 단 하나의 강령을 통해 독자로 하여금 저 멀리 있는 것들과 어울려 지낼 수 있도록 해준다는 데는 감탄할 수밖에 없다.

사물에는 수천 가지 형태가 있지만,
당신에게 알려주어야 할 것은 오직 하나, 나의
형태다.
괴테: 파우스트

시는 게오르게의 것이고, 파우스트는 괴테의 것이다. 하지만 전체는 리하이 씨의 것이다. 그 자신이 매우 훌

---

\* 부엉이를 아테네로 데려간다는 말은 하지 않아도 될 일을 한다는 의미가 담긴 속담이다.

룡하게 설명해주듯이, 그의 눈앞에 어른거리는 것은 "오로지 전체, 그리고 언제나 오로지 전체"다.

　　　우리가 그에게 이렇게 응하는 것도 일종의 전체다!

**루돌프 보르하르트 엮음,『풍경 속 독일인』, 뮌헨: 브레머 프레세 출판사, 1927.**

브레머 출판사에서 나온 이 선집 총서는 지금껏 이런 형식으로 존재하고 있는 거의 모든 책과 심히 대립되는 속성을 지니고 있으며, 출간이 거듭될수록 그 대단하고 한결같은 속성은 더욱 분명해지고 있다. 통상적인 명언집이나 시선집이 (선집의 지향이 대중화든 현대화든 심미화든) 순수하게 존재하던 글을 약탈해왔다거나 무단으로 착취했다는 악평을 듣기 마련인 데 비해, 이 총서는 모종의 가시적 축복을 받고 있어서다. 가시적이라 함은, 책 속에 포함된 글들이 어떤 새로운 형식을 어떤 위대함과 연결시키고 있다는 점에서 가시적이다. 그 새로운 형식이란 추상적으로 '역사적인' 형식이 아니라 한번 시들었던 옛것이 무매개적으로, 그래서 그만큼 더 반성적으로, 더 힘있게 다시 피어난 형식이다. 여기서 피어나는 것은 문학 그 자체의 활동으로, 번역 및 주석과 마찬가지로 위대한 문학작품들의 활동 영역에 속한다. 이 선집에는 추상적 교육 같은 것을 제공하는 글은 단 하나도 포함되어 있지 않다. 보르하르트는 확실한 근거를 가지고 그 점을 의식하고 있는바, 여러 번에 걸쳐 이 선집의 정신에 관한 자신의 입장을 표명한다. 다음은 그 첫 번째 표명이다.

> 이 글들은 이른바 객관적으로, 객관적 대상들로서, 시대와 무관하게, 문체와 무관하게, 의도와 무관하게, 근본적으로 무목적적으로 묶여 있지 않다. 우리가 19세기의 아들들로서 인격의 위력을 믿는 만큼, 우리가 우리 국민에게 전달하고 있는 것은 객관적 대상이 아니다. 우리는 객관적 대상을 객관적으로 전달하고 있는 것이 아니라, 어디까지나 객관적 대상의 형상을 형상적으로 전달하고, 객관적 대상이 유기적 정신을 통과하며 자기 전환을 통해 받아들이게 되는 형태들을 전달하고 있을 뿐이다. 이로써 우리가 우리 국민에게 전달하는 것은 바로 이 유기적 정신 그 자체의 늘 새로워지는 형상들, 늘 새로워지는 변형들과 변용들이다. 그러한 까닭에 이 선집을 기획할 때 기존의 유

사한 다른 선집과 경쟁하겠다는 계획을 세울
수 없었음은 물론이고, 실제로 이 선집을 그런
선집들과 비교하는 것 자체가 불가능하다.

비교조차 불가능할 만큼 월등한 선집이라니. 가다라의
멜레아그로스의 화환*이라니. 화환으로 엮인 꽃 중에
이름도 모르는 분들이 있는데, 그분들이 이런 화환 속
에 엮여 있지 않은 모습을 우리 국민들은 이제 상상할
수조차 없게 되었다니.

   책에 갇혀 있지 않되 책 안에서 그 형상을 드
러내는 그 엄청난 통일성을 본질에서 바로 뽑아내서 전
해주겠다니. 즉흥적으로 원활히 해낼 수 있는 일은 아
닐 것이고, 적어도 이런 책에서 해낼 수 있는 일은 아닐
텐데. 19세기에 독일인들이 알게 된 지구에 대한 네 가
지 관점(전적으로 지형적인 관점, 자연과학적으로 설명
하는 관점, 풍경으로 묘사하는 관점, 역사적 관점)이 이
책에 결합되어 있는데, 그 문제를 논하려면 이 책의 속
편이 나와야 한다니. 이 책의 어떤 부분들은 사상적 풍
경으로 다시 묶인다고, 나아가 이 책 전체가 도시들, 지

* 가다라의 멜레아그로스는 고대 그리스의 시인이자 당대에 가장 유
  명했던 선집 중 한 권의 편찬자이고, '화환'은 그 선집의 제목이다.

역들, 세상의 잊힌 구석들을 직관적인 원상들로 포괄하는 플라톤의 풍경, 천상 위의 영역*이라고 말하는 것으로 일단은 충분할 것이라니.(가장 아름다운 부분은 거의 중간쯤에 클라이스트, 이머만, 싱켈, 루트비히 리히터, 아네테 폰 드로스테★가 차례로 등장하는 곳이 아닐까 싶다.)

　　　　보편 개념들이 대부분이라서(예를 들면 황폐화), 말로 풀려나올 수 있는 관념들이 생생하게 느껴질 정도다. 그러니 이 출판사의 문화사 도서가 문학 도서와 구분되지 않는 것은 여기서도 마찬가지다. 언어의 수준 면에서 이 책이 문턱 없는 고원을 연상시키기는 하지만, 학식 있게 설명하는 글, 학식 있게 구성하는 글로 문학적인 글을 잔뜩 주눅 들게 하는 책인 만큼, 파사르게라는 법조인이 고향을 묘사한 「쿠로니아 사주*」가 최고작이 되는 것도 불가능한 일은 아니리라. 이런 책에서 자신의 세계를 특정한 풍경에 영원히 연결한 작

* 천국에서 이념들이 모여 있는 곳을 가리키며 '플라톤의 영역'이라고도 불린다.
★ 작가 하인리히 폰 클라이스트와 카를 이머만, 여행기를 집필한 건축가 카를 프리드리히 싱켈, 자서전을 집필한 화가 루트비히 리히터, 독일의 작가 겸 작곡가 아네테 폰 드로스테-휠스호프는 18세기 후반에서 19세기까지 활동했던 이들이다.
* 리투아니아와 러시아에 걸쳐 있는 약 100킬로미터 길이의 모래톱.

가들을 누락시킨다는 것은 불가능한 일이었을 텐데, 뜨겁게 불타는 하늘에 녹아들어 자신의 외형을 잃어버린 아이헨도르프나 장 파울 같은 작가들을 누락시키는 것이 그렇게 불가능한 일은 아니었던 모양이다. 하지만 이 책에 어떤 작가들이 실려 있는지를 아예 상관없어 할 독자라고 해도, 프랑스, 영국, 이탈리아 작가들의 문체적, 내용적 특징이 이런 풍경화 모음집에서 이 정도로 분명하게 드러났겠는가, 그런 나라들의 책에서도 이 독일 책에서와 마찬가지로 저자의 얼굴이 근사하고 의미심장한 풍경을 바라보며 그 모든 풍경의 특징을 자기 안에 아우르는, 행복하고 평안한 표정의 자화상처럼 그려졌겠는가 하는 의문을 품어보는 것은 가능할 것이다. 그런 의문이 생긴 독자는 풍경과 언어에 대한 독일인들의 성찰이 지금껏 얼마나 이상적이었고 국가와 민족에 대한 독일인들의 성찰이 지금껏 얼마나 격정적이었는지를 생각하게 되지 않겠는가? 그렇다면 가장 훌륭한 독일인들이 도처에서 고립된 모습을 보여준다는 것, 자기에게 맞는 환경을 찾지 못한다는 것, 과거를 바라볼 민중 기반의 관점을 얻지 못한다는 것은 그들이 풍경 속에서 이렇게 엄숙하게 존재하게 된 이유가 아니라 이렇게 엄숙한 경험으로 채워진 현존의 표현이 아니겠는가 하는 의문을 품어보는 것도 가능할 것이다.

하지만 이 책이 그 모든 정확성 면에서 이토록 엄밀하고 그 모든 학문적 차원에서 이토록 교육적이고 무엇보다도 이토록 독일적일 수 있는 것은 이 책의 충만함이 곤궁함에서 온 것이기 때문이다. 말하자면 이 책에서 역사가들과 연구자들이 철저하게 측량하는 각 풍경의 장소는 그들 부류와 대단히 가깝되 그들 부류는 아닌 사람들이 위협적이고 치명적인 자연의 영역으로 경험할 수 있거나 경험하고 있는 것이다. 호프만스탈은 "알아보는 자들"의 재능에 대해, 알아보는 재능이 안고 있는 고통스럽고 치명적인 운명에 대해 이렇게 말한다. "그들은 최고의 순간에 선지자가 된다. 간파하고 예감하는 독일인의 본질이 그들에게서 다시금 부각된다. 그들은 인간과 세계를 보면서 원시 자연을 간파한다. 그들은 영혼과 육체를, 표정과 역사를 알아보고, 정주와 풍속을, 풍경과 종족을 알아본다." 헤르더가 이 재능을 가장 밝게 구현한 존재였다면, 그로부터 50년 후에 나타난 루트비히 헤르만 볼프람*은 가장 어두운 구현자였다. 지금은 망각 속에 묻힌 그의 『파우스트』에서 최고위 성직자는 "자연은 정신에 사로잡혀 있는 시인을 어떻게 유혹하는가"를 알려준다.

* 19세기에 활동한 독일 작가. 『파우스트』 다시 쓰기를 시도했다.

강물은 바다가 되어 썰물로 흘러나가고
바닥에 핀 꽃은 높은 선인장 줄기가 되고
버드나무는 원시림의 거목으로 자라고
금잔화 꽃잎은 거대한 연꽃으로 피어난다.

한 세기에 걸쳐 가장 작은 독일 시골 동네부터 자바 원
시림 구역에 이르기까지 지구상의 모든 지역이 이런 방
식으로 독일 지리학자, 독일 여행자, 독일 작가 들의 책
에 저마다의 관상을 새겼다. 그러니 이 책의 제목은 요
행으로 얻어걸린 표현이 아니라 깨달음의 산물이다. 이
책을 읽는 모든 독자는 "사라진 독일 문화의 위대함"의
한 부분을 이 책으로 회복하고 싶다는 편집자의 소망이
이 책을 통해 이루어졌다고 생각하게 될 것이다.

———

‡ 최초 발표 지면: *Frankfurter Zeitung*, 1928년 2월 3일.
‡ 출처: Walter Benjamin, *Gesammelte Schriften III*, 88–94쪽.

# 3부

## 놀이와 교육론

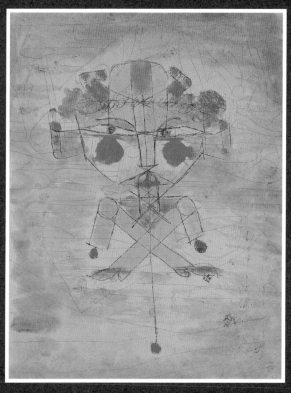

파울 클레, 〈춤추는 꼭두각시〉, 1919.

# 32

서평: 프랑크푸르트 동요 모음집

파울 클레, 〈한 어린이의 흉상〉, 1939.

어린이의 생활과 활동이 해당 민족 공동체 및 언어 공동체에 문화적으로 어떤 영향을 미치는가 하는 문제는 지금까지 문화사에서 거의 논의한 적이 없는 내용이지만, 문화사의 한 장(章)이 되기에 더없이 적합한 논의 중 하나다. 여기에서 가장 중요시되어야 할 참고 문헌은 프랑크푸르트의 동요 및 어린이의 관용 표현을 두루 묶은 선집일 것이고, 내가 지금부터 전하고자 하는 몇 가지도 바로 이 자료에서 가져왔다. 이 선집을 만든 이는 프랑크푸르트에 거주하는 베르한 교장인데, 말이 나와서 하는 말이지만 그 자신이 프랑크푸르트에서 어린 시절을 보낸 것은 아니다.(그의 고향은 리페다.) 1908년에 그가 토대를 쌓기 시작한 아카이브는 그의 꾸준한 노력과 잘 조직된 협력 시스템 덕분에 시간이 가면서 그 규모가 점점 커졌고 이제 1000편이 훌쩍 넘는 자료를 소장 중이다. 동요, 관용 표현, 농담, 수수께끼 등 프랑크푸르트 어린이의 삶에 유아기부터 사춘기 문턱까지 동행하는 모든 것이 여기 있다.(어린이의 말투로 된 것들도 있고 부모 언어의 관용 표현에 기원을 둔 것들도 있다.)

그러나 베르한 동요 모음집에 실려 있는 것들 중 일부는 까마득한 옛날 것들이고 어린이들의 창작물 자체는 꽤 적다. 이 선집의 지혜로운 사용자는 이 자료가 "어린이가 직접 쓴 작품"이냐 아니냐에 중점을 두

지 않을 것이다. 이 자료를 사용하는 이들이 관심을 기울이게 되는 부분은 아이가 어떤 '모범'을 제공하는가, 아이가 어떤 '공정(工程)'을 채택하는가, 정해진 형태를 (물리적 차원에서뿐 아니라 정신의 차원에서도) 그대로 받아들이지 않기 위해 어떻게 하는가, 아이가 자신의 정신세계라는 풍요로움이 변주라는 좁은 길을 어떻게 나아가는가 등일 것이다. 까마득한 옛날의 시편과 시구가 아이들에 의해 변주되어 어른들에게 돌아온다고 할 때, 아이들의 작업은 내용이 아니라 형태 바꾸기라는 예측불허의 신나는 놀이 쪽으로 기울어 있다. 이 자료는 100개 정도의 핵심어에 따라 정리되어 있다.

그중 몇 개만 소개하자면, '최초의 농담' '케이크 굽기' '무릎 올라타기 노래' '잠자기와 일어나기' '미련하고 서투른 아이' '날씨' '동물 이름' '식물' '요일' '비행선' '세계대전' '별명' '유대인 노래' '놀리기와 괴롭히기' '빨리 말하기 노래' '유행가' 가사 등이 있다. 여기에는 굉장히 많은 수의 놀이 동요가 빠져 있고, (아이들이 1년 내내 프랑크푸르트 포장도로에 분필로 그려대는 다양한 버전의 사방치기 놀이판들을 모은) 매우 인상적인 사방치기 규약집도 누락되어 있다.

이 선집에는 매몰찬 풍자력을 선보이는 이런 세계대전

동요도 있다.

엄마가 군대를 가네.
군대에 가면 바지가 생기고
바지를 보면 빨간 줄무늬가 있고
빰빠라밤,
엄마가 군대를 가네.

엄마가 군대를 가네.
군대에 가면 외투가 생기고
외투를 보면 단추가 빛나고
빰빠라밤,
엄마가 군대를 가네.

엄마가 군대를 가네.
군대에 가면 장화가 생기고
장화 목을 보면 무릎까지 오고
빰빠라밤,
엄마가 군대를 가네.

엄마가 군대를 가네.
군대에 가면 헬멧이 생기고

헬멧을 보면 빌헬름 황제가 있고
빰빠라밤,
엄마가 군대를 가네.

엄마가 군대를 가네.
군대에 가면 소총이 생기고
소총이 생기면 이리저리 쏘고
빰빠라밤,
엄마가 군대를 가네.

엄마가 군대를 가네.
군대에 가서 참호에 숨네.
참호에 숨으면 콜라비가 생기고
빰빠라밤,
엄마가 군대를 가네.

엄마가 군대를 가네.
군대에 가면 군 병원으로 실려 가고
캐노피 침대 위에 눕혀지고
빰빠라밤,
엄마가 군대를 가네.

여기는 캄캄한 한밤중
나는 외로운 벼룩 사냥꾼,
내가 그리는 집은 고요한 나의 집,
내 집이 그리는 나는 달빛에 잠긴 나.

귀여운 마리,
바보 송아지,
너 자꾸 그러면 내가 다리 걸어버릴 거야.
그러면 너 뒤뚱거리다가 넘어져서
엉덩방아 찧을 거야.
엉덩방아 찧으면 너 시립 병원 실려가서
수술도 당하고
비누칠도 마구 당할 거야.
그러면 독일 남성 합창단이 널 찾아와서
짤막한 노래를 불러줄 거야.

이런 숫자 동요도 있다.

고무-고무-산에 사는
고무-고무-난쟁이는
고무-고무-부인이 있고.
고무-고무-부인은

고무-고무-자식이 있고.
고무-고무-자식은
고무-고무-공이 있고.
고무-고무-공을
하늘 높이 던졌고.
고무-고무-공은
찌그러져버렸고.
너는 또 유대인이고.


10, 20, 30
소녀가 열심이네,
40, 50, 60
소녀가 얼룩투성이네,
70, 80, 90
소녀가 홀로 있네.


구성주의적 기량을 과시하는 노래들도 있다.


지난 장갑에 가을을 잃어버렸어.
사흘 동안 발견한 끝에 겨우 수색했지.
구멍이 하나 있길래 뚫어버렸는데.
사람 하나에 세 의자가 앉아 있었어.

얼른 안녕을 벗고
"모자하세요"라고 말했지.


안부가 아버지 전해달라더라. 좋은 밑창에는
이런 장화가 필요하더라. 겁을 잃었을 때
돈은 필요 없더라. 거길 찾아갔다면, 거길
지나간 거더라.


옛 수도원 농담이 아이들의 입에서 나오면 이렇게 된다.


사랑하는 돼지 산촌 교구 성도들이여!
일어나소서, 아니면 그냥 앉아 있으소서.
오늘은 쇠스랑 전서
6갈퀴 35각반단추를 읽겠습니다.
이런 말씀이 기록되어 있습니다.
나는 참으로 어렸을 때 참으로 정신 나간
용기를 냈도다.
차디찬 얼음물로 어린이들의 눈을
불태웠도다.
두루뭉술한 강판으로 어린이들의 손가락을
절단했도다.
범행은 온전히 이루어지고 나는 빗자루에게

체포당했도다.

그리하여 나는 고등 법원 절도범 앞으로
끌려가게 되었도다.

그곳에서 나는 14일 징역형을 받고, 그런 다음
석방되었도다.

성도들이여 이제 주님의 은총을 받으소서!

모자 장수가 성도들의 머리통을
보우하시기를

우산 장수가 성도들의 길을 보우하시기를

지붕 장수가 성도들의 집을 보우하시기를
축원합니다.

가요 300장을 부르겠습니다.

위대하신 통나무여, 대패질을 받으소서!

할렐루야!


어린이의 창의력을 연구하는 데 관심 있는 사람들이 베
르한의 동요 모음집 완전판 출간을 너무 오래 기다리지
않아도 되기를 바라며.

———

‡ 최초 발표 지면: *Frankfurter Zeitung*, 1925년 8월 16일.

‡ 출처: Walter Benjamin, *Gesammelte Schriften IV*, 792–796쪽.

# 33

문장 공상

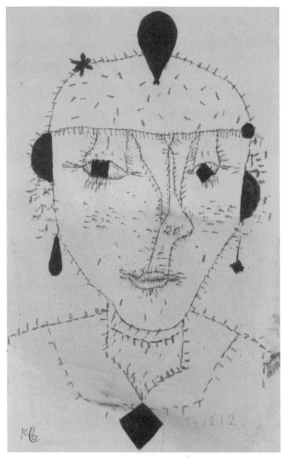

파울 클레, 〈무대 의상을 입은 숙녀 스케치〉, 1924.

열한 살 여자아이가 주어진 단어로 만들어낸 것들.

### 자유-정원-탈색-인사-바늘귀-광인

자유는 정원의 잎들이 탈색되는 속도만큼
빠르게 획득되지 않으니까, 환영 인사는 더
열렬해지고, 바늘귀가 원숭이보다 크다고
믿는 광인들까지 환영 대열에 끼려고 한다.

### 식탁보-하늘-대륙-베개-영원히

그의 앞에는 식탁보를 깐 식탁이 탁 트인 하늘
아래 놓여 있었다. 그는 세상에서 멀리 떨어진
대륙에서 베개를 베고 누워 영원히 깨어나고
싶지 않은 사람처럼 잠들어 있었다.

### 입술-나긋함-주사위-밧줄-레몬

그녀의 입술은 나긋한 장미 꽃잎처럼 붉어서
주사위 던지는 놀이 아니면 밧줄 당기는
경기를 밝히는 붉은 불빛 같았지만, 그녀의
눈빛은 레몬 껍질처럼 떫었다.

### 구석-사람-서랍-납작함-강조

내가 구석에 있다가 어떤 사람을 봤는데, 서랍

마냥 납작하더라, 라고 그가 강조했다.

## 국경-수로-번화함-노획물-수척함

국경의 수로는 도둑들의 소굴이었다. 번화한
거리가 아니어서 그들은 노획물을 보란 듯
실어 갈 수 있었다. 달빛 아래에서 그들의
모습은 수척해 보였다.

## 프레첼-깃펜-빈틈-번드르르-불평

시간은 자연 속에서 프레첼처럼 꼬인다.
깃펜으로 풍경을 그리고, 빈틈이 남아 있으면
비 오는 풍경을 그린다. 겉만 번드르르한 게
아니니 불평도 들려오지 않는다.

———

‡ 최초 발표 지면: *Die Literarische Welt*, 1926년 12월 3일.
‡ 출처: Walter Benjamin, *Gesammelte Schriften IV*, 802-803쪽.

# 34

⟨디 리터라리셰 벨트⟩에서 제작한
1927년 벽걸이 달력

파울 클레, ⟨꽃 가족 V⟩, 1922.

〈디 리터라리셰 벨트〉에서 제작한 1927년 벽걸이 달력

글: 발터 벤야민
그림: 루돌프 그로스만

1월

1927년이 되었음을

북쪽과 남쪽에 (그리고 자유도시 단치히에) 사는

독일 독자 분들께 알려드립니다.

별자리는 물병*입니다.


2월

2월의 밤하늘을 밝히는 별자리는

물고기(Fisch)입니다.

하지만 S. 피셔(Fischer)★는 지상에 거하며

여러분 모두에게 평화를 전하네요.


3월

⟨디 크베르슈니트⟩는 워낙에 값이 싸고

렌츠는 워낙에 걸음이 느리고.

잡지도 청춘도 베더코프가 다스리니

가난한 학생들이 기뻐하네요.✝

* 물병자리는 독일어로 Wassermann[바서만]이고, 1월 달력에 그려져
  있는 인물은 유대계 독일인 소설가 야코프 바서만이다.
★ 피셔 출판사 대표. 달력에 그의 얼굴이 그려져 있다.
✝ ⟨디 크베르슈니트⟩는 당시 식자층이 주로 읽는 문화 잡지였고, 베더
  코프는 이 잡지의 편집장이었다. 봄과 청춘을 뜻하는 독일어 단어는
  오스트리아 극작가의 이름이기도 한 Lenz[렌츠]다.

4월

4월에 뜨는 별은 황소인데

그로스만은 황소를 안 그리려고 하니

(심경이 복잡하기 때문이겠지요)

프리드리히 대왕의 흉상으로 대신합니다.


5월

월계수*는 대개 푸르르고

작가의 생각은 푸드드득 날아오릅니다.

5월의 별은 쌍둥이이고,

둘은 꽤 닮은꼴입니다.


6월

작가 모임에서 사랑받는 별자리,

게입니다. 이렇게 생겼답니다.

그 옆은 누군지 모르겠다고요?

루트비히 풀다*랍니다.


* 월계수를 뜻하는 독일어 단어는 20세기 독일 작가의 이름이기도 한 Lorbeer[로어베어]다.
★ 게자리 태생의 독일 시인, 극작가. 19세기 후반에서 20세기 전반까지 활동했다.

7월

율리우스의 이름은 바브*입니다.
(7월은 사자가 포효하고 물러나는 달이고요.)
혹평하기 좋아하는 많은 사자들이
도세강 근처 노이슈타트* 출신이군요.


8월

보통 8월에는 프라하에서 뭐가 나질 않는데
요즘에는 밀밭*에서 신선한 빵이 구워지네요.
빨리 익는 저자들을 보면
처녀자리가 많더라고요.


9월

이달의 별자리는 천칭이로다—
저속이냐 저질이냐 그것이 문제로다.
정확하게 달아보아라—


* 율리우스 바브는 20세기 초중반에 활동한 연극 비평가이며, 율리우
  스(Julius)에 7월(Juli)이 들어 있다.
★ 독일의 소도시. 노이슈타트의 문장에는 사자가 들어 있다.
✳ 밀밭을 뜻하는 독일어 단어 Kornfeld는 프라하 출신 유대계 독일어
  권 극작가 파울 코른펠트의 이름이기도 하다.


<디 리터라리셰 벨트>에서 제작한 1927년 벽걸이 달력　　243

룰루냐 그나이제나우냐 그것이 문제로다.*

10월
전갈은 뒤에서 독침을 쏘는데
지크프리트 야콥존은 앞에서 검을 휘두르니
10월에는 그를 존경하는 의미로
슈테른하임을 별세계에서 처음 공연합니다.★

11월
11월의 궁수, 그의 이름은
아르노 홀츠입니다. 그의 적수 베커는
별세계에서는 무명씨입니다.
퀼츠 장관 입장이 곤란하네요.★

---

* 저울접시 위에 올라앉아 있는 이들은 1926년 문화계에서 선풍을 불러일으킨 두 인물 룰루와 그나이제나우 장군이다. 룰루는 베를린에서 공연된 베데킨트의 연극에 등장하는 인물로, 성적으로 열려 있는 태도를 보이다 비극적 결말을 맞는다. 그나이제나우 장군은 베를린에서 공연되어 독일군의 용맹스러움을 잘 보여준 걸작으로 칭송받은 볼프강 괴츠의 군대 사극의 중심인물이다.
★ 카를 슈테른하임은 극작가이자 단편소설 작가였다. 지크프리트 야콥존은 독일의 유력한 연극 비평가이자 연극 잡지 〈벨트뷔네〉의 편집자였다. 그는 슈테른하임에 관한 책에 글을 기고하기도 했다. 달력에는 야콥존이 그려져 있다.

12월

수염이 심하게 곱슬이라

작가의 음성이 속살거립니다.

(반전주의자의 말이라고 생각하면

비난해야겠지만)

염소의 말이라고 생각하면 들어줄

만하답니다.

---

‡ 최초 발표 지면: *Die Literarische Welt*, 1926년 12월 24일.

‡ 출처: Walter Benjamin, *Gesammelte Schriften IV*, 545–547쪽.

✱ 아르노 홀츠는 시인 겸 극작가였고 카를 하인리히 베커는 서아시아 연구자이자 프로이센 문화 장관이었는데, 프로이센 예술원 창립과 관련해 두 사람 사이에 언쟁이 있었다. 빌헬름 퀼츠는 1926년부터 1927년까지 바이마르공화국의 내무 장관이었다. 달력에서는 그가 균형 잡기 묘기를 선보이고 있다.

# 수수께끼

파울 클레, 〈속지 않는 천사〉, 1939.

## 외지인의 대답

소피스트로 알려진 고대 그리스의 철학자들은 인간의 생각이 얼마나 까다로운 것인가를 보여주기 위해 '크레타 사람'이라는 제목의 농담을 생각해냈는데, 이 이야기는 독자 여러분 중에도 이미 들어보신 분이 많을 듯합니다. 제목이 이렇게 붙은 것은 크레타섬 출신인 사람, 곧 크레타 사람이 등장하기 때문인데, 여기서 크레타 사람은 두 가지 주장을 합니다. 하나는 '모든 크레타 사람은 거짓말쟁이다'라는 주장이고 또 하나는 '나는 크레타 사람이다'라는 주장입니다. 이 사람은 정체가 뭘까요? 이 사람이 크레테 사람이라면 거짓말쟁이니까, 이 사람은 (크레타 사람이라는 말은 거짓말이니까) 크레타 사람이 아닙니다. 만약 이 사람이 크레타 사람이 아니라면, 이 사람의 말은 거짓말이 아니니까 이 사람은 크레타 사람이 맞습니다. 주요 철학자들이 이 짧은 농담을 두고 오래전부터 지금까지 논쟁을 이어가고 있다는 것은 잘 알려져 있지 않습니다. 가장 최근에 이 문제를 다룬 철학자 가운데 하나를 말해볼까요. 아직 생존해 있는 영국인 버트런드 러셀입니다. 러셀은 그런 수수께끼를 꽤 많이 생각해냈는데, 그가 생각해냈으니 그의 이름을 따서 '러셀의 역설'이라고 합니다. 이런 역설들을 생각해내게 된 배경은 상당히 학문적이지만, 어떤 경우에는 농담의 형태를 띠기도 합니다. 예를 들어보죠. 어느 작은 도시에 한 이발사가 살고 있습니다. 이발소 앞 입간판에는 이렇게 적혀 있습니다. "직접 면도하지 않으시는 모든 분께 면도해드립니다." 그렇다면 이발사 본인은 어떨까요? 이발사가 직접 면도하지 않는 사람이라면 그 사람을 면도해주어야 하는 것은 이발사 본인입니다. 이발사가 직접 면도하는 사람이라면 이발사 본인은 그 사람을 면도해줄 수가 없습니다.

이제 독자 여러분도 그런 농담을 직접 생각해내고 싶다는 마음이 드실 테니, 참고하시라고 옛날이야기 하나 전해드립니다.

한 외지인이 어느 아름다운 정원 옆을 지나다가 정원에 들어가보고 싶어졌습니다. 정원 주인의 말을 듣자하니, 특이한 데가 있는 정원이었습니다. 안에 들어가고 싶은 사람은 주장 한 가지를 내세워야 했던 것입니다. 그 주장이 사실이면 입장료가 3마르크, 사실이 아니면 6마르크였습니다. 하지만 3마르크든 6마르크든 입장료를 내고 싶지 않았던 외지인은 잠시 뭔가 생각한 뒤 한 가지 주장을 내세웠습니다. 독자 여러분이 좀 전에 철학 농담을 듣고 어리둥절했던 것과 마찬가지로 정원 주인은 외지인의 주장을 듣고 어리둥절해졌습니다.

그리고 외지인은 공짜로 입장하게 되었습니다.

외지인의 주장은 무엇이었을까요?

해답: 외지인은 "내가 내야 하는 입장료는 6마르크입니다"라고 주장했습니다. 그가 6마르크를 내야 한다는 것이 사실이라면, 사실인 주장을 내세운 그는 3마르크만 내면 됩니다. 그가 6마르크를 내야 한다는 것이 사실이 아니라면, 사실이 아닌 주장을 내세운 그는 6마르크를 내야 합니다.

## 간명하게

빈의 유명한 금융업자 L에게는 미터부르처라는 배우 친구가 있었습니다. L은 언젠가 미터부르처가 곤란에 처했을 때 돈을 빌려주었는데, 돈 받을 날짜가 지나도 돈은 받지 못했고 몇 번 독촉해도 소용이 없자, 그는 달랑 "?"라고 적은 종이를 미터부르처에게 보냈습니다.

그 뒤 두 사람이 다시 만났을 때 배우는 그 쪽지를 들먹이며 이렇게 말했습니다. "이보게, 자네는 금화만 절약하는 줄 알았는데 글자도 절약하는군."

"글자 절약하는 법을 알면 금화 절약하는 법도 알게 될걸."

그러자 배우는 이렇게 말했습니다. "그게 뭐가

어렵다고. 내 대답도 딱 두 글자야." 불가능하다고 여긴 금융업자는 내기를 걸었습니다. 빌려준 쪽이 이기면 돈을 돌려받고, 빌린 쪽이 이기면 돈을 안 갚아도 되는 내기였습니다. 배우는 연필을 꺼내 두 글자를 써넣었고, 내기에 이겼습니다. 어떻게 이겼을까요?

　　답: Gulden-Gedulden*

———

‡ 집필 시기: 미상. 벤야민 생전에는 발표되지 않았다.
‡ 출처: Walter Benjamin, *Gesammelte Schriften VII*, 301-305쪽.

* 벤야민은 네덜란드 화폐 단위인 굴덴(Gulden)에 'ed'를 추가해 참고
　기다리다라는 뜻의 독일어 단어 Gedulden으로 바꾸었다.

# 36

# 라디오 게임

파울 클레, 〈나팔 소리〉, 1921.

비단(Atlas) 장미색 옷을 입고
지도(Atlas)를 뒤적이며
소나무(Kiefer) 밑에서
턱(Kiefer)을 덜덜 떨던 그레트헨이
눈 뭉치로 만든 공(Ball)을 피해
무도회(Ball)로 급히 향한다.
"타조(Strauss)야, 어서 달려,
늦으면 싸움(Strauss) 나!"
그녀가 빗(Kamm)을 들고 위협하자
타조는 목(Kamm)을 쳐든다.
"새장(Bauer)에서 꺼내주지 말 걸,
이 쓸모없는 촌뜨기(Bauer)!"

소나무(Kiefer) 아래 지도(Atlas)가 놓여 있었고 그 옆에 공(Ball)과 아직 묶이지 않은 꽃다발(Strauss)이 놓여 있었다. 산맥의 능선(Kamm)에서 도와달라고 외치는 농부(Bauer)는 아빠와 엄마와 아이에게 방해가 되었다는 증거였다.

제시어: Kiefer (소나무/턱)

Ball (공/무도회)

Strauss (타조/싸움/꽃다발)

Kamm (빗/목/능선)

Bauer (새장/촌뜨기/농부)

Atlas (비단/지도)

———

‡ 최초 발표 지면: *Südwestdeutsche Rundfunk-Zeitschrift* 8/3, 1932년 5월.
‡ 이 글들은 벤야민이 진행한 라디오 퀴즈 프로그램에 두 청취자가 보
  내온 응답이다.

# 37

# 짧은 이야기들

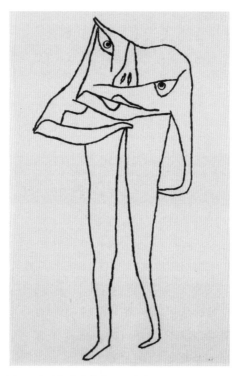

파울 클레, 〈이 사람에게는 무엇이 필요할까요?〉, 1930.

## 코끼리를 '코끼리'라고 하는 이유

옛날 옛적의 일이다. 코끼리라는 사람이 살고 있었는데, 그때만 해도 사람들은 지금의 코끼리를 전혀 모르고 있었다. 지금으로부터 수천 년 전이었으니 말이다. 그런데 어디서 갑자기 (모두 깜짝 놀랐다) 한 동물이 나타났는데 그 동물은 이름이 없었다. 동물을 본 남자는 코가 짧고 사람을 많이 닮았다는 이유에서 동물을 데리고 있기로 했고, 그렇게 해서 동물은 남자 곁에 머물게 되었다.

동물은 남자 곁에 있었다. 남자는 나무 작대기를(그렇게 길지는 않았는데 무거웠다) 들고 있다가 던졌다. 동물은 그것을 가져왔다. 하지만 손이 없는 탓에 나무 작대기를 집을 수 없었던 동물은 그것을 코로 집어 올리려고 애썼다.

하지만 코가 매우 짧았기에 동물은 매우 애를 썼다. 동물은 그렇게 노력하고 노력하고 또 노력했고 (정말 오래 노력했다!), 그렇게 오래 노력한 만큼 코는 길어지고 길어지고 더 길어졌다.

동물이 이름을 가지게 된 것은 코가 아직 짧던 옛날이었다. 동물은 코끼리라는 남자 곁에 있었기 때문에 코끼리라는 이름을 가지게 된다.

이제 동물은 코가 매우 길어져 있어서 나무 작대기를 아주 쉽게 들어 올릴 수 있었다. 일이 수월해지면서 동물은 몸을 키우게 되었다. 오늘날 그 동물은 크기와 몸집이 딱 지금만 하고, 긴 손-코를 가지고 있다. 그렇다, 그것이 바로 우리 코끼리다. 코끼리를 '코끼리'라고 부르게 된 사연은 이렇다.

### 배가 발명된 경위, 그리고 그것을 '배'라고 하는 이유

세상 모든 다른 사람들보다 먼저, 배라는 사람이 살았다. 말하자면 그는 최초의 인간이었다. 그보다 먼저 존재했던 것은 인간의 모습을 하게 되어버린 천사뿐이었다. 하지만 그건 또 다른 이야기다.

배라는 남자는 물 위에 떠 있고 싶었다.(알아둘 것: 그때는 지금보다 물이 훨씬 더 많았음.) 우선 그는 자기 몸에 판자를 대고 밧줄로 묶었다. 긴 판자가 몸통 밑에 놓이게 되었고, 그렇게 해서 판자는 용골이 되었다. 다음으로 그는 판자들을 가지고 뾰족한 모자를 만들어 썼다. 그것이 그가 물에 떠 있을 때 앞부분이 되었고, 그렇게 해서 모자는 이물이 되었다. 다음으로 그는 한 다리를 고물이 되게 쭉 뻗었고, 그 상태로 항해를 했다.

　　　그는 물 위에 떠서 발로 운전을 하고 팔로 노를 젓고 판자 모자로 물을 갈랐다. 모자가 뾰족해서 나아가기는 아주 쉬웠다. 최초의 인간인 배라는 남자가 자기 몸을 배로 만들어서 물 위에서 다닐 수 있게 된 것이다. 그렇다, 이것이 배가 발명된 경위다. 그리고 그는 (너무 뻔한 것 같기는 하지만) 자기가 배였기 때문에 자기가 만든 것을 배라고 불렀다. 이것이 배를 '배'라고 하는 이유다.


## 우스운 이야기: 아직 사람이 존재하지 않았을 때

그때는 지상이 아직 굳기 전이었고, 모든 것이 질척한 반죽 같은 늪이었다. 맨 처음에 나무 한 그루가 있었다. 엄청나게 컸고 돌아다닐 수도 있었다.(아시다시피 최초의 나무들은 동물처럼 돌아다닐 수 있었다.) 그런데 초대형 나무가 산책을 하다가 가장 깊은 늪 바로 앞에서 덜컥 넘어져 물에 빠지면서 어마어마하게 큰 첨벙 소리가 났다. 바로 그 순간, 모든 것이 굳기 시작하더니 질척했던 흙반죽이 매우 단단해졌다. 이제 지상 전체가 덩어리진 바위와 구멍투성이었다. 사람은 (아직 없었으니 망정이지) 아예 돌아다니지도 못했을 것이다. 돌아다녔으면 무슨 일을 당했을 테니까.

그때 천사가 처음으로 인간의 모습을 하게 되었다. 천사는 쇠붙이 날개를 달고 지상을 바라보았다. 신이 다량의 물기를 또 한 번 지상에 날렸고, 모든 것이 또 한 번 늪과 호수와 바다가 되었다.

하지만 햇볕이 물기를 말렸고 이제 많은 곳이 평평했다. 하지만 이제는 산지도 있었다. 엄청난 물기가 지구를 흠뻑 적시면서 흙이 쓸려가고 하천과 계곡이 만들어지면서 산지까지 생겨난 것이다. 내가 뿌리면 고작 작은 하천들과 호수들이 생길 뿐인데, 신이 뿌리면 그렇게 산지까지 만들어진다.

이제 천사는 아래쪽에서 돌아다니게 되었다. 날개는 흐물흐물해지다가 어느새 없어져버렸고, 천사는 인간과 다를 바가 없어졌다. 하지만 지상에는 아직 덩어리들이 있었는데, 찰흙이라서 잘 뭉쳐졌다.

그렇게 뭉쳐진 것이 인간이었다. 최초의 인간은 배라는 사람이었다. 사람들이 생겨났다. 저절로 그렇게 된 것이다. 인간이 되어 있던 천사는 그저 구경만 하면 되었다. 사람들은 천사의 모습을 본떠 만들어졌다.

훗날 사람들은 방파제를 쌓았고 각종 기념비를 세운 다음 날개를 활짝 펼치고 있는 쇠붙이 인간들로 장식했다. 하지만 그것은 먼 훗날의 일, 전등이 발명

되기 얼마 전의 일이었다.

———

‡ 집필 시기: 1933년 9월 26일. 벤야민 생전에는 발표되지 않았다.
‡ 출처: Walter Benjamin, *Gesammelte Schriften VII*, 298–300쪽.

# 38

# 네 가지 이야기

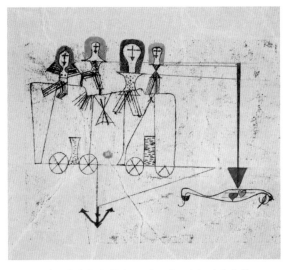

파울 클레, 〈미덕의 수레〉(1922년 10월 5일을 기념하며), 1922.

## 경고

칭다오에서 멀지 않은 유명한 당일치기 여행지의 관광 장소 중에 낭만적인 분위기와 가파른 절벽으로 인기를 끄는 바위 언덕이 있었다. 사랑을 쟁취한 남자들이 행복한 시기에 데이트를 하러 오는 곳이었다. 그들은 저마다 자기가 데려온 여자와 팔짱을 끼고 풍경을 보며 감탄하다가 둘이 함께 근처 식당에 들러 배를 채우곤 했다. 식당은 성업 중이었다. 명 선생은 그 식당의 주인이었다.

그러던 어느 날, 그렇게 여행의 기쁨을 만끽했던 한 남자가 여자에게 차인 뒤에 바로 그곳에서 생을 끝내자는 생각을 해냈고, 식당 바로 앞에서 절벽 아래로 몸을 던졌다. 이 남자의 창의력이 많은 모방자를 끌어들였고, 식당 근처의 바위 절벽이 이번에는 해골의 땅으로 유명해졌다.

하지만 이 새로운 명성이 명 선생의 식당에는 치명적이었다. 구급차가 시도 때도 없이 출몰하는 데로 숙녀를 모셔가는 것은 신사의 기사도에 어긋나는 일이었다. 명 선생의 사업은 나날이 기울어갔고, 결국 무슨 수라도 내야 하는 때가 왔다. 어느 날 명 선생은 방에 틀어박혀 하루 종일 나오지 않았다. 다음 날 방을 나온 명 선생은 가까운 발전소로 달려갔다. 며칠 후 절벽의 낭만적 장소를 따라 긴 철조망이 세워지고 '위험! 고압 전류! 생명을 잃을 수 있습니다!'라는 표지판이 내걸렸다. 그때부터 자살 생각을 하는 사람들은 이 근방을 피하게 되었고, 명 선생의 사업은 다시 번창했다.

## 서명

포템킨 총리는 우울증이 심했고 거의 주기적으로 재발했는데, 그런 시기에는 그에게 가까이 가거나 그의 집무실에 들어가는 것이 엄격히 금지되었다. 궁정에서는 아무도 그의 우울증을 화제에 올리지 않았다.(특히 그의 우울증을 언급하면 누구라도 카타리나 여왕의 눈 밖에 나게 된다는 것을 다들 알고 있었다.) 언젠가 한번은 장관의 우울증이 유달리 길게 진행되면서 심각한 실정(失政)이라는 결과가 빚어졌다. 여왕이 처리하라고 한 서류들이 쌓여 있었지만 포템킨의 서명 없이 서류를 처리하기는 불가능했다. 고위 관리들은 속수무책이었다.

　　　　바로 그 시기, 슈발킨이라는 말단 관리가 어찌어찌하다 총리 궁전의 대기실까지 가게 되었다. 대기실에서는 고관들이 평소와 마찬가지로 탄식 중이었다. "무슨 일이라도 있으시옵니까? 소인이 도움이 될 수는 없겠사옵니까?" 싹싹한 슈발킨이 얼른 물었다. 상황 설명이 있었고, 그가 뭘 하려고 해봤자 도움이 못 되리라는 유감 토로가 있었다. 슈발킨은 대꾸했다. "고작 그런 일이라면 그 서류들 다 저한테 맡겨주시옵소서. 간청드리옵니다." 잃을 게 없었던 고관들은 그의 설득에 기꺼이 넘어갔다. 그렇게 해서 슈발킨은 서류 뭉텅이를 옆구리에 끼고 걸음을 옮겼고, 여러 회랑과 여러 복도를 지나 포템킨의 침실 앞에 당도했다. 그는 노크도 없이, 잠시의 머뭇거림조차 없이 문손잡이를 내리눌렀다. 방문은 잠겨 있지 않았다.

어둑어둑한 방 안에는 너덜너덜한 가운을 걸친 포템킨이 침대에 걸터앉아서 손톱을 물어뜯고 있었다. 슈발킨은 책상 앞으로 가서 펜촉을 잉크에 담근 뒤, 아무 말 없이 펜대를 포템킨의 손에 슬쩍 쥐여준 다음, 일단 손에 집히는 서류를 그의 무릎에 올려놓았다. 포템킨은 멍한 시선으로 침입자를 쳐다보면서 마치 잠결인 듯 서명 업무를 처리했다. 두 번째 서류도 마찬가지로 처리했고 그렇게 모든 서류의 처리가 끝났다. 그렇게 마지막 서류에까지 서명을 받은 슈발킨은 들어왔을 때와 똑같이 서류 뭉텅이를 옆구리에 끼고 태연자약하게 침실을 나왔다. 슈발킨은 결재 서류들을 의기양양하게 흔들어 보이면서 대기실로 들어왔다. 고관들이 급히 달려들어서 종잇장들을 채갔다. 그러고는 매우 흥분한 상태로 서류를 들여다보았다. 아무도 입을 열지 못하고, 모두가 얼어붙었다. 말단 관리는 이번에도 그들에게 가까이 갔고, 이번에도 얼른 어인 일로 그러시느냐고 했다. 그 순간 서류의 서명이 눈에 들어왔다. 그 서류도, 다음 서류도, 그다음 서류도, 서명란에 쓰여 있는 건 "슈발킨, 슈발킨, 슈발킨……"

## 소원

어느 하시딤 마을, 안식일이 끝나가는 어느 저녁, 유대인들이 한 허름한 식당에 모여 앉아 있었다. 난로 그늘이 드리운 곳에 웅크리고 있는, 누더기를 걸친 대단히 초라한 사람 하나를 제외하면 모두 마을 주민이었다. 주거니 받거니 대화를 이어가던 중에 마을 주민 하나가 다들 소원 하나를 빌라고 하면 무슨 소원을 빌겠느냐고 질문했다. 한 사람은 돈이라고 했고, 다음 사람은 사위라고 했고, 그다음 사람은 대패질을 할 수 있는 작업대라고 했다. 그렇게 순서가 한 바퀴 돌았다.

아직 소원을 말하지 않은 사람은 난로 뒤의 걸인뿐이었다. 대답을 재촉하는 마을 사람들 앞에서 그는 우물쭈물 입을 열었다. "제 소원은 큰 나라를 다스리는 강한 왕이 되어 밤에 제 성안에서 잠을 자는 동안 적에게 국경을 침입당하는 겁니다. 새벽이 오기도 전에 기병들이 제 성 앞에 당도하고 거기서 아무런 저지도 받지 않고 입성하는 거죠. 저는 깜짝 놀라 잠에서 깨어나고 옷 입을 시간도 없이 입고 있던 셔츠 차림으로 탈출해 밤낮 없이 쫓기는 신세가 되어, 산을 넘고 물을 건너고 숲을 헤치고 모래언덕을 지나 결국 여기까지 와서 이렇게 목숨을 부지하는 거예요."

다른 사람들이 어리둥절 서로를 쳐다보았다. 한 사람이 물었다. "그걸로 당신이 얻는 게 뭔데요?" "셔츠 한 장이요."

## 감사

베포 아퀴스타파체는 뉴욕 어느 은행 소속 직원이었다. 직장 생활이 삶의 전부인 욕심 없는 사람이었다. 근속 기간 4년 동안 결근한 것은 딱 세 번뿐이었고, 세 번 다 피치 못할 이유가 있었다. 그러니 그가 어느 날 예고 없이 출근하지 않은 일은 그만큼 더 이상하게 여겨졌다. 다음 날에도 이 직원은 나타나지 않았고 결근 사유도 알리지 않아서, 인사부의 매코믹 부장은 아퀴스타파체가 일하는 부서에 문의해보았다. 하지만 그에게 뭘 알려줄 수 있는 사람은 아무도 없었다. 실종자는 동료들과 교류가 거의 없었다. 그가 어울리는 사람들은 그와 마찬가지로 출신이 보잘것없는 이탈리아 사람들이었다. 그는 일주일 후에 매코믹 부장에게 자기의 거취를 알리는 편지를 쓰면서 바로 그 사실을 언급했다.

구치소에서 온 편지였다. 편지에서 아퀴스타파체는 절박하면서도 침착한 필치로 상사에게 도움을 청했다. 동네 술집에서 유감스러운 사고가 있었다, 자신은 전혀 관여하지 않았으나 어쩌다보니 체포되고 말았다, 두 이탈리아 사람 간에 일어난 칼부림 사고였는데 그는 사고가 발생한 구체적 원인을 아직도 모른다, 불행히도 사상자가 발생했다고 한다, 자신이 아는 사람 중에 자기 신원을 보증해줄 만한 사람은 매코믹 부장뿐이다, 라는 내용이었다. 매코믹은 이 체포당한, 근면 성실하게 회사 일에 임해온 직원의 이해관계자였을 뿐 아니라, 아퀴스타파체를 위해 관계 당국에 청탁을 넣는 것이 어렵지 않을 정도로 인맥이 닿아 있었다. 아퀴스타파체가 다시 은행에 출근한 것은 수감된 지 불과 열흘 만이었다. 그는 업무 시간 종료 후 매코믹 부장에게 연락을 해왔다. 그는 어색한 듯 상사 앞에 섰다. 그러고는 이렇게 말을 시작했다. "매코믹 부장님, 어떻게 감사드려야 할지 모르겠습니다. 부장님이 아니었으면 저는 풀려날 수 없었을 것입니다. 믿어주십시오, 제가 얼마나 감사드리고 있는지 전해드릴 수만 있다면 제게는 그만한 기쁨도 없을 것입니다." 그러고는 욕심 없는 미소를 지으며 말을 이어갔다. "불행히도 저는 힘없는 사람이고, 아시다시피 제가 은행에서 버는 돈은 얼마 안 됩니다." 그런 다음 그는 단호한 목소리로 말을 끝맺었다. "하지만 매코믹 부장님, 제가 이거 하나만큼은 분명히 말씀드릴 수 있습니다. 만약 부장님이 제3자를 제거함으로써 이익을 얻을 수 있는 상황에 처하신다면, 제가 있다는 것만 기억해주십시오. 제가 확실히 처리해드리겠습니다."

---

‡ 「네 가지 이야기」는 여러 버전으로 나와 있다. 「경고」의 한 버전은 '중국 양식'이라는 제목으로 *Kölnische Zeitung*(1933년 7월 22일)에 실렸고, 또 한 버전은 *Basler Nachrichten*(1935년 9월 26일)에 실렸다. 「서명」과 「감사」는 '데틀레프 홀츠'라는 필명으로 *Frankfurter Zeitung*(1934년 9월 5일)에 실렸다. 「서명」의 덴마크어 버전은 코펜하겐의 *Politiken Magasiner*(1934년 9월 16일)에 실렸다. 이 이야기들은 한 작품으로 묶여 *Prager Tageblatt*(1934년 8월 5일)에 실리기도 했다. 이 책에서 저본으로 삼은, 가필한 부분들이 있는 이 버전은 어디에도 실린 적이 없다. 다만 벤야민이 1934년에 집필한 프란츠 카프카에 관한 에세이 도입부에 「서명」과 거의 비슷한 대목이 있고, 이 에세이의 산초 판사 부분에 「소원」이 포함되어 있다.
‡ 출처: Walter Benjamin, *Gesammelte Schriften IV*, 757-761쪽.

# 39

# 1분도 넘치거나 모자라지 않게

파울 클레, 〈날개 없는 어린 그리스도〉, 1885.

몇 달간의 라디오 방송 출연 신청 끝에 D 방송국으로부터 나의 전공 분야인 서지학에 대한 내용을 가지고 20분간 방송을 진행해보라는 제안을 받았다. 혹시라도 내 수다에 반응이 있으면 그런 내용의 정규 방송이 생길지도 모른다는 언질도 함께였다. 국장은 그런 내용을 잘 짜는 것에 못지않게 전달 방식이 중요하다는 점까지 일러줄 만큼 친절한 사람이었다. 그는 이렇게 말했다. "이 방송은 다소 큰 규모의 청중을 대상으로 한 강연이다, 청중은 눈에 안 보일 뿐 앞에 있다, 그렇게 생각하는 것은 초보자가 흔히 저지르는 실수입니다. 절대로 그렇게 생각하면 안 됩니다. 사람들은 대부분 혼자서 라디오를 듣습니다. 수천 명이 듣고 있다 해도, 다들 혼자 듣고 있다는 거죠. 그러니 방송할 때는 한 사람에게 말할 때처럼 해야 합니다. 여러 명에게 각각 말할 때처럼, 이라고 할까요. 어쨌든 한곳에 모여 있는 사람들에게 말할 때처럼 진행해서는 안 됩니다. 이것이 첫 번째 주의점입니다. 두 번째 주의점도 있습니다. 끝내야 하는 시간에 정확히 끝내주세요. 안 그러면 어쩔 수 없이 우리가 채우거나 끊어야 하는데, 우리는 그냥 끝내버려요. 특히 프로그램에서 한번 지연이 생기면 처음에는 아주 짧은 지연이더라도 나중에는 점점 길어지는 경향이 있어요. 겪어보면 알거든요. 우리가 제때 안 끊으면, 전부 다 엉망이 되지요. 그러니 잊지 마십시오. 한 명의 상대에게 말하듯 자연스럽게 전달할 것! 그리고 정각에 끝낼 것!"

나의 첫 방송이 어떻게 받아들여지느냐에 나의 많은 것이 걸려 있는 만큼, 나는 그가 일러준 것들을 철저하게 준수했다. 방송을 시작할 때는 내가 집에서 이미 한번 시계를 보면서 낭독했던 원고를 들고 있었다. 진행자가 나와의 첫인사에서 정중한 태도를 보여준 만큼, 나는 그가 나의 첫 방송을 옆에서 지켜볼 기회를 이용하지 않는 것을 각별한 신뢰의 표시로 여겼다. 첫인사와 끝인사 사이의 시간을 내 마음대로 쓸 수 있었다. 난생처음 나는 게스트의 편의를 위한 모든 것이 완벽하게 갖춰진, 게스트가 자신의 능력을 자유롭게 발휘하기 위해 필요한 모든 것을 제공하는 첨단 방송실에 들어와 있었다. 빗면 책상 앞에 다가서도 되고 널찍한 안락의자들 중 하나를 골라잡아도 된다. 다양한 조명 중에서 마음에 드는 것을 선택할 수도 있다. 심지어 마이크를 들고 왔다 갔다 해도 된다. 마지막으로 대형 시계가 있는데, 이 시계의 숫자판은 시가 아닌 분을 표시하고 있어 이 밀폐 공간에서 1분 1초가 얼마나 금쪽같은지를 느끼게 해준다. 분침이 40분을 가리키면 강연을 끝내야 했다.

내가 다시 한 번 시계로 시선을 보낸 것은 원고

를 절반 넘게 읽어나갔을 때였다. 초침은 분침이 뒤따라올 길을 열며 분침의 60배 속도로 앞서 달리고 있었다. 집에서 읽을 때 연출 실수가 있었던 건가? 시작할 때 페이스를 잘못 잡은 건가? 나에게 주어진 시간 중 3분의 2가 경과했다는 것만은 분명했다. 나는 한편으로는 한 단어 한 단어를 호감 가는 억양으로 계속 읽어나가면서 한편으로는 해결책을 생각해내려고 조급해하며 머리를 굴렸다. 과감한 결단이 필요했다. 몇 대목을 통째로 날려야 했다. 어디를 날릴지 즉흥적으로 생각해내야 했다. 원고에서 눈을 떼면 위험해진다. 하지만 선택의 여지가 없었다. 나는 전력으로 해결에 나섰다. 긴 중복문 하나를 지어내면서 원고 여러 쪽을 건너뛰었고, 결국 마치 비행사가 착륙 지점에 내려앉듯 결론 대목의 사고 범위 안에서 무사히 마무리하는 데 성공했다. 나는 안도의 한숨을 내쉬면서 원고 종이를 한데 모았고, 극한의 임무를 수행했다는 의기양양한 기분에 휩싸인 채 짐짓 태연하게 빗면 책상 옆으로 비켜서서 코트를 입기 시작했다.

　　그런데 와 있어야 할 진행자가 돌아오지 않았다. 나는 그가 오기를 기다리면서 문을 향해 돌아섰다. 그러다 시선이 또 한 번 시계에 닿았다. 분침이 36분을 알리고 있다! 40분이 되려면 아직 4분이 꽉 차게 남은 것이다! 조금 전에 슬쩍 확인했던 것은 초침의 위치였

나보다! 진행자가 오지 않은 이유를 그제야 이해했다. 그러면서 동시에 적막이, 방금까지만 해도 편안한 느낌을 주었던 적막이 어망처럼 나를 죄어오기 시작했다.

이곳은 과학기술을 위해, 과학기술을 통해 지배하는 사람들을 위해 마련된 공간이건만, 이곳에서 나를 엄습한 모종의 새로운 전율은 우리가 아는 태고의 전율과 더 친연적이었다. 내가 나 자신을 향해 귀를 기울이는 순간 내 귀에 갑자기 들려온 소리는 다름 아닌 나 자신의 침묵이었다. 이런 게 죽음의 침묵이 아닐까. 나를 죽이고 있는 이 침묵이 바로 지금 수많은 귀, 수많은 방에서 동시에 들리고 있지 않을까. 형언할 수 없는 불안 같은 것이 덮쳐온 데 이어 격한 결의 같은 것도 닥쳐왔다. 아직 구할 수 있는 것이 있거든 구하라. 나는 나 자신에게 이렇게 말하면서 코트 주머니에서 원고를 홱 뽑아냈다. 그러고는 아까 건너뛴 부분 중 한 장을 골라 잡아 나의 심장박동 소리보다 크게 느껴지는 목소리로 다시 읽기 시작했다. 나 자신에게 이 이상을 요구하기는 불가능했다. 그런데 그 대목의 분량은 충분히 길지 않았다. 읽으면서 한 음절 한 음절을 길게 늘였고, 모음을 발음할 때는 입을 크게 벌려 시간을 벌었고, R을 발음할 때는 혀를 굴렸고, 문장 하나가 끝날 때마다 의미심장한 휴지부를 끼워 넣었다. 그렇게 다시 강연을 끝냈다. 이번에는 진짜 끝이었다. 진행자가 와서 끝인사 순서를 진행했다. 끝인사도 첫인사와 다름없이 정중했다. 하지만 불안은 진정되지 않았다. 다음 날, 그 방송을 들었던 한 친구를 만났을 때 (나는 그 친구가 내 방송을 들었다는 것을 알고 있었다) 지나가는 말로 어땠느냐고 물었다. 그는 말했다. "방송 정말 좋더군요. 그건 그렇고 수신기가 늘 말썽이에요. 이번에는 또 1분 동안 아예 먹통이었어요."

———

‡ 최초 발표 지면: *Frankfurter Zeitung*, 1934년 12월 6일. 벤야민은 이 글을 '데틀레프 홀츠'라는 필명으로 발표했다.
‡ 출처: Walter Benjamin, *Gesammelte Schriften IV*, 761–763쪽.

# 40

# 행운의 손

도박에 관한 대화

파울 클레, 〈노란 날개를 단 어린 그리스도〉, 1883.

"행운의 손, 그것만 있으면 됩니다." 덴마크 사람이 말했다. "그것과 관련된 이야기가 하나 있는데……"

"아니요!" 주인장이 끼어들었다. "내가 듣고 싶은 것은 이야기가 아니라 당신이 어떻게 생각하느냐 하는 겁니다. 도박에서 따거나 잃는 것은 전적으로 우연일까요? 아니면 무슨 다른 요인이 있을까요?"

우리는 모두 네 명이었다. 나의 오랜 친구 프리초프(소설가), 덴마크 조각가(니스에서 프리초프를 통해 알게 된 사람), 학식이 높고 견문이 넓은 호텔 주인장(우리가 다과를 즐기고 있는 지금 이곳이 그의 호텔 테라스였다), 그리고 나. 어떻게 화제가 도박으로 옮겨갔는지는 기억이 안 난다. 나는 대화에 참여하고 있다기보다는 봄날의 햇빛을 즐기면서, 이렇게 먼 생폴섬까지 와서 니스 시절 친구들을 다시 만나게 된 것을 즐거워하고 있었다.

프리초프가 니스에서 못 쓰고 있던 소설을 다시 붙잡기 위해 이런 외진 곳을 택했다는 것이 하루하루 지날수록 더 잘 이해가 되었다. 내가 추론하기로 어쨌든 그는 니스에서 소설 진도를 못 빼고 있었던 것 같은데, 내가 몇 주 전 니스에서 소설은 어떻게 되어가느냐고 물었을 때 그가 불분명한 미소와 함께 "만년필을 잃어버렸어요"라고 대꾸했다는 것이 그 추론의 근거였다. 나는 그 대화가 있은 직후 니스를 떠나왔으니, 지금 여기에서 프리초프와 그의 덴마크 동료를 다시 만났다는 게 그만큼 더 기뻤다. 물론 그 기쁜 마음에는 의아한 마음도 다소간 섞여 있었다. 이 가난한 친구가 고급 호텔에 투숙할 수 있었던 적이 언제 한 번이라도 있었나?

그렇게 우리는 세상으로부터 멀리 떨어진 곳에서 담소를 나누고 있었다. 거기서 우리의 시선을 끄는 경보 신호기라고는 성문 위쪽에 걸린 줄에서 펄럭이는 빨래 아니면 골짜기 아래쪽 숲에서 흔들리는 나무뿐이었다.

덴마크 사람이 말했다. "내 생각을 듣겠다고 한다면, 우리가 거론한 것들 중 어떤 것도 도박의 결과에 영향을 미칠 수 없다고 말하겠습니다. 판돈의 크기도, 이른바 시스템이라는 것도, 노름꾼의 기력도 도박의 결과에 영향을 미칠 수 없다는 것입니다. 노름꾼은 차라리 무기력한 것이 낫습니다."

"그게 대체 무슨 말씀인지 모르겠는데요."

"내가 지난달에 산레모에 있을 때 겪은 일을 당신도 함께 겪었다면 제 말뜻을 금방 이해할 수 있었을 겁니다."

"무슨 일이 있었는데요?" 나는 호기심을 드러내 보였다.

덴마크 사람의 이야기가 시작되었다. "그날 나는 저녁 늦게 카지노에 도착했습니다. 내가 다가간 테이블에서는 막 바카라 게임*이 시작된 참이었죠. 자리 하나가 아직 비어 있었지만, 예약된 자리 같았습니다. 한 번씩 그 자리를 슬쩍 바라보는 시선들을 통해 누군가가 오리라는 것을 알 수 있었지요. 내가 그런 긴장감을 불러일으키는 듯한 손님에 대해서 물어보려고 하는 순간, 내 옆자리에서 예의 그 손님의 이름이 흘러나왔고, 그와 동시에 마르체시나 달포초가 테이블에 도착했습니다. 한쪽에서는 카지노 직원이, 다른 한쪽에서는 그녀의 비서가 그녀를 부축하고 있었습니다. 노부인은 차에서 내려 그 자리에 오는 동안 기력이 바닥난 것 같았습니다. 자리에 앉자마자 몸이 축 늘어지더군요. 잠시 후, 그녀가 딜링슈를 맡고 뱅커가 될 차례가 왔을 때, 그녀는 유유히 핸드백을 열고 그 안에서 작은 사냥개들을 꺼내더니 (도자기로 된 개, 유리로 된 개, 옥으로 된 개였습니다) 자기 앞에 늘어놓기 시작했습니다. 그녀의 마스코트였지요. 개들을 천천히 다 늘어놓은 그녀는 이번에는 주머니 속으로 손을 깊이 집어넣더니 1000리라짜리 지폐 다발을 꺼냈습니다. 돈 세는 수고는 딜러가

* 두 장의 카드를 더한 수의 끝자리가 9에 가까운 쪽이 이기는 게임.

맡았고, 그녀는 카드를 돌리기 시작했습니다. 하지만 그녀는 카드의 마지막 장을 내려놓자마자 또 한 번 몸을 축 늘어뜨렸습니다. 그녀의 상대는 판세를 바꿀 요량으로 추가 카드를 요구했지만 그녀에게는 이미 들리지 않았습니다. 그새 잠든 것이었습니다. 이제 사람들은 그녀의 비서가 그녀를 어떻게 보필하는지 볼 수 있었습니다. 공손히 그녀를 깨우는 그의 가벼운 손에서 숙련된 솜씨가 느껴졌습니다. 마르체시나는 유유히 자기 패를 하나씩 까 보였고, 딜러는 "뇌프 알 라 방크[9군요]"라고 말했습니다. 그녀의 승리였습니다. 하지만 승리는 그녀를 잠들게 할 뿐인 듯했습니다. 그녀는 번번이 이 은행에 1000리라짜리 지폐를 쌓았고, 그녀의 비서는 번번이 그녀를 깨워 승리의 기쁨을 맛보게 해주어야 했습니다."

"신께서는 진실로, 사랑하시는 사람에게는 그가 잠을 자는 동안에도 복을 주신다지요." 내가 말했다.

"이 경우에는 신이 아니라 악마겠지요?" 주인장은 미소 띤 얼굴로 말했다.

프리초프가 질문에 답하는 대신 이렇게 말했다. "도박을 사회에서 추방해야 하는 이유는 과연 무엇일까? 이런 질문을 나도 가끔 나 자신에게 던져봅니다. 물론 답을 찾기 어려운 수수께끼라서 그런 건 아닙니다. 자살, 횡령 등등 그 원인을 도박에서 찾을 수 있는 많은 일이 있으니 말입니다. 하지만 그게 전부일까요? 저는 그게 궁금합니다."

"도박은 어딘가 부자연스러운 데가 있습니다." 덴마크 사람이 말했다.

나는 이렇게 말했다. "오히려 너무 자연스러워서가 아닐까요. 행복해지겠다는 그 지칠 줄 모르는, 그 고갈되지 않는 소망만큼 자연스러운 게 어디 있겠어요."

덴마크 사람이 내 말을 받았다. "바로 그게 핵심입니다. '믿음, 사랑, 거기에 소망이라니.' 그런 소망 때문에 무슨 일이 생겼는지 좀 보세요!"

"내가 제대로 이해했는지 모르겠는데, 소망의 대상이 소망의 가치를 떨어뜨린다는 뜻인가요? '더러운 돈 따위!'라는 뜻, 그 비슷한 뜻인가요?"

"저분은 내 말을 제대로 이해하지 못하네요." 그 말과 함께 덴마크 사람은 갑자기 나에게서 프리초프에게로 시선을 돌렸다. 그러고는 그를 뚫어지게 바라보면서 말을 이어나갔다. "혹시 지하철이나 공공 벤치에서 당신에게 매우 아름답게 느껴지는 여성과 아주 가까이 앉은 적이 있습니까? 바로 옆자리에 말입니다."

프리초프가 답했다. "만약 정말 그렇게 가까운 자리에 있다면, 그녀가 정말 그렇게 매력적인지 아닌지 알 수 없지 않을까요? 왜냐고요? 그렇게 가까운 자리에서는 상대를 관찰하기가 거의 불가능하니까요. 어쨌든 상대를 그렇게 관찰한다는 건 무례한 거 같은데요."

"이제 내 말을 더 제대로 이해할 수 있겠군요. 방금 우리는 소망을 화제로 삼았고, 나는 소망을 바라보는 것을 젊고 아름다운 낯선 여성을 바라보는 것에 비유했습니다. 제 말은 너무 가까이에서 바라본다면, 잠시 바라보는 것이라고 해도 무례를 범하게 된다는 뜻이었습니다."

"어떻게 그렇게 되나요?" 내가 맥락을 잡지 못하고 물었다.

덴마크 사람이 말했다. "가깝다는 말은 시간적으로 가깝다는 뜻이었습니다. 내가 먼 미래의 뭔가를 소망하는가 아니면 당장 눈앞의 뭔가를 소망하는가 사이에는 큰 차이가 있다는 것이 내 생각입니다. '나이 들면 어렸을 때 소망했던 것을 실컷 가지게 된다'라는 괴테의 말도 있지요. 조금이라도 더 어릴 때 뭔가를 소망하면 그 소망을 이룰 가능성은 그만큼 더…… 아, 말이 샜군요."

프리초프가 말했다. "도박을 하는 사람은 뭔가가 이루어지기를 소망하고 있다? 당신이 하고 싶은 말이 혹시 그런 말인가요?"

"맞습니다. 다만 도박을 하는 사람은 뭔가가 당장 이루어지기를 소망합니다. 그래서 도박이 나쁘다는 거죠."

주인장이 이렇게 말했다. "도박을 논하는 자리에 이상한 맥락을 들여오시는군요. 그렇게 보자면, 포켓 속에 굴러 들어가는 상아 공에 상응하는 것은 저 먼 어딘가로 떨어지는 별똥별이 아닐까요. 별똥별이 떨어질 때 소원을 비니까."

"맞습니다. 그럴 때 비는 소원은 올바른 소원이지요. 멀리서 바라보는 소원이니까요." 덴마크 사람이 말했다.

잠시 침묵이 흘렀다. 나는 그 말 덕분에 "도박에서는 불운했지만, 연애에서는 행운이 있기를"이라는 옛 덕담의 의미를 다시 생각해볼 수 있었다.

프리초프가 나의 백일몽에 끼어들려는 것이었을까, 그의 사색적인 목소리가 귓가에 들려오기 시작했다. "도박의 가장 큰 매력은 이기는 데 있지 않다는 것, 그것만큼은 확실합니다. 적지 않은 사람들이 도박을 하면서 자기 운명과 싸우려고 하잖아요? 아니면 운명을 달래서 자기편이 되게 만들려고 하거나요. 다른 사람들은 절대 알 수 없는 수많은 인생의 결산이 그 녹색 테이블 위에서 이루어진다는 것, 그것만큼은 내가 장담합니다."

"내가 운명과 화해할 수 있을지 시험해보는 일이라니, 정말이지 참기 힘든 유혹이군요."

주인장이 말했다. "하지만 시작할 때는 끝을 알수 없지요. 몬테비데오에서 봤던 장면 하나가 기억납니다. 어렸을 때 거기 오래 살았는데요, 우루과이에서 가장 큰 카지노가 거기 있습니다. 부에노스아이레스에서 꼬박 여덟 시간이 걸리는데, 사람들은 주말마다 도박을 하려고 그렇게들 옵니다. 어느 날 저녁, 나는 구경 삼아 그곳 카지노에 갔습니다. 위험을 애초에 끊어내기 위해 돈은 전혀 가져가지 않았지요. 내 앞에 두 청년이 서 있었는데 이 젊은이들은 베팅하느라 여념이 없었습니다. 액수는 적었지만 횟수가 많았습니다. 하지만 운이 따르지 않았지요. 한쪽은 금세 돈을 다 잃었습니다. 다른 쪽은 아직 칩 몇 개가 남아 있긴 했지만 더 이상 베팅할 마음은 없는 것 같았습니다. 게임을 그만둔 두 청년은 그저 다른 사람들의 게임을 구경할 생각으로 자리를 지키고 있었습니다. 게임에 진 사람들이 종종 그러하듯, 두 사람은 한참 조용히 찌그러져 있었는데, 두 사람 중에서 돈을 다 잃은 쪽이 갑자기 활기를 되찾았습니다. 그는 친구에게 이렇게 속삭였습니다. '34!' 친구는 어깨만 한번 들썩이고 말았습니다. 그런데 정말 34가 나왔습니다. 숫자를 맞힌 사람은 당연히 큰 안타까움을 느꼈겠죠. 한 번 더 시도했습니다. 이번에는 '7 아니면 28!'이라고 속삭였습니다. 옆 사람은 그 말을 냉담한 미소로 받았습니다. 그런데 정말 7이 나왔습니다. 숫자를 맞힌 사람은 이제 화를 내기 시작했습니다. 이번에는 거의 간청하듯 '22'라고 속삭였습니다. 똑같은 숫자를 세 번 말했지만, 이번에도 아무 소용이 없었습니다. 22가 나왔을 때 그 칸은 누구에게도 베팅받지 못한 채 비어 있었습니다. 두 친구 사이에 다툼이 생기는 것은 불가피한 결말인 듯했습니다. 이 마술사가 또 한 번 흥분에 떨면서 숫자를 속삭이려고 하자, 옆 사람은 이 공동의 행운을 더 이상 방해하지 않기 위해 자기가 가진 것 전부를 친구의 손에 쥐여주었습니다. 4에 걸었고, 15가 나왔습니다. 27에 걸었고, 0이 나왔습니다. 마지막 칩 두 개는 한 번에 잃었습니다. 두 사람은 기운 없이 화해하고는 거기서 도망쳤습니다."

프리초프가 말했다. "기묘한 이야기로군요! 칩을 손에 쥐게 되면 예지력을 빼앗기게 된다, 그렇게 생각해볼 수도 있겠네요."

덴마크 사람이 말했다. "아니면 거꾸로 말할 수도 있겠지요. 예지력이 있으면 도박에서 이길 수 없다, 라고."

내가 끼어들었다. "그건 허황된 이론입니다."

이런 대답이 돌아왔다. "전혀 그렇지 않습니다. 행운의 도박꾼이란 게 있고, 그에게 텔레파시 메커니즘이란 게 있다면, 그것의 자리는 무의식에 마련되어 있을 것입니다. 무의식적으로 안다는 것은 곧장 행동으로 옮긴다는 뜻입니다. 얇은 의식 속에 들어오면 몸으로부터 멀어지고요. 우리 같은 사람들은 '생각할 때는' 올바른 생각을 하지만, '행동할 때는' 잘못된 행동을 합니다. '알면서 왜 그랬을까!'라고 외치면서 자기 머리털을 쥐어뜯는 수많은 패배자와 같은 처지라는 말입니다."

"그렇다면 당신의 주장은 이건가요? 행운의 도박꾼에게는 본능적인 메커니즘 같은 것이 있다? 그런 메커니즘은 위험에 처하게 만드는 본능과도 비슷하다?"

덴마크 남자는 자기의 주장이 바로 그것이라면서 이렇게 말했다. "도박판은 인위적으로 만들어진 위험 상황입니다. 도박은 내가 얼마나 침착한 사람인가를 시험하는 다소 신성모독적인 방법이고요. 위험 상황에서 몸은 그 일을 가까이하면서 생각을 멀리하게 되니까요. 우리는 위험한 상황을 벗어난 뒤에야 비로소 우리가 무슨 행동을 했는지를 정리해보게 됩니다. 행동하는 것이 아는 것보다 먼저입니다. 도박이 왜 나쁜 평판을 얻었을까요. 우리 같은 유기체의 극히 정밀한 메커니즘을 함부로 자극하기 때문입니다."

잠시 침묵이 흘렀다. "행운의 손, 그것만 있으면……" 이 말이 머릿속을 맴돌았다. 아까 덴마크 사람이 그것에 관해서 뭔가 말하려고 하지 않았던가? 나는 그가 잊어버렸나 싶어 다시 언급했다.

그는 미소를 지으며 말했다. "아, 그랬었지요. 그 이야기를 할 타이밍은 지났지만…… 그 이야기의 주인공은 우리가 다 아는 사람입니다. 우리가 다 좋아하는 사람이기도 하고요. 그 사람이 작가라는 것만 밝히겠습니다. 이 이야기에서는 그게 중요한 사실이라서…… 아, 그런데 이거에 대해 더 말하면 이야기가 재미없어지겠군요. 간단히 말하죠. 그 사람은 리비에라에서 자신의 행운을 시험해보기로 했습니다. 도박에 대해서 아무것도 몰랐던 그는 이런저런 방식으로 체계를 세우고 게임에 도전했지만 결과는 늘 패배였습니다. 언젠가부터는 체계 세우는 것도 그만두었는데 결과는 똑같았지요. 판돈이 바닥나는 건 순식간이었고, 신경이 망가지는 건 더욱 순식간이었습니다. 그러던 어느 날 만년필까지 잃어버리고 말았습니다. 아시다시피 작가들은 묘한 데가 있잖아요. 우리의 친구는 그중에서도 가장 묘한 부류예요. 책상 조명, 종이 재질, 노트 규격을 정해놓고 철저히 지키는, 그렇지 않으면 일을 시작조차 할 수 없는 부류지요. 그런 그에게 만년필을 잃어버렸다는 것이 어떤 의미였을지 쉽게 상상이 되지 않나요? 우리는 새 만년필을 찾아 온종일 돌아다녔지만 결국 못 구했고, 그러다 저녁때 잠시 카지노에 들렀습니다. 나는 도박을 안 하는 사람이라서, 우리의 친구가 게임하는 것을 구경하는 것으로 만족했습니다. 그런데 그렇게 게임을 구경하는 건 나 하나가 아니었습니다. 그가 연속으로 게임에서 이기자 많은 카지노 손님들의 주목을 받기 시작했던 것입니다. 최소한 그날 밤만이라도 현금을 무사히 지키고 싶었던 우리는 불과 두어 시간 만에 카지노를 떠났습니다. 하지만 다음 날에도 우리의 현금이 줄어드는 일은 없었습니다. 문구점을 순례하는 오전 시간은 아무 소득 없이 흘러갔지만, 저녁 시간에는 엄청난 소득이 있었습니다. 또 만년필을 잃어버리고부터는 소설에 대한 화제를 자연스럽게 피하게 됐습니다. 우리의 친구는 평소에는 부지런한 사람인데, 그 시기에는 원고를 전혀 들여다보지 않았어요. 아주 짧은 편지조차 안 쓰려고 했죠. 내가 특별히 긴급한 어느 편지에 대해서 그가 잊어버렸나 싶어 언급하면 그는 갖가지 핑계를 댔습니다. 그는 이제 악수해주는 것을 아까워하는 사람, 짐은 아무리 가벼운 것이라도 안 들려고 하는 사람이 되었습니다. 손으로 간신히 하는 일은 책을 읽으면서 책장을 넘기는 것 정도였습니다. 마치 온종일 손에 붕대를 감고 있다가 저녁에 카지노에 가야 푸는 사람 같았지요. 카지노에서 보내는 시간이 그렇게 긴 것도 아니었어요. 우리가 그런 식으로 상당한 액수를 모으게 되었을 무렵의 어느 날, 호텔 도어맨이 우리에게 만년필을 가져다주었습니다. 야자수 정원에 떨어져 있더라는 겁니다. 우리의 친구는 그에게 팁을 듬뿍 준 뒤 바로 그날 그곳을 떠났습니다. 소설을 쓰기 위해서요, 드디어."

주인장은 이렇게 말했다. "잘됐군요. 하지만 그 이야기로 뭐가 증명된다는 겁니까?"

그 이야기로 뭐가 증명되든 말든, 나는 인생의 미소를 거의 받아본 적 없는 나의 오랜 친구 프리초프가 생폴섬 성벽 위에서 남몰래 흡족해하면서 오후의 다과를 즐기는 모습을 볼 수 있게 되어 기쁠 뿐이었다.

——

‡ 집필 시기: 1935년. 벤야민 생전에는 발표되지 않았다. 원고에는 '데틀레프 홀츠'라는 필명이 적혀 있다.

‡ 출처: Walter Benjamin, *Gesammelte Schriften IV*, 771-777쪽.

# 41

# 식민지 교육론

## 알로이스 알콧치,『동화와 현재』서평

파울 클레, 〈못생긴 천사〉, 1939.

알로이스 얄콧치, 『동화와 현재: 독일 민담과 우리 시대』, 빈: 융브루넨, 1930.

이 책에는 드문 장점이 있으니, 표지에 내용이 이미 다들어 있다는 점이다. 표지는 포토몽타주. 후경에는 공사 중인 고층 탑, 마천루, 공장 굴뚝이, 중경에는 힘차게 달리는 기차, 콘크리트, 아스팔트, 철근으로 점철된 풍경이, 전경에는 동화를 구연하고 있는 유치원 교사를 둘러싸고 있는 열두 명의 아이들이 있다. 다만 저자가 책에서 권하는 조치를 취하는 사람이 있다면 그 사람이 동화를 들려주며 전해줄 수 있는 내용은 스팀해머 밑이나 보일러 공사장 안에서 자리 잡은 동화 구연자가 들려줄 수 있는 바로 딱 그 정도이리라는 것, 그리고 아이들이 이런 데서 들려오는 개량 동화 중에 마음에 담을 수 있는 내용은 "우리의 현재"를 대표하는 이 훌륭한 교사의 손에 이끌려 시멘트 사막에 오게 된 아이들이 허파에 담을 수 있는 딱 그 정도이리라는 것을 부정할 수는 없을 듯하다. 가장 진실하고 가장 근원적인 것을 포기할 것을 이렇게까지 당연하게 요구하는 책, 아이의 다정하고 비밀스러운 공상을 영혼의 수요(상품생산 사회에서 통용되는 경제적 의미에서의 수요)로 이해하는 일에 이렇게까지 아무 거리낌이 없는 책, 교육을 식민지에 문화 상품을 판매할 기회로 간주하는 일에 이렇게 음울할 정도로 거리낌이 없는 책, 이런 책을 찾아낸다는 건 그렇게 쉬운 일이 아니다. 이런 피상적인 책에 대한 서평에서 아동 우월감에 대한 프로이트의 (그의 나르시시즘 연구에 나오는) 멋진 해석을 들먹이거나 그 자체로 그 해석을 반박하는 경험을 들먹인다면 괜한 호들갑이라는 소리를 듣게 될 것 같다. 이 책은 그저 피상적인 책이라기보다 피상성을 광신적으로 표명하는 책이라고 할까, 현시점이라는 군기(軍旗)를 펄럭이면서 "현대인의 감수성"에 어긋나는 모든 것과 성전(聖戰)을 벌이는 책, 그러면서 (마치 몇몇 아프리카 부족처럼) 아이들을 그 전쟁의 최전선에 배치하는 책이다.

　　　"동화에 사용된 소재는 대개 쓸모없어진 것들, 한물간 것들, 우리 현대인의 감수성에 낯설어진 것들이다. 특별히 중요한 역할을 맡는 건 사악한 계모다. 아이 사냥꾼과 식인귀는 독일 전래 동화의 전형적인 인물이다. 이런 이야기들에는 살의가 자주 등장하고 살생과 파괴가 즐겨 그려진다. 동화의 초현실 세계 자체가 일단 무시무시하다. 그림 형제의 민담 모음집은 프뤼겔프로이데*로 가득하다. 독일 전래 동화는 대개 음주에 친

* 아이에게 체벌을 가할 때 기쁨을 느끼는 심리.

화적이다. 어쨌든 음주에 적대적인 경우는 없다." 하지
만 시대가 변했다고 한다. 식인귀라는 것이 아주 최근
까지 독일인의 일상에서 흔히 볼 수 있는 현상이었을지
모르지만, 저자의 말대로라면, 이제 "현대인의 감수성"
은 그것을 낯설어한다. 맞는 말일 수도 있다. 그러나 선
택의 기로에 선 아이들이 이 새로운 교육론보다는 차
라리 식인귀에게 안기겠다고 한다면? 그렇게 아이들은
아이들대로 "현대인의 감수성"을 낯설어한다는 것이
밝혀진다면? 그럴 경우, 라디오로는 다시 아이들의 관
심을 끄는 일이 어려울 것이다. 동화가 "이 과학기술의
기적"으로부터 새롭게 만개하리라고 기대하고, "동화
가 […] 삶을 표현하는 가장 중요한 방식으로서의 이야
기 전달을 요구한다"고 말하고 있기는 하지만 말이다.
그림 형제 작품을 읽어보려는 이유가 그것을 "수요"에
맞게 수정하기 위해서라는 사람이 쓰는 언어는 바로 이
런 식이다. 그는 어떤 사안 앞에서도 거리낌이 없는 사
람이니, 물레를 재봉틀로 교체하고 왕궁을 호화 저택으
로 교체하는 식의 본보기를 제공하는 데도 거리낌이 없
다. "우리 중유럽 세계는 군주제의 광채를 성공적으로
극복했고, 이렇게 독일 역사 속에 출몰한 유령과 악몽
을 우리 아이들 앞에 덜 세워놓는 것이 우리 아이들을
더 위하는 일이자 독일 국민과 독일 민주주의의 발전을

더 위하는 일"이라고? 천만의 말씀! 우리 공화국이 아무리 어두운 밤이라고 해도 모든 고양이가 회색일 정도는 아니고, 아직 빌헬름 2세와 벌거벗은 임금님을 구분 못 할 정도까지는 아니니, 우리는 이 생활 밀착형 개량주의를 방해할 힘을 어떻게든 찾아낼 것이다. 이 책에 나오는 심리학, 민속학, 교육학은 이 개량주의가 내건 깃발일 뿐, 동화는 그 깃발 아래 수출품으로서 어두운 현지로 실려 가고, 그 현지 농장에서 아이들은 동화의 종교적 사고방식을 동경하도록 내몰리고 있다.

———

‡ 최초 발표 지면: *Frankfurter Zeitung*, 1930년 12월 21일.
‡ 출처: Walter Benjamin, *Gesammelte Schriften III*, 272-274쪽.

# 42

# 기초를 푸르게: 톰 자이데만-프로이트, 『놀이 입문 2』 및 『놀이 입문 3』 서평

놀이 입문서에 관한 추가 논의

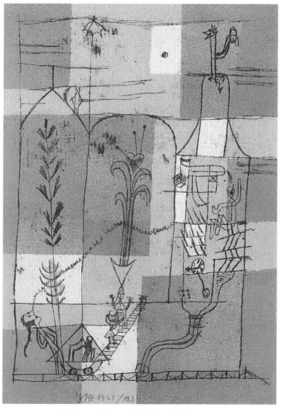

파울 클레, 〈호프만적(的) 장면〉, 1921.

톰 자이데만-프로이트, 『놀이 입문 2』 및 『놀이 입문 3: 하하하, 우리가 숫자를 세고 있어!』, 베를린: 헤르베르트 슈투퍼 출판사, 1931.

한 해 전(1930년 12월 13일), 〈프랑크푸르터 차이퉁〉은 톰 자이데만-프로이트의 『놀이 입문 1』을 소개하는 서평을 실었다. 그때의 의도는 입문서에 놀이처럼 입문하는 것, 입문서 장르의 역사적 흐름을 설명하는 동시에 이렇게 급진적인 입문서가 나올 수 있는 조건이 만들어졌던 정황을 설명하는 것이었다. 그동안 작업이 더 진행되면서 지금은 『놀이 입문 2: 읽기』와 셈하기 입문 제1부가 담긴 『놀이 입문 3』까지 출간된 상태다. 방법론적 원칙 두 가지는 이번에도 눈부시게 지켜진다. 글과 그림을 내재적으로 연결함으로써 유희충동을 완벽하게 활성화한다는 원칙, 그리고 입문서를 백과사전으로까지 확장함으로써 아이의 자신감을 북돋아준다는 원칙이 그것이다. 여기서 우리는 『놀이 입문 1』 서론의 중요한 문장 중 하나를 떠올릴 수 있다. "이 책은 정해진 내용을 '획득'하거나 '성취'하라고 하지 않고(그런 식으로 배우는 것은 어른들에게나 적합하다), 아이의 속성을 고려한다. 아이에게는 무언가를 배운다는 것이 다른 모든 것과 마찬가지로 본디 커다란 모험을 의미한다."

이 모험 여행을 돌아보면, 초반에는 꽃과 색, 아이들의 이름과 나라들의 이름이 공상의 바다에 떠 있는 작은 섬들이었다면, 이제는 어느새 대륙을 나누는 세계, 나뭇잎과 물고기, 상점과 나비의 세계가 수면 위로 올라온다. 쉬어갈 역과 묵어갈 집이 곳곳에 마련되어 있다. 이 말이 무슨 뜻이냐 하면, 아이는 쓰기 공부를 하느라 지칠 필요가 없다는 것이다. 저기서는 한 장의 그림이 아이의 서명을 기다리고 있고 여기서는 한 편의 옛날이야기가 없어진 단어를 기다리고 있고, 저기에서는 새장이 누군가가 새를 그려주기를 기다리고 있고 저 너머에서는 개, 당나귀, 수탉이 멍멍, 히힝, 꼬끼오를 기다리고 있다. 닮은 것들을 묶기도 하고 안 닮은 것들을 떼어놓기도 하고, 사전처럼 그림과 함께 초성 뒤를 채우기도 하고, 아니면 진짜 백과사전처럼 개념을 따르기도 한다. 여기 있는 작은 상자들은 가죽, 목재, 금속, 유리 제품, 가구, 과일, 생활용품을 넣기에도 물론 좋지만, ABC를 넣기에도 딱 좋게 만들어져 있다. 여기서 아이는 무엇을 배우든 그것의 앞쪽에 놓이는 것이 아니라 그것의 위쪽에 올라가게 된다. 예를 들어 동물을 배운다고 하면, 말[馬]을 끌고 가는 것이 아니라 말을 타고 가게 된다. 여기서 모든 글자, 모든 단어가 아이를 태우는 말이라면, 이 배움의 모든 단계에서 동행하는 삽화들은 까다로운 말[馬]을 고삐와 멍에로 조종하듯 글자와 단어를 그림으로 조종해서 어린 기수의 수하에 둔다. 아이의 놀이에서는 아이가 지휘권을 갖는 것이 너무나도 중요한데, 이 저자는 이례적으로 숫자와 관련해서도 처음부터 그 지점을 중시한다. 점수라는 왕이 첫 두 페이지만에 퇴위한 뒤, 붉거나 검은 어류 또는 곤충 부대, 나비 또는 다람쥐가 왕위를 잇는다. 여기서 아이는 전투를 한 번 끝낼 때마다 숫자를 써 넣게 되는데, 그렇게 숫자의 모양을 그리는 아이는 부관을 임명하는 지휘관 같은 기분이 된다.

최초의 숫자들, 최초의 글자들은 아이의 눈앞에 처음 출현할 때 우상처럼 출현해서 공포심을 야기하는 경우가 많은데, 이 저자는 바로 그 공포심을 없애야 한다는 것, 놀이하는 아이의 주권을 지켜야 한다는 것, 아이가 배움의 대상을 지휘하는 힘을 잃어서는 안 된다는 것을 모든 지점에서 유념하고 있다. 과거 세대라면 산수 학습서에서 최초의 '응용문제'와 마주쳤을 때 받았던 인상을, 그 설명하기 힘든 인상을 과연 이런 식으로 기억하고 있을 것이다. 과거 학습서의 기만적 우직함은 얼마나 냉혹했던가! 기수들과 서수들이 여기저기서 얼마나 함정을 팠던가! 그것은 아이가 엄마로부터 받은 것들 중 가장 믿고 의지하고 사랑하는 것에게 당한 배신, 곧 옛날이야기에 당한 배신에 다름 아니었다. 모종의 온전한 화해의 세계가 이 산수 입문서의 단순한 명령을 통해 메아리친다는 것은 바로 그런 의미에서다. "8-6=2. 이 등식에 어울리는 옛날이야기를 하나 지어내 여기 적어보세요." 이 학습서의 매력은 (그리고 이 학습서의 대단히 교육적인 성과는) 긴장 없는 느긋한 태도를 바로 그런 방식으로 구현한다는 데 있다.(아이는 원래 그런 태도를 책이 아닌 다른 곳에서 찾았겠지만, 그런 태도야말로 앞에서 말했던 지휘관의 태도에 부응한다.) 아이가 지금 막 배운 내용을 험담하고 싶을 경우에도, 장난을 좀 쳐서 다 망치고 싶을 경우에도, 이 책은 그의 가장 친한 친구다. 무엇보다도 낙서할 여백이 충분히 넓으니, 이렇게 광활한 영토의 소유자는 자기가 키우는 못된 괴물들과 착한 총아들에게 넉넉한 정착지를 마련해줄 수 있다. 물론 이 모든 것은 개간 작업이 있어야 가능하다.

이 옛날이야기에서
빨간색 ㅏ 를,
파란색 ㅎ 을,
녹색 ㄷ 을,
갈색 ㄹ 을 지우세요.

작업을 끝내면 파티에 갈 수 있고, 이제 아이의 눈앞에는, 우와, 엄청난 파티가 펼쳐진다! 『놀이 입문 1』에 이미 등장했던 '쓰기 탑'의 발자국들은 이제 화환의 모습으로 '읽기 나라'를 장식하고 있고, 글자들은 카니발 의상으로 변장해 있다. "옛널 옛널에 헌 수냐거 설구 읐았닌데 기 수냐에게닌 슨그헌 구영으거 읐았아유. 그 구영으닌 멀허닌 구영으얐아유." 옛날이야기는 고대 고지 독일어와 해적 은어를 뒤섞은 방언으로 시작하지만, 정체를 폭로하기는 어렵지 않다. "다 읽었으면 아(야)와 어(여)를 서로 바꾸고 오(요)와 우(유)를 서로 바꾸고 으와 이를 서로 바꾼 다음 똑같이 따라 써보세요." '아이가 위험에 빠지는 것을 막기 위해 아이에게 거짓말을 해도 될까?'라는 교육론의 오래된 논쟁적 질문이 이렇게 물밑에서 해소된다. 답변: 거짓말을 허풍으로 과장하면 된다. 이 입문서의 수많은 책장 위로 보호자의 손길을 뻗치고 있는 것도 바로 그 과장, 아무리 어린아이라도 믿고 의지할 수 있는 노련한 친구인 과장이다. 어떤 옛날이야기가 "에바라는 소년이 아침에 옷장에서 일어나 저녁 식탁에 앉았습니다"라는 말로 시작된다면, 이것이야말로 거짓말을 과장으로 둔갑시키는 경우가 아닐까? 에바가 일과를 그런 식으로 마치게 되는 것이 풀밭에서 자란 초콜릿 쿠키를 배고플 때까지 뜯어먹었기 때문이라면, 그것이 그렇게 놀라운 일일까? 아이가 그런 옛날이야기를 배부를 때까지 먹는다는 것은 분명하다. 아돌프[Adolf]는 한 농부[Bauer]의 집에서 어린 체칠리에[Cäcilie]와 함께 살았다는 말로 시작된다면, 그렇게 옛날이야기 속 명사들을 유카탄 지역[Yukatan]과 마술 상자[Zauberkasten]까지 늘어놓아 모든 대문자가 알파벳순으로 놓이게 한다면, 그것이야말로 세상의 질서를 과장하는 경우가 아닐까? 월요일에 뭐 하세요? 화요일에는요? 수요일에는요? 등등을 교수 인터뷰에서처럼 아이에게 질문하는 것도 결국은 ABC를 배우는 학생에 대한 배려를 과장하는 경우가 아닐까? 아이의 식탁에 줄무늬 접시들을 차려놓고 아이가 원하는 요리를 접시 안에 적어보게 하는 것도 그런 경우가 아닐까? 아닌 게 아니라 과장이 맞다. 하지만 걸리버가 과장이듯, 더벅머리 페터도 과장이고, 막스와 모리츠도 과장이다. 로빈슨[크루소]의 외로움도 과장이고, 앨리스가 이상한 나라에서 본 것들도 과장이다. 글자들과 숫자들이 과장된 나댐을 통해서 아이의 신뢰를 얻어서는 안 될 이유가 있을까? 그것들이 아이에게 요구하는 바는 조만간 충분히 엄격해질 텐데?

이 서평의 독자들 중에는 엄마가 읽기를 배울 때 사용했던 독본을 물려받은 사람도 있을 것이다.(이 서평의 필자도 그런 사람 중 하나다.) 그런 독본 중에는 첫 페이지부터 "어머나" "휘이" "생쥐"가 나오는 것도 있다. 그런 독본을 비난하겠다는 것은 아니다. 그것에 대적할 방법을 그것으로부터 배운 학생이 어떻게 그것을 비난할 수 있겠는가? 학생이 거기서 기꺼이 수용한 근엄함과 안전함만 한 것을 이후의 삶에서 다시 만나기는 불가능하지 않았겠는가? 자기가 무한히 중요한 존재라는 느낌을 온전히 느끼게 해주는 복종 중에 활자에 대한 복종만 한 것이 어디 있었겠는가? 그런 옛날 독본을 비난하고 싶지 않은 것은 그 때문이다. 하지만 거기서 들려오는 것은 "인생의 심각함"이었다. 책장을 한 줄 한 줄 짚으면서 따라가던 손가락은 결국 활자 왕국으로 넘어갔고(일단 그 국경을 넘어가면 어떤 방랑자도 돌아올 수 없다), 거기서 법과 정의를 내세우는 흑백 논리의 마법, 확고부동의 마법, 영원불변하는 본질의 마법에 걸렸다. 우리가 그것을 어떻게 이해해야 하는지 지금의 우리는 알고 있다. 활자와의 마법 걸기-풀기 내기에서 이 시대의 비참함, 무법함, 불안정함을 판돈으로 걸 수 있는 것은 이 시대를 사는 우리뿐이라는 것, 자이데만-프로이트의 입문서들은 활자와의 내기에서 이토록 심오한 지혜를 획득하고 있다.

‡ 최초 발표 지면: *Frankfurter Zeitung*, 1931년 12월 20일.

‡ 출처: Walter Benjamin, *Gesammelte Schriften III*, 311-314쪽.

# 발터 벤야민과 말장난의 흡인력

샘 돌베어,

에스터 레슬리,

서배스천 트루스콜라스키

벤야민은 사는 내내 다양한 문학 형식들을 실험했다. 짧은 픽션, 교훈담과 비유담뿐 아니라 농담, 수수께끼, 시구(詩句) 등등이 그의 유명한 비평문들 곁에 놓여 있다. 그는 오랫동안 범죄소설 집필 계획도 세워두었었다. 『거짓말 사냥』이라는 소설의 포괄적 개요가 실제로 존재한다. 여기에는 소설에 들어갈 열 개의 장(章)이 정리돼 있는데, 사고가 엘리베이터 안에서 일어난다는 것, 단서가 우산이라는 것, 사건의 배경이 골판지 공장이라는 것, 한 남자가 지폐를 서재의 책들 속에 숨겼다가 잃어버리곤 한다는 것 같은 상세한 내용까지 들어 있다.[1] 벤야민이 쓴 글의 다중다양함은, 유럽을 여기저기 옮겨 다니면서 어쩌다 한 번씩 신문사나 잡지사에서 글을 청탁받아 쓰는 프리랜서 작가라는, 그가 구축해나갔던 종종 위태로워지는 실존을 반영한다. 이 책에 수집되어 있는 짧은 형식의 글들은 한 편 한 편이 그 자체로 실험적 글쓰기 작품이긴 하지만, 벤야민의 비평 작업에 투입되는 아이디어들의 공명판 노릇을 한다. 예컨대 「네 가지 이야기」(1933-1934 추정)에 등장하는 차르의 말단 관리 슈발킨과 유대교 경건파 걸인은 프란츠 카프카에 관한 에세이(1934)에 다시 등장한다.[2] 마찬가지로 「두 번째 자아」(1930-1933)에 등장하는 '카이저파노라마'는 『일방통행로』(1928)의 「독일 인플레이션 관광」속 묘사를 떠오르게 하는 한편으로「기술 복제 시대의 예술 작품」에세이(1934-1935)를, 그리고『1900년경 베를린의 유년 시절』(1932-1938)에 배치되어 있는 자서전적 콩트들을 떠오르게 한다.[3]

이런 연속성을 정리하는 작업은 그저 문헌 연구 활동에 그치지 않는다. 이 텍스트들을 이렇게 한데 모으는 목적은, 그가 이런 관심사들을 어떤 형식으로 연출하고 연기하고 선보였는가를 예시하는 것이다.(벤야민은 이런 관심사들을 다른 곳에서 좀 더 학술적으로 발전시킨다.) 그가 자신의 작업을 가로지르면서 거듭 탐구하는 테마는 꿈과 공상, 여행과 소외, 놀이와 교육론 같은 것들이다. 우리는 이 책에서 정리한 글들의 구체적인 테마들을 논의하기에 앞서서 벤야민의 구술에 관한 성찰을 논의하려고 한다.

벤야민은 구술이라는 테마를 여러 텍스트에서 다루었는데, 러시아 소설가 니콜라이 레스코프에 관한 에세이「이야기꾼」(1936)은 그중에서도 대표적이다.[4] 나중에 이 에세이로 발전시키게 될 핵심적 주장을 벤야민은「경험과 빈곤」(1933)이라는 짧은 텍스트로 미리 짜둔다. 제1차 세계대전이 일어나기 전만 해도 경험은 민담과 동화의 형태로 대대로 전해졌다는 주장.[5] 그 주장을 뒷받침하기 위해 벤야민은 아버지가 아들들을 거짓말로 속여 집 앞 포도밭에 보물이 묻혀 있다고 믿게 함으로써 근면함의 훌륭함을 가르쳐준다는 내용의 교훈담을 들려준다. 묻혀 있지도 않은 금을 찾느라 흙을 갈아엎은 덕에 경이로운 수확량이라는 진짜 보물을 발견하게 되었단다. 먼젓세대들을 대대로 이어주었던 "경험이라는 붉은 실"(벤야민이 「흙먼지로 흩어져버린」에서 사용한 표현)은 그 전쟁과 함께 끊어져버렸다. 참호전 생존자들의 "연약한 육체"는 "사방을 초토화시키는 유출과 폭발의 역장"[6]에 휘말렸던 경험을 이야기하지 못하고 입을 다물었다. 경험의 전달 가능성이 사라지고 있었다. 비옥했던 교훈담의 흙이 파괴적으로 끈적거리는 참호의 진흙이 되어버린 듯, 결실을 내기는커녕 그저 묘지처럼 서서히 썩어갈 뿐이었다. "가보처럼 대대손손 전해지는 유구한 유언을 이제 어느 임종 자리에서 들을 수 있을까?"라고 벤야민은 묻는다.[7]

반면에 신문의 저널리즘 은어는 경험지의 부족함을 가장 극명하게 드러낸다.(이것은 벤야민이 카를 크라우스에게서 배운 것이다.[8]) 벤야민의 말대로, "매일 아침은 우리에게 세계 곳곳의 뉴스를 알려준다. 하지만 기억에 남는 이야기는 부족하다."[9] 하지만 이제 쓸모를 다한 듯한 내러티브 형식들이 대단히 중요한 의미를 띠게 되는 것은 바로 그런 이유 때문이다. 벤야민이 경험을 민담과 동화에 결부시키는 것이 망한 전통을 되살리려는 향수 어린 그리움을 표현하는 것이라고 오해해서는 안 된다. 이런 형식들이 한물갔다는 점이 오히려 비판 기능을 수행하는 조건이 된다.(이는 벤야민이 동화의 현대화를 위한 노력을 다루는 서평「식민지 교육론」에서 중요하게 논의하는 내용이다.) 카프카의 비유담들은 이해의 열쇠를 잃어버린 탓에 해석에 열리지 않지만, 이렇듯 시대가 달라진 데서 비롯된 불투명성은 제스처와 이름으로 이루어진 언어—카프카의 여러 면모 중에 "역전된 메시아주의(inverse messianism)"라고 설명되어온 면모—를 펼쳐 보인다.[10] 마찬가지로, 보들레르의 서정시는 그런 시가 읽히는 시대가 지나간 시점에 출간된 것이 아닌가 싶지만, 보들레르가 그려 보이는 현대인의 삶에 (벤야민이 추앙했던) 절박함을 불어넣어주는 것은 바로 그 때늦음이다. 벤야민이 이런 작가들에 몰두하는 것은 사라지고 있는 경험의 전달 가능성을 새로 상상하기 위해서다. 여기서 눈여겨보아야 할 것은 벤야민이 쓴 픽션의 공통된 특징, 곧 시대에 뒤떨어졌다고 하는 구술 전통을 모방하는 목소리층 쌓기다. 한 선장이 한 승객에게 썰을 풀고, 한 친구가 다른 친구에게 자기가 겪은 신기한 일을 들려주고, 한 남자가 다른 남자에게 자기 지인 이야기를 전하면, 이야기를 전해 들은 사람이 전해 들은 이야기를 우리에게 전해준다. 이런 이야기는 인용구들, 수수께끼 같은 말들, 시점들이 층층이 쌓인 세계를 창조한다. 이를 통해 벤야민은 헤벨에서 호프만으로, 그리고 그 너머로 뻗어나가는, 이야기의 채록과 재구술이라는 긴 전통을 연장한다. 경험은 여기서 새로운 지반을 찾는다.

그렇다면 벤야민이 시도하고 있는 것이 변화된 조건들 아래에서 스토리텔링의 구술성을 재활성화하는 것이라고 해도 될까? 만약 그렇다면 참호에서 필요한 것은 어떤 종류의 이야기일까? 어떤 글을 써야 이 시대가 들을 수 있을까? 이 책은 벤야민의 문학적 작업물을 꿈과 몽상, 여행, 놀이와 교육론 이렇게 세 부로 나눈다. 각 부의 테마를 다루는 서평도 여러 편 포함돼 있는데, 이런 종류의 글에서 벤야민은 내용에 초점을 맞추면서 형식을 놀라운 방향으로 (형식이 스스로 허물어질 수도 있을 지점까지) 밀어붙인다.

1부의 글들은 꿈과 몽상을 중심으로 모여 있다. 벤야민이 가장 초기에 쓴 글들과 나란히 그가 꾸고 기록한 꿈들이 실려 있다. 그가 밤에 꾼 꿈이 이 세계의 고통을 반영하고 과장한다면, 그가 가장 초기에 쓴 공상 작품들은 '고통 없는 세계'의 비전을 그려 보인다.[11] 여행을 다루는 2부의 환승 이야기는 지상과 해상의 풍경을 지나는 이야기들과 크고 작은 도시를 지나는 이야기들로 나뉘어 있다. 외로워하는 여행자도 있고, 낯선 만남에서 경험을 주위 모아 나중에 누군가에게 다시 들려주고자 하는 여행자도 있다. 「이야기꾼」에서 직인이 장인이 되어 공방에서 지혜를 전수하는 것과 마찬가지다.[12] 현대 도시인의 삶의 성애적 긴장 상태는 여기서도 중요하게 다루어진다.(이것은 벤야민의 글이 가장 초기부터 탐색한 테마다.) 3부는 놀이와 교육론을 벤야민의 사유에서 서로 얽혀 있는 두 측면으로 제시한다. 여러 편의 글이 말장난을 탐색하고 있는데, 마치 단어들이 "자석이 되어 다른 단어들을 불가항력적으로 끌어당"기는 것 같기도 하다.(벤야민이 프란츠 헤셀의 『내밀한 베를린』에 대한 서평에서 사용한 표현이다.) 벤야민의 사유에서는 말장난의 즐거움을 아이에게서 배워야 한다는 것, 그리고 아이가 말장난을 즐길 수 있게 도와주어야 한다는 것이 자명한 원칙이다. 여기 3부에는 「행운의 손」이라는 이야기가 실려 있는데, 주제는 도박의 탈을 쓴 놀이다. 현대인의 도덕 이야기일까? 벤야민은 본능 및 직관에 대해서, 몸이 모방(mimesis)을 통해 얻는 앎에 대해서 가르쳐주려고 하는 것이 아닐까? 「1분도 넘치거나 모자라지 않게」에서는 새로운 과학기술들, 그중에서도 특히 라디오와 상호작용하는 법을 배우려면 어

떻게 해야 하는가 하는 문제를 마찬가지로 놀이하듯 다
룬다.(덧붙이면 벤야민이 듣는 사람들과 입말로 관계
맺는 능력을 연마한 것은 라디오 매체에서였다.) 이제
각 테마를 간략히 소개하겠다.

### 꿈과 몽상

벤야민의 미완성 공상물들은 가장 초기작에 속한다.
「실러와 괴테」「어느 크고 오래된 도시에서」「저녁의
목신」「건강염려증 환자가 있는 풍경」「황후의 아침」
전부 1906년에서 1912년 사이에 집필된 것으로 여겨진
다.[13] 이 시기의 벤야민은 문학적 쓰기를 제일 동경하
지 않았었나 싶다. 1913년에 친구 헤르베르트 벨모어에
게 보낸 편지에서 벤야민은 「아버지의 죽음」을 묘사하
면서 이 글이 '노벨레'임을 분명히 밝혔다.[14] 두 번째 '노
벨레'도 그해에 집필되었는데(테마는 성매매였다고 한
다), 지금은 소실된 듯하다. 그 뒤로는 벤야민이 본인의
작업을 묘사할 때 이 용어를 사용하는 일이 한동안 없
다가, 1929년에 「흙먼지로 흩어져버린」을 가리킬 때 다
시 사용한다.[15]

오랫동안 한갓 "미성숙기 작품(juvenilia)"[16]으
로 일축당해온 이 텍스트들은 학술적 관심을 받은 적이

거의 없다. 1930년대의 벤야민은 바이마르공화국의 국영 라디오 방송 대본을 쓰던 그 시기에(이 글들도 그의 초기 픽션과 마찬가지로 중요하지 않은 작업으로 간주되어 왔다), 픽션 작업도 재개했다. 이 시기의 그는 다량의 짧은 픽션을 신문과 잡지에 실었는데, 많은 경우 그가 게르솜 숄렘에게 말했던 대로 "현실적인 동기"에서 쓴 글이었다.[17]([「고독의 이야기들」을 포함해서 이 책 2부 「여행」에 실린 글 가운데 여러 편이 이 시기의 것들이다.[18])

벤야민의 초기 픽션을 경시하는 분위기가 무슨 이유 때문인지 널리 퍼져 있기는 하지만(이 글들은 1972년에 그의 '짧은 산문'을 묶은 『전집 4-2』에서도 누락되었고, 1991년에 『전집 7』에 부록으로 실리면서 처음으로 세상에 나왔다), 이 글들은 최소한 두 가지 이유로 매우 흥미롭다. 첫째, 벤야민의 다른 작업에서 거의 나타나지 않는 서사 기법들이 두드러진다. 예컨대 2인칭과 3인칭이 평소와 다르게 쓰인다. 둘째(이것이 더 중요한데), 벤야민의 초기 픽션은 그가 이후에 발전시키게 될 이론적 관심사들을 다수 선취하고 있다. 그의 동화 같은 산문들에서는 특히 아동기와 공상이 전면화된다.

우리가 이러한 교차를 인정한다면, 벤야민이 공상에 대해 논의하는 여러 글들과 그의 이야기들의 직접적 관계를 확인할 수 있다. 예를 들어, 「아동 도서의 전망」(1926)에서 벤야민은 이렇게 말한다. "색채는 공상의 매체, 곧 놀이하는 아이의 구름-집이다."[19] 이 잠언 같은 공식에는 1915년에서 1916년 사이에 처음 출현했던 생각들—①"공상"은 (의도적으로 제약적인 칸트적 의미의 "상상, 구상"과는 달리) "오직 색채"에 묶여 있는 개념이다. ②"데포르마시옹"[과장, 변형]을 수반하는 지각은 구름, 무지개 등등의 무정형성과 관련되어 있다. ③"세상의 모든 데포르마시옹은 고통 없는 세상을 공상할 것이다"—이 압축되어 있다.[20] 괴테와 룽에 사이의 거리, 호프만과 셰어바르트* 사이의 거리는 그리 멀지 않다. 의미심장하게도 벤야민은 이러한 특성을 아동기와 연결한다. 엘리 프리들란더의 말대로, "전적으로 수용적으로, 비창조적으로 실재한다는 것, 곧 천국의 질서를 따른다는 것, 고통 없이 변형되고 해체된다는 것, 판단을 내리거나 개념을 잡기에 앞서 동경하거나 욕망하지 않으면서 식별한다는 것은 […] 아이들의 특권이다."[21] 이런 감수성은 「황후의 아침」에서 강력하게 표현되어 있다. 예를 들면 이런 대목이다. "아이들"

---

* 필리프 오토 룽에는 독일 낭만주의 화가, E. T. A. 호프만은 독일 낭만주의 문학가, 파울 셰어바르트는 독일 표현주의 문학가다. 모두 18세기 후반부터 19세기 초반까지 활동했다.

은 황후의 은밀한 질문을 이해해주는 것 같았지만, 황후는 "천둥의 언어를 이해할 수 있는 정도로밖에는" 아이들의 언어를 이해할 수 없었다.

　　우리가 이런 사유에 함축되어 있는 장기적인 영향력을 일목요연하게 정리하지 못한다고 해도, 벤야민이 했던 생각들의 암시적 위력이 그의 픽션에도 되비쳐진다는 점을 알아보는 것은 가능하다.[22] 「어느 크고 오래된 도시에서」에서는 여덟 살짜리 아이에 대한 묘사가 그런 맥락에서 생동감을 얻고(아이는 자기 후견인의 "옷에 수놓인 이상하고 잡다한 꽃들을 큰 눈으로 유심히 살피"고 있다), 「저녁의 목신」에서는 색채의 결정적 용도가 이런 맥락에서 결정되며(저녁 어스름은 "연황색 마술 붕대"를 직조해 "눈이 쌓인 산봉우리들과 숲이 우거진 낮은 언덕들"을 감싼다), 꿈결 같은 풍경 속에서 펼쳐지는 으스스한 배회라는 단골 테마는 바로 이 맥락에 좌우된다.(「실러와 괴테」의 경우, "검은 산"에서 "녹색과 흰색과 기타 여러 가지 색이 아주 곱게" 빛나고 있는데, 거기서 E. T. A. 호프만이 "바로크 양식의 반쯤 쓰러진 바위 위에서" 빛나고 있다.) 자주 등장하는 날씨의 비유는 전혀 다른 맥락을 갖는다. 예를 들어 「건강염려증 환자가 있는 풍경」을 보면, 유사 피학성을 특징으로 하는 철저하게 자동화된 요양소에 대해 설명할 때

"폭풍우"가 도입부 역할을 한다.

1부에는 꿈을 기록한 일기도 실려 있다. 하지만 벤야민이 자기가 꾼 꿈을 최대한 충실하게 기록하기 위해 따로 지속적 노력을 기울였느냐 하면 그렇지는 않다. 미출간 자료 상태로 남아 있던 꿈 메모들은 주로 1920년대 후반에서 1930년대 초반까지 쓴 것들이다.(이 글들은 부르크하르트 린트너가 2008년에 펴낸 『꿈』[23]에 묶여 있는데, 우리 책에 실린 꿈 메모들은 주로 『꿈』에 실려 있는 형태를 작업본으로 삼았다.) 간밤에 꾼 꿈을 자고 일어나자마자 적어놓았던 아도르노와는 달리 (아도르노는 주석 없는 꿈 일기를 출간하고 싶어했고 예외적인 경우에만 꿈 내용에 변경을 가했다) 벤야민은 사후적으로 꿈 내용을 다듬고 세세한 요소들을 생략한다.[24] 그 증거로, 벤야민의 자필 원고들은 교정과 수정으로 빼곡하고, 신문과 잡지에 게재될 글들은 거기서 더 변경이 가해져 있다.

벤야민의 친구, 연인, 적대자, 지인 들이 그의 꿈에 얼마나 많이 나오는지를 생각해볼 때, 꿈 내용에 가공과 검열이 있었다고 해도 그것이 그리 놀라운 일은 아니다. 극작가이자 단편소설 작가 카를 슈테른하임, 작가 겸 의사 알프레트 되블린, 화가 투트 블라우폿 턴 카터, 출판인 아드리엔 모니에, 문헌학자 구스타프 뢰테도 그의 꿈에 나온 인물들이다. 1933년 꿈 기록 가운데 하나(타자 원고)를 보면, 벤야민 자신의 남동생이 나오는 대목과 함께 되블린과 슈테른베르크 서클이 나오는 대목이 굵은 연필로 지워져 있다.[25] 자화상 연작 초고들을 보면, 한 초고에서는 율라 콘이 "애인"으로 나오는데 수정된 초고에서는 그냥 "여자 친구"로 나온다. 카페 장면이 나오는 글의 한 초고를 보면 나치가 카페를 급습하는데, 수정된 초고에서는 "폭도"가 카페를 급습하는 것으로 바뀐다.[26] 이 꿈의 경우에는 국가가 검열자 역할을 한 것이 분명하지만, 꿈의 왜곡은 꿈의 메시지로부터의 자기 보호라는 심리 기제로도 이해되어야 한다.

밤의 에너지가 언어적 재현 과정을 통해 낮의 손아귀에 붙잡히면, 억압된 욕망과 소망이 모종의 망각 과정을 통해 증발해버리는 일은 불가능해진다. 『일방통행로』에서 벤야민은 이렇게 붙잡는 글쓰기를 배신과 동일시한다.[27] 그런 글을 쓸 때마다 잠재적 욕망과 직면해야 하기 때문이다. 꿈을 꾸고 일어난 사람이 음식을 먹음으로써 밤으로부터 등을 돌리듯, 작가는 펜을 쥠으로써 밤으로부터 등을 돌린다. 검열은 꿈을 꾼 사람을 그 꿈으로부터 보호하기 위해 작동한다. 가공은 기억과 언어의 미흡함에 맞서 꿈 경험의 생생함을 포착하기 위해 작동한다. 하지만 검열에는 한계가 있다. 독자가 프로이트에 익숙할 때, 꿈을 기록하는 글은 욕망을 대놓고 선언하는 글로 읽힌다. 숨은 욕망은 분석자에게 반응하는 피분석자의 말에서보다 그런 글에서 오히려 더 잘 드러난다고도 할 수 있다. 상징이 병리로 읽힐 때, 벤야민의 상징적 기록은 병리의 공적 선언으로 읽힌다.

꿈을 다듬는 일이 꿈을 해석하거나 분석할 때 문제가 된 적은 없다. 이야기의 의미란 이야기를 들려주고 다시 들려주는 데서, 기억하고 잘못 기억하는 데서 끌어내지는 것인지도 모르니까. 이런 행위들을 통해 잠재적 내용(꿈의 소망과 욕망)이 명시적 내용(세부 사항과 사건)보다 중요해지는 것인지도 모르니까. 아도르노의 유명한 추론에 따르면, 정신분석에서 진리는 과장하는 데서 찾아진다.[28] 꿈 자체가 이미 어느 정도 과장되어 있다. 꿈이라는 것이 보편적인 현상이고, 꿈에 나오는 대상과 꿈이 취하는 형상은 무한히 많고 다양하지만, 형식은 어떤 표준을 가지고 있다. 꿈을 문학 형식의 하나로 읽는 독자는 꿈에서 선형적 내러티브가 와해되는 경향을 본다. 그런 의미에서 꿈은 모더니즘 형식에 선행했던 모더니즘 미학을 대변하지만, 이런 설명만으로는 꿈 형식의 중요성을 모두 아우를 수 없다. 모더니티의 조건들 아래에서 부서져온 모든 것이 꿈과 꿈 기록 속에서 더 심하게 부서진다.

꿈의 속성은 자연 법칙이 유보된다는 것이다. 별개의 것들이 섞이고, 물리법칙들은 작동하지 않고, 공간에 균열이 생기고, 사건들은 직선으로 순서 없이 발생하고, 자연은 (어떤 글에서는) 철저하게 뒤집힌다. 형체 있는 것이 벽을 통과하고, 사자가 공중제비를 넘는다. 그런 의미에서 꿈은 구출된 자연(또는 그저 대안적 자연)의 이미지를 제공하기 위해 법칙의 굳어짐에 저항하는 작업이다.[29] 하지만 이러한 경향이 벤야민의 꿈에만 나타나는 고유한 경향이 아니라는 점은 언급되어야 한다. 우리 책에 실린 꿈 이야기들에서 놀라운 점은 이 꿈들이 얼마나 평범한가 하는 것이다. 물리적, 정치적, 심리적 제약을 벗어난 상태에서 욕망을 표현하는 꿈을 내러티브 형식으로 기록했을 경우, 여기서 메아리치는 욕망은 낮이 쉽게 떠올릴 수 없는 세계를 향한 흔한 욕망이기 때문이다. 벤야민이 『파사주 작업』의 K 뭉치에서 융의 '집단 무의식' 이미지를 지지한 것, 그것이 원조 파시즘이라는 반대 의견[30]에도 불구하고 그 지지를 철회하지 않은 것은 이런 경향성에 대한 인정으로 이해할 수 있다. 꿈은 현 상태에 저항하는 방향으로 작동할 뿐 아니라 보편적 집단적 충동을 통과하면서 작동한다.

그것이 곧 꿈이 자연의 바깥, 역사의 바깥에

있다는 뜻은 아니다. 오히려 그러한 자연적 조건이나 역사적 조건은 꿈의 경향성을 추동하고 제약한다. 벤야민이 짧은 스케치 「꿈 키치」(1925) 첫 문단에서 말하듯, "꿈은 옛날 옛적부터 전쟁의 시작, 즉 전쟁을 하라는 명령이었고, 전쟁은 옛날 옛적부터 꿈의 옳고 그름을 구별 짓는 기준, 아니, 어디까지가 꿈이고 어디부터가 현실인지 그 경계를 결정짓는 기준이었다."[31] 꿈은 역사를 형태화하고 역사에 의해 형태화된다. 꿈과 몽상은 꿈 속 세계로 쫓겨난 우리 세계의 표현이다. 꿈을 읽으려면 역사적으로 읽어야 한다. 다시 말해, 꿈이 친숙한 것들로부터, 개인적 신경증들로부터 어떻게 떨어져 나오는지를 읽어내야 한다. (잠 자체는 그대로라고 해도) 꿈 내용은 20세기 들어 10년이 멀다 하고 바뀌어왔는데, 벤야민은 잘 때 꾸는 꿈의 무경계성을 일반적 보편적 욕망으로 환영하는 것은 아니다. 꿈의 문이 모든 것에 열려 있는 것은 아니다. 꿈이 욕망이라면, 그 욕망을 조건 짓는 것, 아니 "결정짓는" 것은 역사다.[32] 꿈은 불안, 키치, 잔인이라는 조건들을 파괴하는 쪽을 가리키고 있는 것에 못지않게 불안, 키치, 잔인 그 자체를 부여잡고 있다. 꿈과 몽상은 우리 세계의 뒤집기인 것에 못지않게 우리 세계 그 자체의 표현이며, 우리는 바로 이런 이중 운동 속에서 꿈의 유용함을 발견하고 동원할 수 있다. 꿈을 기록하는 과정은 기억과 욕망의 무정형 덩어리를 응고시킬 수도 있고, 그렇게 꿈의 최초 이미지를 너무 노골적으로 언어화함으로써 꿈을 배반할 수도 있다. 하지만 여전히 꿈은 낮의 조건들에 저항하는 작업, 아마도 그 조건들을 압도하려고 하는 작업이다.

## 여행

발터 벤야민은 어렸을 때부터 여행에 대한 사랑을 천명했다. 그의 주장에 따르면 그의 여행 사랑은 할머니를 통해 북돋워졌다. 그의 할머니는 육지와 바다를 종횡무진하며 모험을 즐기는 여행가였고, 할머니로부터 받은 엽서들을 보며 상상의 날개를 펼쳐보던 그는 일찍부터 꿈만 같은 "타바르츠, 브린디시, 마돈나 디 캄필리오"* 여행을 하면서 대양을 가로질렀다.[33] 성인이 되어서는 유럽 전역을 여행했는데(북쪽으로는 스칸디나비아 최북단까지, 동쪽으로는 모스크바와 리가까지, 서쪽으로는 파리까지), 그를 끌어당긴 것은 남쪽(마르세유, 나폴

---

\* 타바르츠는 독일 중부 지역에 있는 작은 마을, 브린디시는 이탈리아 동남부 지역에 있는 해안 도시, 마돈나 디 캄필리오는 알프스 돌로미티산맥 서쪽 끝에 자리한 이탈리아 지역이다.

리, 카프리, 이비사)이었다. 그의 픽션에는 남쪽의 지중
해 연안이 여러 차례 등장한다. 이렇게 보면, 그는 독일
낭만주의자들의 발자취를 따라가고 있다.(그들에게는
특히 이탈리아가 매혹의 원천이었다.) 이탈리아 여행기
를 쓰는 독일 작가들은 국내에서의 일상적 현실과 차가
운 독일 사회로부터의 탈출을 약속하는 어떤 목가적인
남쪽 나라(상상 속 국외)를 이분법적으로 양분하는 경
우가 많았다. 독일인의 심리에서 북쪽 나라와 남쪽 나
라는 화해 불가능한 두 극단을 상징했다.

벤야민은 1917년 독일에서 빠져나와 다른 거
처(베른, 카프리, 모스크바, 이비사, 파리, 덴마크)에서
살아보기 시작했다. 1920년대 후반에서 1930년대 초반
사이에는 독일로 돌아가 라디오 프로그램 대본, 신문
기사, 서평을 쓰면서 생활해보기도 했지만, 변해가는
시대를 실감할 수밖에 없었다. 프리랜서 작가로서 일감
이 불안정했으니, 그는 늘 가장 싼값으로 먹고 자고 읽
고 쓸 수 있는 곳을 찾았다. 1931년에 쓴 일기에는 돈이
떨어졌는데 지중해 연안의 어느 섬 어느 동굴에서 살
아볼까 하는 생각을 진지하게 하고 있다는 내용도 나온
다.[34] 베를린으로 돌아가지 않기 위해서라면 어떤 궁핍
함도 참아내겠다는 것이었다. 부르주아 가정이라는 완
충 공간에서 유년기를 보냈지만 역사의 위력이라는 바

람에 날려 무산자의 휑뎅그렁한 동굴에 떨어진 사람.

도시 공간들, 특히 지나가던 여행자가 우연히 목격한 의외의 공간은 이야기 소재가 될 수 있다. 여기서는 삶과 장소가 밀접하게 연결되어 있는 만큼, 이런 곳의 주시자가 되면 수천 가지 비극, 범법, 이루지 못한 사랑, 이루어진 사랑 들을 알아볼 수 있다. 도시는 역사를 흡수하면서 권력의 표식을 반영하고 또 굴절시킨다. 이런 이야기의 배경 중 하나인 파리에서 오랫동안 배회한 뒤, 벤야민은 『파사주 작업』에서 이렇게 전한다.

> 벨빌에는 모로코 광장이 있다. 임대아파트 단지라는 돌무덤. 어느 일요일 오후에 우연히 그곳을 맞닥뜨린 나에게, 그곳은 모로코의 어느 황무지로 다가왔을 뿐 아니라 식민 제국주의의 기념비로 다가왔다. 지형과 알레고리적 의미가 밀접하게 연결되어 있었지만, 벨빌 중심부라는 위치성을 잃는 것은 아니었다.[35]

벨빌은 시각의 다중화를 통해 포착된다. 지형적 시각에서는 땅의 생김새, 곧 우뚝 솟은 곳들과 움푹 파인 곳들이 포착되고(모로코 광장의 경우에는 불량 석재와 저질 주택에서 사막이 환기된다), 역사적 시각에서는 식민

제국주의가—프랑스인들의 모로코 강취, 모로코의 피폐함 등등 정치사와 윤리성의 맥락에서 상정될 수 있는 모든 것이—포착된다. 벤야민은 계속해서 이렇게 전한다.

> 그러나 이런 직관을 일깨우는 일은 대개 각성제가 담당한다. 실제로 모로코 광장 같은 도로명은 실제로 우리의 지각을 더 넓고 더 다층적으로 만들어주는 각성 물질처럼 작용한다. 우리를 그런 상태로 내모는 힘을 환기력이라고 표현하는 것도 가능하겠지만, 여기서 결정적인 것은 심상의 연관성이 아니라 심상들 사이의 삼투인 만큼, 부족한 표현이다.[36]

에너지로 충전되어 있는 도로명은 모든 행인에게 주어진 시다. 그가 도로명에 열려 있다면 그것의 의미와 연상은 점점 확장된다. 그는 결국 의미의 폭포, 연상의 급류에 휘말리고, 그렇게 정치적 역사적 인식 속으로, 감정적 진실 속으로 끌려들어가거나 거기서 끌려나온다.(「흙먼지로 흩어져버린」에 나오는 도로명 말장난이 여기서 선명해진다.) 벤야민은 사물들을 목격하면서 심상들을 서로 삼투하게 한다.(에너지를 보유하는 공간이 그렇게 하나의 장소로 압축됨으로써 에너지는 최대한 강력한 상태로 집약된다.) 마찬가지로, 짧은 픽션 형식은 에너지를 두어 페이지로 압축함으로써 이미 존재하고 있는 현실들과 언젠가 존재할 수 있는 현실들의 농축물로 작용한다. 일기 형식과 마찬가지로 그런 픽션들은 만질 수 있고 알아볼 수 있는 세계의 무언가를 기록하기도 하지만, 우리의 마주침과 드러남이, 때로 마법처럼 판타지처럼 압도적이고 신비한 경험이 되는 방식들을 꺼내놓기도 한다.

여행한다는 것은 친숙한 것들을 뒤로하고 떠난다는 뜻이다. 다만 친숙한 것에도 비밀스러운 측면이 있다는 점은 지적되어야 한다. 벤야민도 베를린을 알렉산드리아 희가극의 무대로 제시함으로써 베를린을 낯설게 만드는 프란츠 헤셀의 소설『내밀한 베를린』에 대한 서평에서, 그 점을 분명히 했다. 여행은 새로운 규칙과 새로운 생활을 가능하게 한다.「마스코테호의 항해」에서 선상은 바다 위의 "마법 도시"다. 광란이 규범이고 선장은 아무 권위도 없다. 하지만 시간이 가면서 선상의 혁명정신은 행동을 틀어막는 어마어마한 관료주의로 변질된다. 서평 에세이「범죄소설은 여행 중」에서 벤야민은 어떻게 기차 객실이 신화 속 공간이 되어 다양한 유령의 지배 아래 놓이는지 상세하게 묘사한다. 고독한 승객은 책 속 세계(평상시와는 다른 세계)에 노출되어 있고, 독서의 리듬은 달리는 기차의 리듬에 맞추어져 있다. 기차역은 다른 세계로 들어가는 문턱이다. 항구도 마찬가지다. 여행은 문턱을 가시화한다. 예컨대 「북유럽 바다」에서 벤야민은 집의 정확한 경계를 결정하기 위해 문간에 서 있는 여자들을 관찰한다. 이런 여행담에서는 합리적 이성의 세계와 망상의 세계를 나누는 문턱이 낮아진다. 「흙먼지로 흩어져버린」의 한 대목에서 여행자는 어느 사악한 여자의 이름을 감추고 있다는 초기 고딕양식의 손상된 돌림띠와 맞닥뜨린 뒤에 "다른 차원으로 끌어올려져서 마법에서 풀려난 상태이면서 동시에 선명해진 상태"를 마주하게 된다. 벤야민의 글에서는 이런 성애적 동경, 특히 도시 공간에서 자극받은 동경이 줄기차게 등장한다. 초기작 「숨기고 있던 이야기」에서는 남학생이 여학생을 집 앞까지 따라가는 여정이 묘사된다. 도시 그 자체가 문턱이 된다.

이런 이야기 중 여러 편이 이비사에서 집필되었고 이비사를 배경으로 삼고 있다. 벤야민은 현지 주민의 삶과 대도시에서 온 외지인의 삶의 차이에서 매력을 느낀 듯하다. 외지인은 대개 과거의 생활을 더 이상 영위할 수 없게 된 망명자로서 섬이 보내오는 신호들을 오해하거나 오독하는 경우도 있다. 예컨대 「성벽」에서 존재하지 않는 곳을 찾아 헤매던 화자는 그곳을 찾기 시작했던 바로 그곳에서 그곳을 되찾은 뒤에야 그곳에 대한 오해를 푼다. 여행은 어딘가로 인도한다. 가서는 안 되는 곳으로 유인하기도 한다. 하지만 그곳에 가게 된 사람은 가지 않았더라면 알 수 없었을 많은 것을 목격하게 된다.

## 놀이와 교육론

1933년 9월, 이비사에서 파리로 가는 여행길에서 벤야민은 수많은 수수께끼를 만들어냈다. 이것은 벤야민, 아내 도라, 벤야민의 동생 게오르크 세 사람의 오랜 취미 활동이었다. 세 사람은 누군가의 생일이나 크리스마스가 되면 의례를 치르듯 수수께끼를 교환했다. 그는 슈테판이 아이였을 때 그 어린 아들이 사용하는 단어들과 표현들을 수집하는 데 열심이었고, 마찬가지로 한 줌의 단어를 마주한 아이들이 언어를 배치하는 방식이 불러일으키는 통찰을 모아들이는 데도 열심이었다.[37] 그 한 예는 벤야민이 1926년에서 1927년으로 넘어가는 겨울에 모스크바에 체류하면서 구성한 「문장 공상」이다. 이 글은 아샤 라치스의 딸 다가의 응답을 토대로 구성한 것으로 추정된다. 벤야민이 1931년에 진행한 〈라디오 게임: 제시어를 사용하는 시인들〉이라는 라디오 프로그램은 비슷한 실험의 확장형이었다. 바로크 양식의 실내 게임을 기반으로 고안된 프로그램으로, 방송에서 서로 무관해 보이는 일련의 단어들을 알려주면 청취자는 그 제시어들을 가지고 문장을 구성하는 방식이었다. 이 프로그램은 전해지지 않고 있지만, 청취자들이 보내온 응답들은 라디오 방송국의 신문 〈쥐트베스트도이체 룬트풍크-차이트슈리프트〉에 게재된 형태로 남아 있다.[38] 독일어가 다른 언어로 옮겨지는 과정은 이 게임의 메커니즘을 잘 보여준다. 벤야민의 표현을 빌리면 이 게임은 제시어로 시 쓰기다. 각각의 응답이 한 무더기의 유추 관계를 열어젖힌다. 한 단어가 다른 단어와 새로운 관계를 맺을 때면 (각 단어는 여러 개의 의미를 갖는다), 의미가 새로운 성좌로 확정되곤 한다. 공상에 뿌리를 둔 교육론, 기존 의미들의 데포르마시옹에 뿌리를 둔 교육론이 여기 있는데, 교육론에 대한 관심은 벤야민이 세계대전 이전 청년 운동 지도부였던 시기로까지 거슬러 올라간다.

이렇게 구상된 교육론은 유희(play)와 분리될 수 없다. 유희는 벤야민의 사유에서 중심적 위치를 차지한다. 유희는 여러 가지 모습으로 나타나되 아이들 특유의 무언가로 나타난다. 유희에는 신들이 인류를 상대로 행하는 무언가인 면도 있다. "수집가들은 어쩌면 미치광이. 단, 프랑스어 lunatique[루나티크, 달의 영향을 받아 변덕스러운]의 의미에서. 달의 영향 아래 있다는 의미에서. 그들 자신도 어쩌면 장난감. 그래도 행운의 여신 튀케의 장난감."[39] 벤야민은 예술 작품을 기계로 복제할 수 있는 시대에 관해서 쓴 글들에서 활동 영역(Spielraum) 개념을 발전시키는데, 그 개념 속에 유희가 심겨 있다. "기술력은 인간을 강제 노동으로부터 해방시키는 것을 목표로 삼는다. 개인은 자기의 활동 영역이 단번에 확장되었음을 알게 된다. 개인은 아직 이 영역을 잘 모르지만 자기의 요구들을 이 영역에 제출하고 있다."[40] 활동 영역이 어떤 역할이나 어떤 계획을 위한 영역, 어떤 모색이 가능한 영역이라고 한다면, 활동 영역은 곧 유희 영역이다. 여기서 말하는 유희는 기술력 변화의 결과이자 기술력 변화와 공존한다. 자아를 세계 속에서 재구성하는 것이 유희다. 그런 의미에서 유희 영역은 상상 속의 영역으로서, 영화나 라디오 같은 형식에 갇혀 있는 거주 능력과 습관화 능력을 펼칠 가능성이다. 하지만 벤야민에게 유희는 좀 더 보편적인 무언가이기도 했다. 유희는 모든 아이가 하고 싶어하는 그것, 곧 놀이다. 아이가 존재하는 곳이라면 어디든 놀이 공간이 펼쳐질 가능성이 있다. 그런 의미에서 유희 영역은 상상력을 환기하고 확장한다. 유희 영역은 운동성 사유 능력을 발달시키는데, 이런 능력은 아이들의 흔한 말실수에서 분명하게 드러난다. 유희 영역은 착각과 오해를 통해 펼쳐진다. 유희 영역은 아이들로 하여금 동화와 우스꽝스러운 이야기가 펼쳐지는 사행성 (speculative) 공간을 좋아하게 한다.

하지만 유희, 곧 놀이는 속세로부터 멀리 떨어져 있는 무언가가 아니다. 놀이를 하려면 장난감이 있어야 하고, 장난감은 노동의 세계를 배경으로, 특정한 형태의 사회관계망을 배경으로 출현한다. 벤야민이 이런 생각을 정리한 것은 1926년에서 1927년으로 넘어가는 겨울 모스크바에 체류하는 동안 한 소비에트 박물관에서 러시아 장난감들을 보았을 때였다.[41] 수공예 노동으로 제작되어 박물관에서 안전한 망명지를 찾은 장난감들. 박물관 진열장 밖에서는 살아남지 못할 장난감들. 그런 장난감들을 만들어낸 관계망이 죽어가고 있었다. 귀한 것들이었지만 예술 작품일 수는 없었다. 그것들을 만들어낸 손과의 관계 때문, 그것들을 가지고 놀손과의 관계의 때문이었다. 벤야민은 한 메모에 이렇게 적었다. "장난감은 도구이지 예술품이 아니다."[42] 다시말해 장난감은 더 큰 무언가의 모형인 만큼, 아이는 장난감이라는 도구를 가지고 더 큰 것들의 세계를 포착할수 있다. 손으로 만든 도구이면서 아이가 놀 때 손으로부리는 도구인 장난감을 가지고 아이는 놀이의 세계로 가는 길을, 그리고 놀이의 세계를 넘어 진짜 세상으로 가는 길을 열어낼 수 있다.

벤야민이 혁명적 정비 전략들을 상상해보는 대목 속에도 놀이가 있다. 그의 1928년 서평 에세이 「장난감과 놀이」는 아이들이 하는 놀이의 반복적 측면을 논의하고 있다.[43] 아이들이 어떻게 노는지를 논의하는 이 에세이에 따르면, 이것은 지금껏 내팽개쳐져 있던 주제다. 그의 한 발 더 나아간 논의에 따르면, 아이들이 하는 놀이는 스스로를 넘어서는 사유 방식을 꾀한다는 의미에서 민예 형식, 곧 본보기라는 또 하나의 '프리미티비즘' 형식과 매우 비슷하다고 주장한다. "민예와 아이의 세계관은 공동체적 구성물로 파악되어야 했다."[44] 아이들은 새로운 공동체라는 형식을 띤다. 벤야민에 따르면 공동체적 사유 양식은 러시아혁명에서 역사적 형체를 얻는다. 그의 포스트 혁명기 모스크바 관찰기에 따르면, "해방된 프롤레타리아의 자부심은 해방된 아이들의 여유로움에 상응한다."[45] 볼셰비키는 공동체 해방의 행동을 (아니면 적어도 그러한 행동을 가리키는 기호를) 아이들의 삶과 이어 붙였다. 「프롤레타리아 아동극단 강령」(1929)에서 벤야민은 이렇게 적는다. "볼셰비키의 손이 처음 들어 올린 것이 붉은 깃발이었듯, 그들의 본능이 처음 조직화한 것은 아이들이었다."[46]

아이들이 있는 곳에는 공부도 있다. 놀이를 교육론으로부터 분리시키지 않았던 벤야민은 다양한 서평과 저술에서 교육론으로 거듭 되돌아갔는데, 그 시작은 그가 처음 지면에 발표한 1912년의 글이다. 이 글은 릴리 브라운의 『청소년 해방: 재학생 대상 연설』을 신랄하게 분석한 비평이었다.[47] 벤야민에 따르면, "**젊은 사람**이라는 자기 인식 아래, 드높은 의미와 목표를 품고 살아가는 새 시대의 청소년"[48]은 현재의 학교를 폐허로 그린다. 그들은 의식을, 통각 양식과 인지 양식을 혁명한다.(이 논점은 공상에 관한 후속 작업을 선취한다.) 벤야민이 성숙해감에 따라 놀이와 장난이 학습(부르주아 윤리학을 탈학습하고 전쟁 교육과 살상 교육을 약화시킬 공산주의적 학습)을 촉진한다는 그의 초기 통찰도 살을 붙여간다. 예를 들어, 벤야민의 「네 가지 이야기」는 한편으로는 예로부터 전해 내려오는 비유담에 표현되어 있는 민중의 지혜를 차용하면서, 다른 한편으로는 일화의 형식을 현대판 배움의 모델로 사용하는 브레히트의 작업을 반향하고 있다. 윤리학이 모더니즘 정치학에 의해 허물어진다.

벤야민은 독일 라디오 방송국에서 아동·청소년을 대상으로 정기적으로 강연을 하면서 자기만의 방식으로 교육론을 실험해나갔다. 강연 소재로는 밀주업자, 베를린 방언, 폼페이 화석, 위조 우표, 슬럼 주택, 제조업, 카스파르 하우저 전설, 바스티유 감옥의 역사, 마녀재판, 장난감의 역사 등이 있었다. 벤야민은 베를린의 역사와 베를린에서 호기심을 유발하는 것들에 대해, 삶의 이면을 가르쳐주는 인물들에 대해, 대참사에 대해 이야기했다. 이런 방송 강연들뿐 아니라 수수께끼나 퍼즐 문제를 내는 장난스러운 방송 프로그램들을 통해 벤야민은 베를린과 프랑크푸르트의 아이들을 두 도시(그곳의 방언, 그곳의 주택)의 인습적 역사를 사유하고 지각하고 맥락을 만들고 대항하는 다양한 방식들 속으로 데려간다. 이로써 한 도시 안에 공존하는 여러 도시가 드러나고 각 도시의 존재 형태들이 조명된다.

　　　　놀이를 뜻하는 독일어는 Spiel[슈필]이다. 이 단어는 노름과도 연결된다. Spieler[슈필러]는 도박꾼이다. 벤야민의 작업에서는 도박이라는 행위와 도박꾼이라는 인물이 여러 장면에서 나타난다. 도박은 변질된 점술이다.『파사주 작업』중「성매매, 도박」묶음에서 벤야민은 점술과 도박이 어떻게 연결되는지 궁금해한다. "점술용 카드가 놀이용 카드보다 먼저 존재하지 않았을까? 이는 카드 놀이의 변질을 보여주는 것이 아닐까? 미래를 미리 아는 일은 카드 놀이에서도 매우 중요하니 말이다."[49]『파사주 작업』1차 개요에서 벤야민은 자판기들과 신들을 잇는 연결선을 그어본다.

> 스케이트장이나 당일치기 여행지의 술집이나
> 테니스 코트로 들어가는 입구에: 수호신들이
> 있다. 황금 초콜릿을 낳는 암탉, 동전을 넣으
> 면 이름을 인쇄해주는 자판기, 사행성 오락기,
> 운세 자판기가 문턱을 지키고 있다. 특이하게
> 도 그런 것들이 많이 보이는 곳은 시내가 아니
> 라, 외곽의 유원지나 술집이다. 일요일 오후에
> 떠나는 여행은 푸른 자연을 향하기도 하지만
> 불가사의한 문턱을 향하기도 한다. 추신: 동전
> 을 넣으면 체중을 표시해주는 자판기는 "너 자
> 신을 알라"의 현대적 변형이다.[50]

게임을 하는 사람(몸을 움직이는 종류의 게임이라면),
도박판에서 룰렛 바퀴 위에 공을 올리거나 판에 카드
를 까는 사람, 카드나 동물 내장이나 별을 보면서 점을
치는 사람은 그때그때 어떻게 움직여야 하는지를 부지
불식간에 몸으로 알게 될 뿐이다. 성공적으로 움직이
려면, 의식 아래에서 작동하는 운동 반사를 동원해야
한다. 이것은 운명의 모습으로 나타나기도 하고, 「행운
의 손」에서는 몸과 세계 질서 간의 교감으로 현존하기

도 한다.(벤야민은 이 지점으로 거듭 되돌아간다.) 하지만 이런 이야기에서도 도박이 완전히 신비의 영역으로 넘어가지는 않는다. 도박꾼이 잘못 판단하거나 잘못 움직이거나 속임수를 쓰는 경우도 있을 수 있다. 벤야민에 따르면, "충격의 형태를 띠는 체험의 전형은 파국이다. 이 점은 도박에서 매우 분명해진다. 잃은 것을 만회하기 위해 판돈을 점점 올림으로써 철저한 파멸을 향해 직진하는 도박꾼을 보라."[51] 벤야민이 볼 때는 운명뿐 아니라 운명을 시험하는 도박에도 역사유물론적 측면이 있다. 19세기 자본주의의 충격적 측면 중 하나는, 『파사주 작업』에 그려져 있는 대로, 사회적 역사적 힘들을 운명으로 둔갑시킨다는 것, 당연시하는 동시에 신화화한다는 것이다. 이러한 당연시와 신화화가 취하는 형식은 다양했다. 예컨대 주식과 지분을 오르락내리락하는 자동 추진체 같은 것으로 보는 언어는 가치 형식에 대한 오해(또는 무지)의 결과다. 시장을 가지고 논다는 표현이 그렇고, 대규모 파괴에 대한 예측들이 그렇다. 벤야민은 폴 라파르그의 「신에 대한 믿음을 야기하는 근본 원인들」(1906)을 인용한다.

> 자본주의 사회가 거대한 국제 도박장으로 변하는 정도는 현대 경제가 발전할수록 점점 심

화되는 경향이 있다.(부르주아는 어떤 사건들로 인해 자본을 따거나 잃게 되지만 그것이 어떤 사건들인가에 대해서는 무지한 만큼, 그에게 사회는 곧 도박장이다.) […] 부르주아 사회에서 '불가사의'는 도박장에서처럼 신격화된다. […] 이렇듯 성공과 실패가 예측 불허의 원인들로부터 기인하는 만큼(그런 원인들은 대체로 불가사의하고 그저 우연에 좌우되는 것처럼 보인다) 부르주아의 정신 상태는 도박꾼과 비슷해진다. […] 자본가의 부를 좌우하는 것이 주가인 만큼(자본가는 주식의 가격과 배당액이 왜 그렇게 오르내리는가에 무지하다), 자본가는 전문 도박꾼이다. 하지만 도박꾼들은 […] 매우 미신적인 사람들이라서, 도박장 단골이라면 누구든 악운을 쫓는 마법 기술을 한 가지씩은 가지고 있다. 어떤 사람은 파도바의 성 안토니우스에게 (아니면 천국의 영혼 아무나에게) 기도의 말을 중얼거리고, 또 어떤 사람은 정해놓았던 색으로 딴 다음에만 돈을 걸고, 또 어떤 사람은 박제한 토끼 뒷발을 왼손으로 움켜쥔다. 야만인이 자연 질서의 불가사의에 둘러싸여 있었듯, 부르주아는 사회질

서의 불가사의에 둘러싸여 있다.[52]

놀이와 노름, 장난감과 흉내 내기—이것들이 세계를 여는 균열선들이다. 하지만 놀이 충동은 퇴행한다. 꿈과 몽상으로, 소원과 동경으로, 제일 크게 한탕하고 싶다는 도박꾼의 갈망으로 퇴행하고, 경제 규칙의 파국을 무마하거나 외면하고 싶은 마음으로 퇴행한다. 「기초를 푸르게」에서 벤야민은 톰 자이데만-프로이트가 아동 학습 입문서에서 보여주는 태도—"과장된 나댐"—에 경의를 표한다. 벤야민의 모든 픽션 작품은, 밤의 꿈과 공상이 등장하는 초기작들의 무모한 과잉이든, 나그네들과 모험가들의 허풍이든, 기원 신화들과 수수께끼들의 허무맹랑한 논법이든, 그런 태도가 바탕이 된다. 벤야민은 최고의 이야기꾼인 프루스트에 대해 이렇게 썼다. "그는 그리움에 상처투성이가 되어 침대에 쓰러졌다. 그가 그토록 그리워한 세계는 현실과 비슷하지만 일그러져 있는 세계, 현실의 진짜 얼굴인 초현실이 돌발 출현하는 세계였다."[53] 벤야민에 대해, 그리고 벤야민 본인의 픽션에 대해서도 똑같은 말을 할 수 있을 것이다.

1  볼 곳: Walter Benjamin, *Gesammelte Schriften VII*, Nachträge, ed. Rolf
   Tiedemann(Frankfurt: Suhrkamp Verlag), 846–848쪽.

2  볼 곳: Walter Benjamin, 'Franz Kafka: On the Tenth Anniversary of His
   Death', in *Selected Writings 2.2, 1931–1934*, ed. Howard Eiland, Michael
   Jennings and Gary Smith(Cambridge, MA: Harvard University Press,
   2006), 794–818쪽.

3  볼 곳들 중 일부: Walter Benjamin, 'One Way Street', in *Selected Writings
   1, 1913–1926*, ed. Marcus Bullock and Michael Jennings(Cambridge,
   MA: Harvard University Press, 1996), 450–455쪽; Walter Benjamin, 'The
   Work of Art in the Age of Its Technological Reproducibility', trans. Mi-
   chael W. Jennings, Grey Room 39(Spring 2010): 11–37쪽; Walter Ben-
   jamin, *Berlin Childhood around 1900*, trans. Howard Eiland(Cambridge,
   MA: Harvard University Press, 2006), 42–44쪽.

4  볼 곳: Walter Benjamin, 'The Storyteller: Observations on the Works of
   Nikolai Leskov', in *Selected Writings 3, 1935–1938*, ed. Howard Eiland
   and Michael W. Jennings(Cambridge, MA: Harvard University Press,
   2006), 143–162쪽.

5  볼 곳: Walter Benjamin, 'Experience and Poverty', in *Selected Writings
   2.2, 1931–1934*, 731-735쪽.

6  같은 글, 732쪽. 이 표현이 거의 그대로 다시 나오는 곳: Benjamin,
   'The Storyteller', 144쪽.

7  Benjamin, 'Experience and Poverty', 731쪽.

8  볼 곳: Walter Benjamin, 'Karl Kraus', in *Selected Writings 2.1, 1927–1930*,
   433–458쪽.

9  Benjamin, 'The Storyteller', 127쪽. 자신이 써낸 문학적인 글이 대개
   신문이라는 공론장에서 공개되었다는 사실의 아이러니를 벤야민
   본인도 느끼고 있었다.

10 Sigrid Weigel, 'Zu Franz Kafka', in *Benjamin Handbuch, Leben–Werk–*

*Wirkung*, ed. Burkhardt Lindner(Stuttgart/Weimar: Verlag J. B. Metzler, 2011), 543쪽.

11 Walter Benjamin, 'Imagination', in *Selected Writings 1, 1913–1926*, 281쪽.

12 Benjamin, 'The Storyteller', 144쪽.

13 볼 곳: 롤프 티데만이 쓴 편집자의 말, in Walter Benjamin, *Gesammelte Schriften VII*, 635쪽.

14 Walter Benjamin, *The Correspondence of Walter Benjamin(1910–1940)*, ed. Gershom Scholem and Theodor W. Adorno, trans. Manfred R. Jacobson and Evelyn M. Jacobson(Chicago: University of Chicago Press, 1994), 31쪽.

15 볼 곳: Benjamin, *Correspondence*, 189쪽.

16 볼 곳: 틸만 렉스로트가 쓴 편집자의 말, in Walter Benjamin, *Gesammelte Schriften IV*, Kleine Prosa/Baudelaire Übertragungen(Frankfurt: Suhrkamp Verlag, 1991), 1074쪽.

17 Benjamin, *Correspondence*, 401쪽.

18 티데만의 말대로, 벤야민이 이 시기에 썼던 많은 글이 소실되어 미출간 메모 속 목록으로만 남아 있는 듯하다. 메모에는 'Bettlergeschichte' 'Jenaer Geschichte' 'John-Heartfield-Geschichte' 'Das Erste Beste' 'Der Bettler als Käufer' 'Sevilla-Geschichte' 'Sotto Lefronde di Limone' 'Weinberggeschichte' 'Kapitalgeschichten('Der abgehängte Wagen' 'Der gewohnte Nachmittagsspaziergang' 'Das Testament auf dem Amtsgericht' 'Der denunzierte Bankier')' 'Henkergeschichte' 'Nimbus, Anna Czyllac und der Astrolog' 'Weingeschichte' 'An der Mole' 'Die Fahrt der Heimdal' 'Warum es mit der Kunst' 'Geschichten zu erzählen' 'zu Ende geht'이 포함되어 있다.

19 Walter Benjamin, 'A Glimpse into the World of Children's Books', *Selected Writings 1, 1913–1926*, 442쪽.

20 Benjamin, 'Imagination', 281쪽.

21 Eli Friedlander, 'A Mood of Childhood in Benjamin', in *Philosophy's Moods: The Affective Grounds of Thinking*, ed. Hagi Kenaan and Ilit Fer-

ber(Heidelberg: Springer Dodrecht, 2011), 47쪽.

22 볼 곳: Heinz Brüggemann, *Walter Benjamin über Spiel, Farbe und Fanta-sie*(Würzburg: Konighausen und Neumann, 2006).

23 Walter Benjamin, *Träume*, ed. Burkhardt Lindner(Frankfurt: Suhrkamp Verlag, 2008). 린트너는 꿈 이야기 중 다수를 『일방통행로』『1900년 경 베를린의 유년 시절』『베를린 연대기』에서 가져왔다. 우리는 영어로 번역되지 않은 1인칭 텍스트만 가져왔다.

24 볼 곳: Theodor W. Adorno, *Dream Notes*, trans. Rodney Livingstone (Cambridge: Polity, 2007).

25 Walter Benjamin Archive, Berlin, 원고 1709쪽.

26 Benjamin, *Träume*, 44쪽; Benjamin, *Gesammelte Schriften IV*, 423쪽.

27 Benjamin, *One Way Street*, 444쪽.

28 Theodor W. Adorno, *Minima Moralia: Reflections from Damaged Life*, trans. E.F.N. Jephcott(London: Verso, 2006), 29쪽.

29 볼 곳: Walter Benjamin, 'Little History of Photography', in *Selected Writings 2.2, 1931–1934*, 510쪽.

30 볼 곳: Theodor W. Adorno, 'Letter to Walter Benjamin, 02.08.1935', in *Aesthetics and Politics*, ed. Ronald Taylor(London: Verso, 1977), 113쪽.

31 Walter Benjamin, 'Dream Kitsch', in *Selected Writings 2.1, 1927–1930*, 3쪽.

32 같은 곳.

33 Walter Benjamin, 'Berlin Chronicle', in *Selected Writings 2.2, 1931–1934*, 621쪽.

34 볼 곳: Walter Benjamin, 'May–June 1931', in *Selected Writings 2.2, 1931–1934*, 471쪽.

35 Walter Benjamin, *The Arcades Project*, trans. Howard Eiland and Kevin McLaughlin(Cambridge, MA: Harvard University Press, 1999), 518쪽.

36 같은 곳.

37 Walter Benjamin, 'Opinions et Pensées: His Son's Words and Turns of Phrase', in *Walter Benjamin's Archive: Images, Texts, Signs*, ed. Ursula Marx, Gudrun Schwarz, Michael Schwarz and Erdmut Wizisla, trans.

Esther Leslie(London: Verso, 2007), 109–149쪽.

38 Walter Benjamin, 'Funkspiele Dichter nach Stichworten', in *Südwest-deutsche Runfunk-Zeitschrift VIII/3*(1932), 5쪽.

39 볼 곳: 롤프 티데만과 헤르만 슈베펜호이저가 쓴 편집자의 말, in Walter Benjamin, *Gesammelte Schriften I*(Frankfurt: Suhrkamp Verlag, 1974), 851쪽.

40 Walter Benjamin, 'The Work of Art in the Age of Its Technological Reproducibility'(2nd version), in *'The Work of Art in the Age of Its Technological Reproducibility' and Other Writings on Media*, ed. Michael W. Jennings, Bridget Doherty and Thomas Levin, trans. Michael W. Jennings(Cambridge, MA: Harvard University Press, 2008), 45쪽.

41 볼 곳: Walter Benjamin, 'Russian Toys', in *Walter Benjamin's Archive: Images, Texts, Signs*, 107쪽.

42 같은 글, 73쪽.

43 볼 곳: Walter Benjamin, 'Toys and Play', *Selected Writings 2.1, 1927–1930*, 117–121쪽.

44 같은 글, 118쪽.

45 Walter Benjamin, 'Moscow', in *Selected Writings 2.1, 1927–1930*, 27쪽.

46 Walter Benjamin, 'Program for a Proletarian Children's Theatre', in *Selected Writings 2.1, 1927–1930*, 202쪽.

47 볼 곳: Walter Benjamin, 'Lily Braun's Manifest an die Deutsche Schuljugend', in *Gesammelte Schriften III*, ed. Hella Tiedemann-Bartels(Frankfurt: Suhrkamp Verlag, 1972).

48 같은 글, 11쪽.

49 Benjamin, *The Arcades Project*, 514쪽.

50 같은 책, 855–856쪽.

51 같은 책, 515쪽.

52 같은 책, 497쪽.

53 Walter Benjamin, 'On the Image of Proust', in *Selected Writings II, 1927–1934*, 240쪽.

# 편집자의 말

우리 편집자들은 발터 벤야민 기록 보관소의 우르줄라 마르크스에게 감사를 전한다. 샘 돌베어는 초고를 준비하고 손질할 때 큰 도움을 준 코시카 두프, 미리엄 가트너, 로빈 크로이텔, 마그다 슈무칼라, 캣 모이어에게도 감사를 전하고자 한다. 우리는 대체로 영어로 번역된 적이 없는 작품에 집중했는데, 내적 일관성을 위해 기존 영역본이 있는 글도 몇 편 실었다.

# 파울 클레에 관하여

파울 클레, 〈자화상〉, 1911.

클레의 〈새로운 천사〉라는 그림이 있다. 여기에 그려진 천사는 자기가 바라보고 있는 무언가로부터 막 멀어지려고 하는 듯하다. 눈은 휘둥그레져 있고, 입은 쩍 벌어져 있고, 날개는 활짝 펼쳐져 있다. '역사의 천사'가 있다면 이런 모습일 것이다. 그의 얼굴은 과거를 향하고 있다. 거기서 우리가 보게 되는 것은 연속으로 발생하는 사건들의 연쇄인 데 비해 천사가 거기서 보는 것은 단 한 건의 재앙이다. 끝없이 쌓이고 쌓이는 재앙의 잔해가 천사의 발치까지 밀려온다. 천사는 그 자리에 남아 죽은 이들을 깨우고 부서진 것들을 고치고 싶었겠지만, 천국에서 불어닥치는 폭풍이 너무 강한 탓에 날개가 폭풍에 떠밀려 더 이상 접히지 않는다. 이 폭풍이 미래를 등지고 있는 천사를 거센 힘으로 미래로 몰아넣는 동안, 천사는 재앙의 잔해가 하늘에 닿도록 쌓이는 모습을 내내 보고 있다. 우리가 진보라고 부르는 것은 이 폭풍이다.

발터 벤야민, 「역사의 개념에 대하여」, 테제 9.

1921년, 발터 벤야민은 (『고독의 이야기들』을 여는 그림인) 파울 클레의 〈새로운 천사〉를 매입했고, 이것은 그의 최고가 소유물 중 하나가 되었다. 단순하고 유머러스하며 공상적인 클레의 그림들은 벤야민이 여기서 들려주는 이야기들에 활기를 불어넣고 있다.

파울 클레(1879-1940)는 스위스 출신 독일 화가다. 현대미술의 흐름 속에서 중요한 자리를 차지한 인물로, 색과 선을 탐색하는 작업으로 유명했다. 그가 쓴 방대한 색채론 자료와 1921년부터 1931년까지 바우하우스에서 강의한 내용을 묶은 『형식과 조형론에 관한 글들』은 현대미술을 이해하는 데 토대를 마련해준 텍스트로 여겨지고 있다.(영어권에서는 『파울 클레의 노트』로 출간되었다.) 1937년, 나치는 독일 내 공공 소장품 중 100점이 넘는 클레의 작품을 '퇴폐 예술'로 명명하고 압수했다.

**옮긴이 김정아**

번역가. 옮긴 책으로 『발터 벤야민 평전』『발터 벤야민과 아케이드 프로젝트』『발터 벤야민 또는 혁명적 비평을 향하여』『발터 벤야민, 사진에 대하여』『카프카의 마지막 소송』『아카이브 취향』『에세이즘』『프닌』『비폭력의 힘』『진실과 회복』『3기니』『버지니아 울프라는 이름으로』『사랑한다고 했다가 죽이겠다고 했다가』『자살폭탄 테러』『미국 고전문학 연구』『마음의 발걸음』『걷기의 인문학』『역사: 끝에서 두번째 세계』 등이 있다.

# 고독의 이야기들

**1판 1쇄** 2025년 4월  2일
**1판 2쇄** 2025년 4월 11일

**지은이** 발터 벤야민
**옮긴이** 김정아

**책임 편집** 허정은
**마케팅** 이보민 양혜림 손아영

**펴낸곳** (주)엘리 | **펴낸이** 김정순
**출판등록** 2019년 12월 16일 제2019-000325호
**주소** 04043 서울시 마포구 양화로 12길 16-9(서교동 북앤빌딩)
**전화** 02-3144-3123 | **팩스** 02-3144-3121
**전자우편** ellelit.book@gmail.com | **인스타그램** @ellelit2020

**ISBN** 979-11-91247-52-7 03850